U0010735

史坦貝克短篇小說選集

長谷 × 人鼠之間

Selected Short Stories of John Steinbeck

The Long Valley & Of Mice and Men

約翰・史坦貝克 著
林捷逸、賴怡毓 譯

好讀出版

目錄

菊花

隆冬雲霧如同灰色法蘭絨般，從天空覆蓋薩利納斯山谷，使它與外界隔絕。霧氣就像一頂蓋子，坐落到周圍山嶺，讓山谷成了一口密閉大鍋。人們在寬闊平坦的土地上深耕，犁頭鋤開的黑土發出金屬般光澤。横亙薩利納斯河的山麓農場裡，殘株枯黃的田野看似沐浴在黯淡冬陽下，然而十二月的山谷此刻並沒有陽光。河濱濃密柳樹叢揮舞著火燄般的黯黃垂枝。

這是沉寂等待的時節。空氣冰涼輕柔，西南方吹來一陣微風，農夫們隱約期盼不久之後有一場及時雨，但雨沒有和霧一起到來。

在河對岸，亨利．艾倫位於山丘的農場沒什麼活可做，乾草都已收割貯藏，果園也翻過土，就等雨來時澆個透澈。高處山坡上的牛隻皮毛變得蓬鬆雜亂。

伊莉莎．艾倫在她的花園工作，穿過院子朝下望去，看見丈夫亨利和兩個穿工作服的男人在說話。三人站在牽引機棚旁邊，都把一隻腳蹬在那小巧的福特牽引機上。他們說話時一邊抽著菸，一邊打量那台機器。

伊莉莎瞧了他們一會兒，然後回頭幹活。她今年三十五歲，臉龐精瘦堅毅，雙眼清澈如水。穿著一身園藝服，她的外形看來臃腫笨拙，頭上那頂男用黑帽拉得很低，幾乎蓋住眼睛。腳上一雙粗重工作鞋，印花連身裙幾乎被那一大件燈心絨圍裙遮住，圍裙上四個大口袋用來裝工作用的花剪、泥鏟和耙子、種子和小刀。她工作時戴著厚厚的皮手套來保護雙手。

她正用一把鋒利的小花剪把去年的菊花梗剪掉，不時朝牽引機棚旁的男人們看去。她的臉龐充滿渴望，成熟而漂亮，甚至用起花剪也顯得熱切有力。菊花梗對她的幹勁來說似乎過於嬌小而不堪一擊。

她用手套背面撥開眼前的一撮頭髮，在臉頰留下一抹泥污。身後是潔白農舍，被一排與窗沿同高的紅天竺葵緊緊圍繞。這是一棟悉心打掃的小房子，窗戶擦得透亮，前台階的踏墊乾乾淨淨。

伊莉莎又往牽引機棚瞥了一眼。陌生人坐進他們的福特雙門小車。她脫掉一隻手套，將有力手指伸進菊花老根附近的新生綠芽叢，撥開葉子，檢視生長茂密的嫩莖。沒發現蚜蟲，也沒有潮蟲、蝸牛或切根蟲。她俐落的手指會在這些害蟲逃跑前就把牠們消滅。

伊莉莎聽見丈夫的聲音嚇一跳。他已悄悄走近，從鐵絲圍籬探過身來。這圍籬防護著她的花園，免得牛、狗和雞入侵。

「又在種花啊，」他說。「你會有新的豐收。」

伊莉莎挺直腰桿，又戴起那隻手套。「對啊，它們來年會長得很好。」語氣和表情帶了些許得意。

「你有栽種東西的天賦，」亨利說。「今年種的黃菊花有些有十吋大。希望你去弄弄果園，種出一樣大的蘋果。」

她眼睛爲之一亮。「也許可以辦得到，我在這方面的確很行。我媽媽也是，她把任何東西往地上一插就能長起來。她說是因爲擁有綠手指才知道如何栽種。」

「嗯，想必種花也是如此，」他說。

「亨利，剛才跟你說話的人是誰？」

「喔，對了，我就是要跟你說這件事。他們是西部肉品公司的人，我把那三十頭三歲大的肉牛賣給他們，差不多是我想要的價格。」

「太好了，」她說。「眞爲你高興。」

「我想，」他接著說，「現在是週六下午，我們何不到薩利納斯找家餐廳吃晚飯，然後去看場電影——慶祝一下，你看怎樣？」

「太好了，」她重複道。「喲，那挺棒的。」

亨利裝出戲弄的語氣。「今晚有拳擊賽，你想去看嗎？」

「啊，不，」她倒抽一口氣。「不要，我不喜歡拳擊。」

「開玩笑的，伊莉莎。我們去看電影。讓我們想想，現在兩點，我帶史考帝去把那些牛從山上趕下來，也許花上兩小時。我們大約五點到鎮上，在康米諾斯飯店吃晚餐。可以吧？」

「當然可以。到外面吃飯很好。」

「那麼，就這樣。我去準備幾匹馬。」

她說：「我想這下應該有很多時間去移植一些花苗。」

她聽到丈夫在穀倉那邊喊史考帝，不久之後看到兩人騎著馬，往枯黃山坡上去找牛群。

有一小塊四方沙床是用來讓菊花生根的。她用泥鏟把土翻了又翻，接著夯實，挖出十道平行的溝槽來移植花苗。她回到菊花苗圃，抽起鮮嫩的小幼芽，用花剪修整葉子，然後整齊放成一小堆。

路上傳來車輪嘎吱響和沉重馬蹄聲，伊莉莎抬頭看。鄉間馬路沿著河濱一排濃密柳樹和楊樹，來的是一輛奇怪馬車，拉車方式很古怪。這是一輛老式彈簧輕馬車，車上帆布圓篷就像草原大篷車的頂篷。拉車的是一匹棗紅色老馬和一頭灰白相間的小驢。篷下坐著一個滿臉鬍髭的大塊頭男人，駕著馬車緩緩前進。車下後輪間，一隻消瘦的長腿雜種狗靜靜跟著走。帆布上寫著笨拙歪斜的字體，「修理鍋、盆、刀、剪、割草機。」物品名稱排了兩行，耀武自信的「修理」寫在下面。每個字的下方都淌著細長顯眼的黑色墨漬。

伊莉莎蹲在地上，等著看這古怪、鬆垮的馬車通過。但它沒走過去，反倒是轉進她家前面農場小路，變形的舊車輪響著尖銳嘎吱聲。長腿狗從兩輪間衝出跑到前頭，農場兩隻牧羊犬立刻迎向前去。接著三隻狗都停下來，挺直尾巴不斷晃動，繃緊了腿，帶著使節般的莊嚴緩慢繞圈，仔細嗅著對方。馬車來到伊莉莎的圍籬邊停住。那條外來的狗察覺寡不敵衆，於是垂著尾巴回到車底，豎起頸毛，露出牙齒。

馬車上的男人喊道，「這狗對陣時被嚇到就成了孬種。」

伊莉莎笑了。「我看也是。牠通常多久被嚇到一次？」

男人附和她的笑聲，跟著開懷大笑，「有時好幾個星期都不會。」他說。男人僵硬地踏著車輪子爬下馬車。老馬和小驢衰頹得就像缺了水的花。

伊莉莎見他個頭很大，雖然頭髮和鬍子灰白，但看起來不老。陳舊的黑色西裝佈滿皺褶和油斑。他的笑聲一停，笑容便從眉宇間消失，陰鬱雙眼充滿趕牲口人和水手的那種深沉。搭在圍籬上的手盡是龜裂老繭，皮膚縫隙卡著一道道黑漬。他脫下那頂塌陷的帽子。

「我路不熟，夫人，」他說。「這條泥土路可以過河接上通往洛杉磯的公路嗎？」

伊莉莎起身，把結實的花剪塞進圍裙口袋。「啊，可以，但是這路繞很遠，還得涉水渡河。我想你們應該走不過沙洲。」

他沒好氣地回答：「也許你會驚訝這些畜牲能拉車走過多爛的路。」

「只要牠們卯足了勁？」她問。

他笑了笑。「是的，只要牠們卯足了勁。」

「喔，」伊莉莎說，「如果你回去薩利納斯大路，從那裡接上公路，我想你可以節省時間。」

他用一根粗手指畫過鐵絲網圍籬，使它發出聲響。「一點也不急，夫人。我每年從西雅圖到聖地牙哥再折返回去，時間都耗在這上面，單趟大約花六個月。我準備跟著好天氣走。」

伊莉莎脫掉手套，把它們塞進放花剪的那個口袋。她摸一摸帽子下緣，整理一下頭髮。「聽起來是個不錯的生活方式。」她說。

他竊竊地湊過圍籬。「也許你注意到馬車上的字。我會修補鍋盆和磨利刀剪。你有這些東西要修的嗎？」

「喔，沒有，」她立刻說。「沒東西要修。」她的眼神堅定抗拒。

「剪刀最難對付，」他解釋說。「大部分人嘗試磨剪刀時只會把它弄壞，但我知道怎麼做。我有特殊工具，它有一點像捲線筒，而且還有專利。不過用它當然需要技巧。」

「不必，我的剪刀都很利。」

「好吧。那麼，拿鍋盆來，」他熱切地繼續說，「撞凹的或破洞的鍋盆。我可以讓它們煥然如新，你就不必買新的。這能幫你省錢。」

「不，」她說得簡短。「我告訴你沒東西可讓你修。」

他露出誇張的悲傷表情，嗓音像似低聲嗚咽。「我今天沒幹到一件差事，也許晚餐也沒著落，你看我還走岔了路。我認得那些住在西雅圖到聖地牙哥公路旁的當地人，他們把東西留給我磨，因爲知道我的手藝很好，能替他們省錢。」

「抱歉，」伊莉莎惱怒地說。「我沒任何東西可讓你修。」

他的目光移開她臉龐，朝地上溜轉著。視線到處飄移，最後停在她工作的菊花苗圃。「夫人，那是什麼植物？」

惱怒和抗拒從伊莉莎臉上消散。「喔，這些是菊花，大白菊和黃菊。我每年都栽種，長得比附近其他人種的都還大。」

「是一種長莖花嗎？看起來就像陣風吹起的一團彩色煙霧。」他問。

「沒錯，形容得眞好。」

「它們聞起來有些刺鼻，久了才會習慣。」他說。

「這氣味比較濃，」她反駁，「一點也不刺鼻。」

他立刻改變語氣。「我個人喜歡這氣味。」

「我今年種出十吋大的花朵。」她說。

男人更探進圍籬。「聽我說，我認識一位女士住在公路過去不遠處，她有一座你所見過最棒的花園，幾乎什麼花都有，就是沒菊花。上次我幫她修補銅底洗衣盆——一件苦差事，但我做得不錯，她跟我說，『如果你看到漂亮的菊花，希望能帶給我一些種子。』她是這麼對我講的。」

伊莉莎的眼神顯得機靈與熱切。「她可能對菊花認識不多。你可以從種子開始栽種，但更簡單的方法是用嫩芽去生根，就像你在這裡看到的。」

「啊，」他說。「我想這就不能帶些什麼給她了。」

「哎，怎麼不能，」伊莉莎喊道。「我可以插些嫩芽在濕土裡，你就能帶在身邊。它們只要保持潮濕就會在盆裡生根，她移植到花園就好。」

「她肯定希望拿到一些，夫人。你說它們長得不錯？」

「很漂亮，」她說。「喔，眞的很美。」一雙眼睛閃耀起來。她脫掉扁帽，甩開秀麗黑髮。「我把它們放在花盆裡，你就可以帶著走。進院子吧。」

男人走過柵門時，伊莉莎興奮地沿著天竺葵夾道的小徑跑向屋後。她回來時捧著一個大紅花盆。這會兒手套也忘了戴，她跪在沙床旁，用手指挖起沙土，鏟進鮮豔的新花盆裡。她撿起已經整理好的小堆嫩芽，用強健的手指將它們插進沙裡，關節環扣著芽莖。男人站在面前。「我教你怎麼做，」她說。「你要記住才能告訴那位女士。」

「好，我盡量記住。」

「那麼，聽好。這些嫩芽大約一個月內會生根，然後她得把它們移出來，相隔一呎栽種到像這樣的肥沃土壤裡，懂嗎？」她舉起一把黑土給他看。「它們會長得又快又高。現在記住：告訴她七月時把它們剪下來，在離地大約八吋的地方。」

「在開花前？」他問。

「對，在開花前。」她臉上漲滿熱情。「它們會再往上長，大概九月底就結花苞。」

她停了下來，顯得不知所措。「抽芽時最需要照顧，」她說得猶豫。「我不知道怎麼跟你解釋。」

她探索似的注視他眼底，嘴唇微開，好像在傾聽。「我試著告訴你，」她說。「你有沒有聽過綠手指？」

「不能說有，夫人。」

「喔，我只能告訴你那感覺。它就像你不自覺地摘下嫩芽。一切都順勢到你指尖，你看著自己手指在幹活。它們自動自發，你感覺到該怎麼做。手指把嫩芽摘了又摘，絕不會犯錯。它們與花草協調一致。你懂嗎？你的手指和花草，這感覺一直傳到手臂，它們知道絕不會犯錯，你能感覺到。當你像這樣時絕不會做錯事。你懂了嗎？你能理解嗎？」

她跪在地上抬頭看他，胸膛激烈地起伏。

男人瞇起眼睛，難爲情地把頭轉開。「也許我知道，」他說。「有時深夜在馬車裡——」

伊莉莎的聲音變得嘶啞。她打斷他的話，「我沒經歷過你那樣的生活，但我知道你的意思。當黑夜降臨——繁星如此明亮，周圍如此寂靜。你不斷向上浮升！每顆閃耀的星都竄入你體內。就像那樣，熾熱、強烈，又——美好。」

她跪在那裡，把手伸向他穿著油污長褲的雙腿。遲疑的手指幾乎碰到褲角，然後手又落到地上。她蜷伏著就像一隻乞憐的狗。

他說：「如你所言，那的確美好。只有在你不缺飯吃的時候，可惜不是。」

她接著站了起來，挺直身子，臉上帶著尷尬。她把花盆遞給他，輕輕放進他懷裡。「拿去，放到馬車座位上，擱在你能夠留意的地方。也許我該找些差事給你做。」

她在農舍後面一堆鍋盆裡翻找，發現兩口老舊凹陷的醬汁鋁鍋。她拿著鍋子回來給他。「喂，也許你能修好它們。」

他的態度轉變，開始變得很專業。「我能修到像新的一樣。」他在馬車後面架起一個鐵砧，從油滋滋的工具箱裡掏出一把小鎯頭。伊莉莎走到柵門外，看他敲打鍋子上的凹痕。他嘴型漸漸變得自信精明，遇上難搞的地方就咬著下唇。

「你就睡在馬車裡？」伊莉莎問。

「就在馬車裡，夫人。無論晴雨我都能保持乾爽。」

「那一定很好，」她說。「非常宜人。我希望女人也能做同樣的事。」

「這種生活不適合女人。」

她微微翹起上唇，露出牙齒。「你怎麼知道？你如何判斷？」她說。

「我不知道，夫人，」他駁斥。「我當然不知道。鍋子給你，修好了，這就不必買新的。」

「多少錢？」

「喔，五十分就好。我一向收費便宜，做工仔細，所以讓公路沿線的顧客都很滿意。」

伊莉莎從屋子裡拿了一枚五十分硬幣交到他手上。「也許過一陣子，你會爲了碰上競爭對手而感到吃驚。我也會磨剪刀，還能敲平小鍋的凹痕。我會讓你瞧瞧女人能做什麼事。」

他把鋤頭放回工具箱，將鐵砧推進馬車裡。「那是孤單的生活，夫人，而且過得提心吊膽，因爲野生動物整夜潛伏在馬車下。」他爬上馬車前面的橫木，一手扶在驢子的白臀上穩住身子。他坐進座位，拉起韁繩。「謝謝您，夫人，」他說。「我會照你說的走，回頭找薩利納斯大路。」

「記得，」她喊道，「如果要過很久才到那邊，你要保持沙土潮濕。」

「沙土，夫人？……沙土？哦，那當然。你是指菊花的沙土。我保證會。」他咂一咂舌。牲口們閒適地頂起軛環，雜種狗到後輪間就位。馬車開始移動，緩緩走出入口通道，回到來時的河濱馬路。

伊莉莎站在她的圍籬前，看著徐徐前進的篷車。她挺直肩膀，頭往後縮，瞇起眼睛，於是景象變得模糊。她的嘴唇默默微動，好似說著「再見——再見。」然後她低語，「那是一條燦爛的道路，耀眼無比。」語聲嚇了自己一跳。她搖搖頭讓自己清醒，看看四周有沒有人在聽。只有狗兒聽見，牠們躺在地上抬頭望著她，然後伸長下巴繼續睡。伊莉莎轉身匆匆跑進屋裡。

她到廚房火爐後面摸一摸水槽，裡面裝滿中午燒的熱水。在浴室裡，她脫掉一身髒污衣服，全部丟到角落去。接著她用一塊浮石擦洗自己，從小腿到大腿，從腹腰到胸膛，再到手臂，直到皮膚滿是紅腫擦痕。她弄乾身體，站在臥室一面鏡子前，打量自己的身軀。縮緊小腹，挺起胸膛，再轉身透過肩膀看看背後。

一會兒之後，她開始慢慢著衣。穿上自己最新的內衣，最漂亮的長襪，還有那件象徵她的美麗的連身裙。她細心梳理頭髮，畫好眉毛，塗上口紅。

沒等妝畫完，她聽到一陣蹄聲以及亨利與助手的呼喊，他們正把牛群趕進圍欄。她聽到柵門砰的關上，於是準備好迎接亨利。

前廊響起他的腳步聲。他進屋裡喊道：「伊莉莎，你在哪兒？」

「我在房間化妝，還沒好。有熱水可以洗澡。動作快，時間不早了。」

澡盆傳來潑水聲，伊莉莎便將丈夫的黑西裝攤在床上，旁邊放著襯衫、襪子和領帶，擦亮的皮鞋擺在床邊。然後她走到門廊，僵硬地坐下發呆。她瞪著前方河濱馬路，那排葉子被冷霜覆蓋過的柳樹依舊豔黃，在高掛的濛霧下就像一道微薄的陽光。這是灰暗午後的唯一色彩。她動也不動坐了許久，鮮少眨眼。

亨利砰一聲走出門外，把領帶硬塞到背心裡。伊莉莎挺直上身，臉孔繃緊。亨利突然站住望著她。「怪怪，伊莉莎，你看起來真不賴！」

「不賴？你覺得我看起來不賴？你說不賴是什麼意思？」

亨利繼續捅妻子。「我不知道。我是指你看起來不一樣，強壯又快樂。」

「我強壯，是吧？你說強壯是什麼意思？」

他顯得有些慌張。「你在玩某種遊戲，」他無可奈何地說。「絕對是個遊戲。你看起來強壯得可用膝蓋將一頭小牛折斷，快樂得把牠當做一顆西瓜吃掉。」

這會兒她態度軟化。「亨利！別那樣，你根本不知道自己在講什麼。」接著又頑固起來。「我很強壯，」她自鳴得意。「我以前都不曉得有多強壯。」

亨利望著下方牽引機棚，視線轉回她身上時又回了神。「我把汽車開出來。你可以趁我發動車子時穿上外套。」

伊莉莎進到屋裡。聽到他把車開到柵門前停下，於是她花上很長一段時間戴好帽子。這裡拉一點，那裡壓一下。當亨利把車熄火時，她穿上外套走出去。

敞篷小車沿著河濱泥土路顛簸前進，趕著鳥兒群起疾飛，野兔竄進灌木叢。兩隻大鶴在柳樹上空賣力振翅，隨後降落到河床。

伊莉莎在遙遠的前方路上發現一個黑點。她認出來了。

她克制自己在經過時別去看，但眼睛或許不會聽話。她傷心對自己低語，「也許他已經把菊花丟到路旁。那不會太麻煩，一點也不費力。但他留下了花盆，」她辯解著。「他必須留下花盆，所以不會把它們丟到路旁。」

汽車過了個彎，見到馬車就在前面。她轉過身朝向丈夫，因此經過時沒看見小篷車和那怪異的隊伍。

事情瞬間就過去，完全解決掉了。她沒回頭看。

她壓過引擎噪音大聲說，「今晚一定很棒，好好吃一頓飯。」

「現在你又變了，」亨利發牢騷說。他一隻手離開方向盤，搭在她膝上。「我該常常帶你出去吃飯，這對我們倆都好。農場工作實在太辛苦。」

「亨利，」她問，「晚餐能不能點酒喝？」

「哎，當然行！那很好。」

她沉默一陣，然後開口說：「亨利，在拳擊賽中，雙方會不會傷得很嚴重？」

「有時比較嚴重，不是經常。爲什麼這樣問？」

「喔，我讀過他們如何打斷鼻樑，鮮血流到胸口。我讀過拳擊手套沾滿血漬。」

他打量著她。「怎麼回事，伊莉莎？我不知道你讀過那些東西。」他把車停下來，然後轉進薩利納斯河上的橋。

「有女人去看拳擊賽嗎？」她問。

「喔，當然，有一些人。怎麼了，伊莉莎？你想看拳擊賽？我不認爲你會喜歡，但如果眞的想看就帶你去。」

她無力癱在座位上。「喔，不。我不想看。肯定不想。」她把臉轉向另一邊。「我們有酒喝就好，這就夠了。」她翻起外套衣領，因此他看不見她在低聲啜泣——像個老女人似的。

白鶴鶉

1

客廳壁爐的對牆上有好大一扇老虎窗，從鋪坐墊的窗座一直延伸到天花板——窗框鑲了許多菱形小窗格。如果你偏好坐在窗座，透過窗子就能看到整片花園以及後方山丘。花園橡樹下是綿延的蔭涼草坪——每棵橡樹周圍都有一圈悉心照料的沃土，栽種的瓜葉菊掛滿大朵花，茂盛得連花莖都垂彎了，顏色從猩紅到湛藍都有。草坪邊緣，一排吊金鐘長得就像掛滿裝飾的小樹，前方有一池淺水塘，讓池水漫溢到草坪是有充分理由的。

花園外面就是攀升的山坡地，鼠李和野葛叢生，夾雜枯草地和槲樹，非常荒蕪。如果你沒繞到房子前面，根本不知它就位在城鎮邊緣。

瑪麗．泰勒，也就是哈利．泰勒夫人，非常熟悉那扇窗和花園，她當然十分熟悉。幾年前，不就是她在挑選房子和花園的地點？當這地點還是山肩一塊乾枯平地時，她不就看了千百次的房子和花園？這麼說起，她五年來不是端詳過每位殷勤的男士，想知道他與花園是否匹配嗎？她沒想太多例如「這男人喜歡這樣的花園嗎？」這種問題，但是她會想「這花園喜歡這樣的男人嗎？」因爲花園就是她自己，最終她得嫁給自己喜歡的人。

她遇見哈利．泰勒時，花園似乎喜歡他。當時情況有些出人意料，他開口求婚後，像其他男人一樣悻悻然等待回答，瑪麗突然描述起一大扇老虎窗，外面花園有草坪、橡樹和瓜葉菊，接著是一片荒蕪山丘。

他說：「那當然。」滿敷衍的語氣。

瑪麗問：「你會不會覺得這很傻？」

他悶悶地等待。「當然不會。」

這時她想起他的求婚，於是答應了，並讓他吻了自己。她說：「那裡有個小水塘，池水漫溢到草坪上。知道爲什麼嗎？因爲山上的鳥多得讓你想不到，有黃鵐、野雀和紅翅黑鸝，當然還有麻雀、朱頂雀和許多鶺鴒。牠們一定會到那裡喝水，不是嗎？」

她實在很美。他想吻個不停，她也任其所爲。「還有吊金鐘，」她說。「別忘了吊金鐘。它們就像熱帶小聖誕樹。我們必須每天清掃草坪，把橡樹落葉耙乾淨。」

他笑了起來。「你這滑稽的小可愛。地還沒買，房子還沒建，花園沒種任何東西，你就開始擔心草坪上的橡樹落葉。你眞漂亮，讓我有一點——飢渴難耐。」

這使她覺得有些受驚嚇，臉上閃過一絲不悅表情，不過仍舊讓他親吻自己。送他回家後，她回到自己房間，這裡有張藍色書桌，上面放著一本用來記事的寫字簿。她拿起一枝筆，筆桿是根孔雀羽毛，然後一遍又一遍地寫著「瑪麗．泰勒」。有一或兩次，寫出了「哈利．泰勒夫人」。

2

土地買下，房子建好，他們也結婚了。瑪麗仔細規畫花園，她在工匠整理時片刻不離。她熟知每樣東西該放的精確位置，還畫了淺水塘的形狀給泥水匠。它有一點像底部沒尖角的心形，邊緣緩坡能讓鳥兒在這兒輕鬆喝水。

哈利欽佩地看著她。「誰想得到這麼漂亮的女孩工作如此有效率。」他說。

這話眞中聽，讓她心花怒放，於是她說：「如果想要的話，你可以在花園種些自己喜歡的東西。」

「不用了，瑪麗，我很喜歡看你在花園實現自己的想法。照自己的意思去做。」

她就喜歡他說那樣的話，但這畢竟是她的花園。她構思花園，建立出來，還細心添加色彩。如果哈利要種些不搭配的花，還眞的不會如此漂亮。

最終草坪長起，橡樹周圍的瓜葉菊盛開得就像一個個垂掛的鍋子。小心移植來的小棵吊金鐘連一片葉子都沒枯萎。

老虎窗前的窗座鋪了坐墊，上面覆蓋鮮豔不會褪色的織布，因爲陽光在白天大部分時間都會照進窗子。

瑪麗等到佈置就緒，一切照她所想的完成了。待到有天晚上哈利從辦公室回家時，她帶他到窗座。「你看，」她輕聲說。「我想要的就是這樣。」

「眞美，」哈利說，「非常漂亮。」

「完成之後我反而有些惆悵，」她說。「不過大體上我覺得高興。哈利，我們不要改變它，好嗎？如果哪棵花木枯死了，我們就在原地按同樣的再種一棵。」

「古怪的小可愛。」他說。

「喔，你知道我構思這花園很久了，它已成爲我的一部分。若是改變任何東西，那就像扯掉我身上一塊肉。」

他伸手觸碰她，然後縮了回來。「我非常愛你，」他說，停頓一會兒。「但我也怕你。」

她輕聲笑了。「你？會怕我？我有什麼地方使你害怕？」

「嗯，你有點兒深不可測，總有讓人無法理解的地方，或許連你自己都不明白。你有點兒像自己的這座花園——固定下來，保持原樣。我不敢在附近走動，深怕會打擾你的花木。」

瑪麗很高興。「親愛的，」她說，「你允許我做這件事，使它成爲我的花園。你才是我親愛的。」

然後她讓他親吻自己。

3

客人們來吃晚餐時，他爲她感到驕傲。她是如此美麗、沉著和嫻熟。她佈置的一盆盆碗花十分精緻，談到花園時謙虛含蓄，幾乎就像在談論自己一般。她不時帶客人走進花園，指著一棵吊金鐘樹。「我不知道他是否能栽種成功，」她說得就像這棵樹是個人一樣。「他長起來前吃掉了許多養分。」她暗自微笑著。

她在花園工作時非常愉快。身上穿一件明亮的印花連身裙，裙襬很長，沒有袖子。她從某處找出一頂舊式遮陽帽，戴上厚實手套保護雙手。哈利喜歡看她拿著提袋和大湯匙走來走去，爲她的花朵根部添加肥料。他也喜歡兩人晚上出去消滅蛞蝓和蝸牛。瑪麗拿手電筒，哈利執行致命一擊，把蛞蝓和蝸牛踩得稀爛冒泡。他知道這對她來說是件噁心的事，但手電筒光線從不抖晃。「勇敢的女孩，」他心想。「她在美麗纖細之下藏著一股堅毅。」她也讓追擊變得更刺激。「那裡有好大一隻，慢慢在爬，」她會說。「就在那朵大花後面。殺了牠！趕快殺了牠！」他們在獵殺後帶著歡笑走進屋裡。

瑪麗擔心鳥兒。「牠們不下來喝水，」她抱怨。「來的不多。我想不通是什麼原因讓牠們不來。」

「也許牠們還不習慣，以後就會來。或許附近有貓。」

她的臉脹紅，深吸口氣，美麗臉蛋抿起嘴來。「如果有貓，我會在外面放魚下毒，」她喊道。「我不准貓追趕我的鳥兒！」

哈利必須安撫她。「告訴你我會怎麼做。我會買支氣槍，如果貓來了我們就射牠。這不會殺死貓，但會讓牠疼痛，貓就不會再回來。」

「也是，」她說得平靜多了。「那比較好。」

客廳晚上非常宜人，壁爐燃起大片火焰。如果有月光，瑪麗便關掉電燈，然後他們看著窗外冷冽藍色的花園和幽暗的橡樹。

屋子外面萬籟俱寂，花園盡頭便是往山上蔓延的漆黑灌木叢。

「那是敵境，」瑪麗有一次說。「那是讓人想進去一探究竟的世界，全是蔓草叢生的野地。但沒辦法進去，因爲吊金鐘不讓你進去。這是他們在那邊的目的，他們自己知道。鳥兒可以進去，牠們生活在野地，但能平靜地來我的花園喝水。」她溫柔笑著。「這一切背後都有深奧之處，哈利。我不太清楚那是什麼。現在鶺鴒開始過來了，今晚池邊至少有十多隻。」

他說：「我希望能看透你的心靈。它看似飄忽不定，但又冷靜沉著。它是如此——有自信。」

瑪麗在他膝上坐了一會兒。「別這麼肯定。你不明白，而且我很高興你不明白。」

4

有天晚上，哈利在燈下閱讀報紙，瑪麗突然起身。「我把花剪忘在外面，」她說。「露水會鏽蝕它們。」

哈利盯著他的報紙。「要我幫你拿嗎？」

「不用，我去拿。你不知道它們放在哪兒。」她走去外面花園，找到大花剪，然後看見窗後的客廳。哈利仍在讀他的報紙，屋裡景象很清晰，好似一幅畫，就像即將上演戲劇的舞台佈景。壁爐搖曳著整片火光，瑪麗站定了看，那裡有張又大又深的椅子，她一分鐘前才坐在上面。如果沒到外面，現在的她在做什麼？假設只有靈魂、心思和視線移到外面，瑪麗的身軀仍舊待在椅子上？她幾乎可以看到自己坐在那兒，圓潤雙臂和纖細手指靠在椅上，嬌弱敏感的臉龐側轉一旁，凝視著火光沉思。「在想什麼呢？」瑪麗呢喃。「搞不懂她想做什麼。會站起來嗎？不，她只是坐在那邊。那件衣服的領口太寬，瞧它都滑下肩膀了，但顯得相當漂亮。看似漫不經心，其實簡潔雅致。現在——她笑了，一定是想到美好的事。」

瑪麗頓時回過神來，明白自己在做什麼，她感到高興。「這兒有兩個我，」她心想。「就像有兩條生命。能夠看到自己，眞是奇妙。不知是否想看的時候就能看到？我看到的就是別人看我的景象，一定要告訴哈利這件事。」但這時，又有新的景象浮現，她看到自己在解釋，設法描述發生的事。他專心看報的眼神透露著急切、困惑和近乎苦惱。她告訴他事情時，他會盡量理解。他想弄明白，但一向不怎麼成功。如果她告訴他今晚看到的景象，他就有問不完的問題。他會在這件事上翻來覆去，直到把場面搞砸。他不想在瑪麗跟自己講事情時掃興，但就是做不到。他需要太多的啓發去看事情，遲鈍得令人束手無策。不，她不會告訴他。她還想到外面做同樣的事，若被他搞砸就沒興致了。

透過窗子，她看到哈利將報紙放在膝上，抬頭望著門。她趕緊進去，拿大花剪給他看，證明她去做什麼。「你看，已經開始生鏽，放到早上就會佈滿褐斑。」

他點頭對她露出笑容。「報紙上說我們未來放款會更麻煩，他們增設許多條件。人們需要錢的時候，總得有人借出才行。」

「我不懂貸款，」她說。「有人告訴我，鎮上幾乎有車的人都向你們公司貸款。」

他笑了。「喔，不是全部，至少人數很多。景氣不太好時，我們有錢賺。」

「聽來很糟糕，」她評論說。「這就像獲取不當利益。」

他折起報紙，放到椅子旁的桌上。「不，我不認爲這叫不當，」他說。「人們需要那筆錢，我們拿錢出來。法律制定了利息，與我們無關。」

她在椅子上伸展自己漂亮的雙臂和手指，就像之前透過窗子看到的模樣。「我想確實沒有不當，」她說。「只是聽來就像你在人們落魄時佔他們便宜。」

哈利一臉嚴肅，注視爐火許久。瑪麗了解他，知道他在爲她的話發愁。好吧，了解這行業的眞實面貌對他也沒傷害。事情做的時候似乎比想的時候更名正言順。來些精神上的掃除對哈利不是一件壞事。

過了一會，他盯著她看。「親愛的，你不會認爲這是個不正當的職業吧？」

「哎，我對貸款一竅不通，怎麼能分辨正當與否？」

哈利堅持，「但你**覺得**它不正當？你會爲我的職業感到慚愧嗎？若是這樣，我就不喜歡這行業了。」

突然之間，瑪麗高興起來。「傻瓜，我不覺得慚愧。每個人有權謀生，你做自己拿手的事。」

「你確定嗎？」

「當然確定，傻瓜。」

她在自己的小臥室就寢後，聽到微弱喀嚓一聲，接著看到門把轉動，又慢慢轉回去。門是上鎖的，這是一個信號：有些事瑪麗不想談論。這鎖是對一個探詢的回應，清晰、迅速、明確的回應。然而，這是哈利古怪的地方。他總是悄悄來試門，好像不想讓她知道自己來試過，但她都知道。他是個溫文有禮的人，當他轉動門把並且發現門上鎖時，似乎讓他感到羞愧。

瑪麗拉動鏈條把燈關掉，當眼睛習慣黑暗時，她看著外面弦月照射下的花園。哈利對她溫柔又體諒，就像那次養狗的事。他跑進屋裡，眞的是在奔跑，激動得滿臉紅通，讓她著實嚇一跳，以爲發生什麼意外，後來晚上還因爲驚嚇而頭痛。當時哈利喊道：「喬．亞當斯——他家愛爾蘭㹴犬生寶寶了，他要給我一隻！是純種狗，紅得像草莓一樣！」他一直很想養隻小狗。瑪麗對他不能養狗這件事覺得歉疚，但也爲他能很快體諒她的處境而感到高興。當她解釋狗會撥弄花木，甚至刨開花圃，最壞的是把鳥兒從池邊趕走，哈利能夠體諒。哈利對複雜的事也許無法理解，就像她在花園看到的景象，但他能體諒養狗的事。後來那天晚上她頭痛時，他安撫著她，還用花露水輕輕拍在她頭上。那是幻覺的詛咒，瑪麗眞的看到狗在花園刨洞、弄壞花木，就跟實際發生的一樣令她難受。哈利感到抱歉，但對於她有這樣的幻覺也無能爲力。瑪麗不怪他，他怎會知道？

5

傍晚時分，太陽落到山後，這段期間被瑪麗稱爲眞正的花園時光。直到高中女學生下課，出現在她的眼前那一刻，她就得進廚房做飯。這幾乎是個神聖的時刻。瑪麗走到外面花園，穿過草坪，前往半遮在一棵橡樹後的摺疊椅，那邊可以看到鳥兒在池塘喝水。她能眞正**感受**這花園。哈利下班回家就待在屋裡讀報紙，等她自己神采奕奕從花園進來，因爲她如果被打擾就會不開心。

夏日才剛開始。瑪麗看著廚房，每樣東西都井然有序。她穿過客廳點燃柴火，準備好到花園去。

太陽才剛沉落，夜晚的藍色調已經籠罩橡樹。

瑪麗心想，「這就像成千上萬個精靈悄悄來到我花園，你看不到任何一個，但他們改變了大氣的顏色。」她對自己美妙的想法露出笑容。草坪剪短澆水後顯得清新濕潤，豔麗的瓜葉菊在半空中映出小圈彩暈。吊金鐘樹群花綻放，就像掛滿紅色吊飾的小聖誕樹，盛開的花朵猶如穿芭蕾舞裙的女子。這些吊金鐘是如此的**眞實**，絕對眞實。他們使得另一邊雜亂灌木叢裡的敵人望之卻步。

瑪麗在暮色中走過草坪到她的椅子坐下，聽見鳥兒飛下群聚在池邊。「開起派對了，」她心想，「晚上來到我的花園，牠們多愛這裡！我第一次這麼喜歡來到花園。如果我能化身成兩個人——『晚安，請到花園來，瑪麗。』『喲，花園眞漂亮。』『是啊，我很喜歡它，尤其是這時候。現在安靜，瑪麗，別嚇到鳥兒。』」她像膽小的老鼠一樣坐著不動，嘴唇微開，滿心期待。鵪鶉在灌木叢裡啁啾響亮，一隻黃鵐飛到池塘邊。兩隻鶲鳥在池水上方忽隱忽現，懸在半空拍打翅膀。接著鵪鶉以可愛的小碎步跑出來。牠們停下腳步昂起頭，看看周遭是否安全。領頭的大傢伙有著像黑色問號般的冠毛，發出像是「警報解除」的呼叫，於是大夥紛紛前來喝水。

然後奇妙的事發生了，灌木叢外出現一隻白鵪鶉。瑪麗動也不動。是的，牠是一隻鵪鶉，毫無疑問，而且潔白得像雪一樣。啊，這眞是太奇妙了！瑪麗屏氣凝神，漲滿喜悅的胸口顫抖不已。這小巧的白色母鵪鶉離開普通鵪鶉，走去池塘另一邊。牠停下來四下觀望，然後將喙浸到水裡。

「哎呀，」瑪麗暗自驚呼，「她就像我！」一種強烈的著迷令她全身顫抖。「她就像我的本質，濃縮到徹底純淨的本質。她一定是鶺鴒之后，集合了所有發生在我身上的美好事物於一身。」

白鶺鴒又把喙伸進水中，然後抬頭呑嚥。

瑪麗的記憶湧現，充塞在胸口。那兒有幾分悲傷，總是有幾分悲傷。包裹寄來了，解開細繩時欣喜若狂。但包裹裡的東西從來就不——

從義大利寄來的精緻糖果。「別吃它，親愛的，漂亮的包裝勝於它的美味。」瑪麗從不吃它，但看著它是同樣欣喜若狂。

「瑪麗眞是個漂亮女孩。她那麼文靜，就像一株龍膽草。」聽到這麼說是同樣的欣喜若狂。

「親愛的瑪麗，你現在要非常勇敢。你父親已經——去世了。」失去親人的第一刻是同樣的欣喜若狂。

白鶺鴒將一隻翅膀往後伸，用喙整平羽毛。「這就是凡事講究美麗的我。這是眞正的我，是我的心。」

6

花園裡的藍色變成紫紅，吊金鐘的花蕾閃耀得像小蠟燭。就在那時，一個灰影從灌木叢往外移動。瑪麗張著嘴，害怕地呆坐原地。一隻灰貓像死神般在灌木叢前匍匐前進，朝向池塘和喝水的鳥兒潛行。瑪麗驚恐瞪大眼睛，伸手抓住鎖緊的喉嚨，接著她打破停頓，淒厲地放聲尖叫。鵪鶉鼓著翅膀飛走，貓也竄回灌木叢，瑪麗依舊尖叫不停。哈利跑出屋子喊道：「瑪麗！什麼事，瑪麗？」

他觸碰到她戰慄的身軀，她開始歇斯底里哭起來。他將她抱在懷中帶進屋裡，送到她自己的房間。她躺在床上顫抖。「什麼事，親愛的？什麼東西嚇到你了？」

「有一隻貓，」她埋怨著。「牠爬向鳥群。」她坐起身來，兩眼冒出怒光。「哈利，你一定要在外面放毒藥。今晚你就要在外面放些毒藥給那隻貓。」

「躺下來，親愛的。你受到驚嚇了。」

「答應我，你會在外面放毒藥。」她緊盯著他，看到不情願的眼神。「答應我。」

「親愛的，」他辯解，「也許某條狗會抓到牠。動物吃下毒藥會很痛苦。」

「我不在乎，」她喊。「我不要任何動物出現在我的花園，不管哪一種。」

「不，」他說。「我不會那麼做。不可以，我不能做那種事。不過我會起個大早，帶著新買的空氣槍去射那隻貓，這樣牠就永遠不會回來。空氣槍力道很強，可以讓那隻貓痛到永生難忘。」

這是他至今第一次拒絕，她不知道如何反駁，但她頭痛得很厲害。痛到最嚴重時，他想辦法彌補拒絕她去放毒藥的事。他把一小片襯墊泡在花露水中，然後在她額頭上輕拍。她在想是否要告訴他白鵪鶉的事，他一定不相信，但也許他知道這事有多重要之後就會毒死貓。她等到神經鬆弛下來再告訴他。「親愛的，花園裡有隻白鵪鶉。」

「白鶺鴒？你確定那不是鴿子？」

就是這樣，他一開始就掃了興。「我認識鶺鴒，」她喊道。「牠很靠近我，一隻白色母鶺鴒。」

「那要眼見爲憑，」他說。「我從沒聽說過。」

「但我告訴你我看到了。」

他輕拍她的額頭。「喔，我猜牠是白化症，羽毛沒有色素之類的。」

她又變得歇斯底里起來。「你不了解。白鶺鴒是**我**，那個祕密的我從來沒人能接近，就是內在的我。」哈利皺著臉孔，使盡全力想搞懂。「親愛的，你了解嗎？那貓是在追我，牠要殺死我。所以我才想毒死牠。」她觀察他的表情。不，他沒聽懂，他無法了解。爲什麼要告訴他呢？如果她沒如此心煩意亂，就絕對不會告訴他。

「我會設好鬧鐘，」他向她保證。「明天早上，我要給那隻貓一點顏色瞧瞧。」

十點鐘時，他留下她離開房間。瑪麗在他走了之後起來把門鎖上。

到了清晨，他的鬧鐘吵醒瑪麗。房間仍是一片漆黑，但能看到窗外微亮晨光。她聽到哈利悄悄穿上衣服，躡手躡腳走過房門前到外面去，輕聲關門免得吵到她。他手中拿著閃亮的新空氣槍。清新微亮的晨空使他挺起胸膛，步伐輕盈踏過潮濕草坪。走到花園角落，他趴在濕草地上。

花園更亮了一些，鶺鴒已經清脆地啁啾不停。一群褐色小隊來到灌木叢邊，轉動牠們腦袋。然後領頭者喊「警報解除」，牠的隊員快步跑向池塘。過了一會兒，白鶺鴒跟上牠們，跑到池塘另一邊，把喙浸到水裡再抬起頭來。哈利舉起空氣槍。白鶺鴒歪著頭看他。空氣槍發出砰的兇惡低響，鶺鴒們飛入灌木叢中。但白鶺鴒跌倒顫抖了一會兒，最後動也不動躺在草上。

哈利慢慢走過去將牠撿起。「我沒打算殺牠，」他自言自語。「只想嚇跑牠而已。」看著手上的白鶺鴒，腦袋右側的眼睛下方有個彈孔。哈利走到那排吊金鐘樹前，把鶺鴒拋進灌木叢。緊接著他放下槍，一腳踏進灌木叢裡。他找到白鶺鴒，帶到老遠的山坡上，將牠埋在一堆樹葉下。

瑪麗聽到他經過房門前。「哈利，你射到那隻貓了嗎？」

「牠不會再回來了。」他在門後說。

「喔，希望你殺了牠，但我不想聽細節。」

哈利繼續走向客廳，坐到一張大椅子上。屋裡仍舊昏暗，但透過大老虎窗可以看到外面花園鮮豔奪目，橡樹頂燃起耀眼的陽光。

我眞是個卑劣的傢伙，」哈利對自己說。「可惡卑劣的傢伙，竟然殺了她那麼愛的東西。」他低頭瞪地板。「我很寂寞，」他說。「唉，老天，我眞的很寂寞！」

逃跑

蒙特雷鎮南方大約十五哩的荒涼海岸，托瑞斯一家人在這兒有自己的農場，地勢稍斜，位在崖壁上頭，下方是海邊的褐色礁岩和嘶嘶白浪。農場背後岩山高聳，屋舍像是依附的蚜蟲聚集山腳，緊貼地上，好似害怕被風吹到海裡。棚屋簡陋，破爛穀倉嘎嘎作響，在鹽分侵蝕和潮濕海風吹襲下，顏色變得跟山上的花崗岩一樣灰白。農場飼養兩匹馬、一頭紅乳牛、一頭小牛、六隻豬，還有一群清瘦的雜色雞。貧瘠坡地種了一些玉米，在風中長得短小濃密，玉米棒都結在面向陸地的那一面。

托瑞斯媽媽是個瘦削乾癟的女人，兩眼顯得歷盡滄桑，接掌農場已經十年，因為丈夫有天到野外被石頭絆倒，跌在一條大響尾蛇上。人被咬到胸口就沒得救了。

托瑞斯媽媽有三個孩子，小的兩個長得黑黑的，分別是十二歲的埃米利奧和十四歲的蘿西。每當風平浪靜的日子，督學又在蒙特雷郡的某個遙遠地方，媽媽就叫他們到農場下方的礁岩上捕魚。然後是佩佩，身材高大、一臉笑容的十九歲兒子，溫柔親切的男孩，但非常懶散。佩佩有個長腦袋瓜，頭頂尖尖的，粗黑頭髮茅草般披掛下來。媽媽在他微笑的瞇瞇眼上剪了整齊瀏海，這樣他才看得見前方。佩佩有著印弟安人輪廓鮮明的顴骨和鷹鉤鼻，但嘴型甜美得像女孩，下巴纖細而且線條分明，雙腿、兩腳和手腕看來瘦長鬆垮。他就是非常懶散。媽媽認爲他既優秀又勇敢，不過從沒告訴過他。她說：「你老爸家族一定有懶牛投胎，否則我怎麼生得出你這樣的兒子。」她又說：「我懷你的時候，有天一隻鬼鬼祟祟的懶土狼從樹叢跑出來瞪我，你這副德性一定是因爲那件事。」

佩佩傻笑著把他的刀往地上戳，好保持刀鋒尖銳並除去鏽斑。這是他繼承的遺產，是他父親的刀子。結實的長刃可以折進黑色握柄，握柄上有個按鈕，佩佩只要按下按鈕，刀刃就立刻彈出定位。佩佩總是刀不離身，因爲它曾是父親的刀子。

一個晴朗早晨，崖壁下的湛藍海面波光粼粼，白花花的碎浪打在礁石上，甚至岩山看來都和藹可親，托瑞斯媽媽朝門外喊，「佩佩，有件事要你做。」

沒有回應。媽媽仔細聽，穀倉後面傳來一陣歡樂爆笑，她撩起長裙朝那聲音的方向走去。

佩佩坐在地上，背後頂住箱子，露出一嘴白牙。黑溜溜的弟妹分站兩旁，既緊張又期待。十五呎外的地上立了一根紅木樁。佩佩右手攤放在腿上，大黑刀擱在掌心，刀刃收進握柄裡。佩佩笑望天空。

埃米利奧突然喊：「呀！」

佩佩手腕像蛇頭似彈起，利刃飛到半空中張開，刀尖砰的插進木樁，只見黑色握柄在那兒抖啊抖，三人爆出興奮的笑聲。蘿西跑向木樁拔起刀子，拿回去給佩佩。他折好刀刃，小心地把刀子再放到攤開的手掌。他對著天空自信地露齒微笑。

「呀！」

沉甸甸的刀子再度飛射過去插進木樁。媽媽像艘艦艇般直衝過去，驅散這場把戲。

「你整天就用這刀子幹些蠢事，像個幼稚的娃兒，」她怒罵。「那雙大腳給我站起來，穿上鞋子。起來！」她抓住他散漫的肩膀硬扯。佩佩靦腆笑著，心不在焉地站起來。「聽好！」托瑞斯媽媽喊道。「懶鬼，把馬逮過來，披上你老爸的馬鞍，你得騎去蒙特雷鎮。藥瓶是空的，鹽巴也沒了。現在就去，小混蛋！去逮馬。」

佩佩閒散的態度這下子驟然改變。「去蒙特雷鎮，我？一個人？是的，媽媽。」

她怒視著他。「想都別想，蠢蛋，你就會去買糖果。門都沒有，我給你的錢只夠買藥和鹽巴。」

佩佩笑了。「媽媽，你會給帽子繫上飾帶嗎？」

她變得溫和。「是的，佩佩，你可以戴飾帶。」

他語調更加諂媚。「還有綠領巾，媽媽？」

「是啊，如果你快去快回不惹麻煩，就可以圍上綠色絲領巾。吃東西時一定要摘下，免得沾到上面……。」

「是，媽媽，我會小心。我是大人了。」

「你？大人？你是小混蛋。」

他走進搖搖欲墜的穀倉，取出一條繩索，還算靈活地走上山坡逮住馬。

他在門前備妥後騎上馬，父親的馬鞍破舊到多處皮革都磨損露出底框，此時媽媽拿來繫著飾帶的黑圓帽，幫他圍上綠色絲領巾，在脖子上打個結。佩佩的粗棉藍外套比他的牛仔褲顏色深了許多，因為它很少洗。

媽媽遞上大藥瓶和幾枚銀幣。「這是買藥的，」她說，「這是買鹽的，這是買蠟燭點給你老爸的，這是買你弟妹糖果的。我們認識的羅德里奎茲太太會提供你晚餐，也許還有過夜的床鋪。你去教堂只要唸個十遍祈禱文和二十五遍聖哉瑪利亞就好。喔！我知道你這野傢伙，只要看到蠟燭和聖像就整天坐在那兒唸聖哉。沒必要花時間盯著漂亮東西。」

黑帽蓋住佩佩的尖頭頂和濃密黑髮，讓他顯得老成體面。他端坐在高高的馬匹上，媽媽心想他多麼英俊，皮膚黝黑，又瘦又高。「若不是為了買藥，我不會現在派你一個人去，小子，」她輕聲說。「沒藥就不好了，誰知道什麼時候牙會痛起來，或者胃不舒服。它們說來就來。」

「再見，媽媽，」佩佩喊道。「我很快就回來。你可以常派我一個人去，我是個大人。」

「你是個傻孩子。」

他挺直胸膛，揮動馬肩上的韁繩出發。回頭一瞧，埃米利奧、蘿西和媽媽仍在看他。佩佩的笑容帶著驕傲與喜悅，催促這任勞任怨的灰馬奔跑起來。

當他消失在遠方路上，媽媽轉向身旁的兩個孩子，但口中唸唸有詞。「他差不多是大人了，」

她說。「家裡又有個大男人也是好事。」她眼神銳利，看向那兩個孩子。「去礁石那邊。海水正在退潮，上面可以找到鮑魚。」她把鐵鉤交到兩人手上，看他們走下陡峭小徑到礁石上。她拿了平滑的石磨到門前，坐在那兒把玉米磨成粉，不時看看佩佩剛才離開的那條路。迎來正午，又到下午，孩子倆拿鮑魚往石頭上敲，把牠們打攤，托瑞斯媽媽將玉米餅拍薄。火紅太陽落向海平面時，三人吃著晚飯。他們坐在門前台階用餐，看那皎潔大月亮從山頂升起。

媽媽說：「這會兒他在羅德里奎茲太太家。她會給他好東西吃，也許還有一份禮物。」

埃米利奧說：「有天我也要騎馬去蒙特雷鎮買藥。佩佩今天會成爲大人嗎？」

媽媽精明地說：「男孩在需要成爲男人時就會變成大人。記住這件事。我知道有些人活到四十歲還是男孩，因爲那裡不需要男人。」

不久之後他們就去休息，媽媽躺在屋子一側的大椽木床上，埃米利奧和蘿西睡在另一側塞滿稻草和羊皮的箱子裡。

明月劃過天際，波濤在礁石上呼嘯。第一聲雞啼響起，海浪平息成崖下低語。月亮落向大海，公雞再次啼叫。

*

月亮接近海平面時，佩佩騎著氣喘噓噓的馬回到農場。他養的狗高興得跑來繞圈狂吠，佩佩將馬鞍卸到地上。飽經風霜的棚屋被月光照得銀亮，屋子的方塊黑影落向東北。東邊堆疊的群山在月光下顯得霧氣朦朧，峰頂逐漸消失在天際。

佩佩疲倦地踏過三層階梯走進屋裡。裡面很暗，角落傳來一陣窸窣。

媽媽在床上喊道：「是誰？佩佩，是你嗎？」

「是的，媽媽。」

「藥買了嗎？」

「是的，媽媽。」

「喔，那麼去睡覺吧。我以爲你會在羅德里奎茲太太家過夜。」佩佩默不作聲站在漆黑屋子裡。

「爲什麼站在那兒，佩佩？你喝酒了？」

「是的，媽媽。」

「那麼，去床上睡覺直到醒酒。」

他的聲音疲憊卻有耐心，而且非常堅定。「點起蠟燭，媽媽。我得離開這兒到山裡去。」

「什麼事，佩佩？你瘋了。」媽媽擦亮一根火柴，維持好藍色小火苗，直到火焰燃起木棒。她點亮床邊地板上的蠟燭。「佩佩，你在說什麼？」她擔心得仔細瞧他的臉。

他已經變了。下巴似乎不再纖細脆弱，嘴唇沒那麼豐厚，線條顯得更平直，最大的變化卻在眼睛。眼神不再帶有笑意，沒有一絲靦腆，它們銳利、清晰而果斷。他用疲倦單調的語氣把發生的一切告訴她。幾個人來到羅德里奎茲太太的廚房。那裡有酒喝，於是佩佩喝了酒。後來發生小爭執——

一個男人衝著佩佩而來，然後刀子——它幾乎是自動離手，在佩佩意識到前就已擲飛出去。在他說話的時候，媽媽的臉愈加嚴肅，似乎變得更消瘦。佩佩說完經過。「我現在是大人了，媽媽。我無法接受那人怎麼喊我的。」

媽媽點頭。「是的，你是個大人，我可憐的小佩佩。你是大人了，在你身上看得出來。之前看到你把刀擲到木樁上，我就有些擔心。」她的臉放鬆片刻，現在又繃緊起來。「快！我們得讓你準備好。去把埃米利奧和蘿西叫醒，快去。」

佩佩走去弟妹睡的羊皮堆角落，彎腰輕搖他們。「起來，蘿西！起來，埃米利奧！媽媽說你們得起來。」

黑溜溜的兩個小孩在燭光中坐起，揉著眼睛。媽媽現在下了床，睡袍外披了一件黑色長襯衫。「埃米利奧，」她喊道。「起來去把另一匹馬牽來給佩佩。快！動作快。」埃米利奧把腿伸進工作褲，睏倦地蹌踉出門。

「你一路上沒聽到後面有人吧？」媽媽追問。

「沒有，媽媽。我有仔細聽，路上沒人。」

媽媽像隻鳥一樣在屋裡到處移來移去。她從牆壁釘子上拿了一個帆布水袋，把它扔在地上。從床鋪上掀起條毛毯，緊緊捲成一綑再用繩子綁住。從火爐旁的箱子拿出半滿的麵粉袋，裡面裝著深色肉乾條。「佩佩，你老爸的黑外套。這裡，拿去穿上。」

佩佩站在屋子中央看她行動。她從門後取出點三八來福槍，整根槍管磨得光亮，佩佩從她手上接過來，用手肘夾著槍托。媽媽拿來一個小皮袋，數了子彈放在他手上。「只剩十顆，」她提醒。「一定要省著用。」

埃米利奧把頭探進門。「馬牽來了，媽媽。」

「馬鞍換到這匹馬身上，毛毯繫上去。還有，肉乾綁到鞍頭上。」

佩佩仍舊靜靜站著，看他母親忙亂動作。他挺直下巴，甜美嘴型抿得很緊。那雙瞇瞇眼以近乎懷疑的眼神跟著媽媽四處走動。

蘿西輕聲問：「佩佩要去哪裡？」

媽媽眼露惱怒。「佩佩要出遠門。佩佩現在是個大人，他有大人的事要做。」

佩佩挺直胸膛。他的嘴型改變，直到看起來很像媽媽。

最後準備工作完成。滿載的馬匹站在門外，水袋滿溢滴到馬肩上。

黎明時分，月色消退，皎潔的大月亮即將落入海面。一家人站在棚屋旁，媽媽正視著佩佩。「聽好，我的孩子！天黑前別停下來，即使累了也不能睡。留意馬匹，免得牠耗盡力氣走不動。記得謹慎使用子彈——只有十顆。不要都吃肉乾，這樣你會生病。吃一些肉乾，然後吃草葉填飽肚子。當你到高山上，如果遇到任何巡夜人，不要接近他們，也別跟他們講話。不要忘了禱告。」她把枯瘦雙手搭在佩佩肩膀，踮起腳尖，拘謹地親吻他兩頰。佩佩也親她臉頰，然後走向埃米利奧和蘿西，親吻他們臉頰。

佩佩轉向媽媽，似乎想在她身上找到一絲溫柔的破綻。他打量著，但媽媽的臉依舊嚴厲。「快走，」她說。「別等著像隻小雞一樣被抓起來。」

佩佩攀上馬鞍。「我是個大人。」他說。

迎來第一道曙光時，他騎上山坡朝小峽谷過去，那裡有條通往高山的小徑。月光與曙光交相輝映，互不相讓，使得眼前景象難以辨認。佩佩走不到一百碼，身形便已朦朧；還沒進入小峽谷前，他已成為模糊灰影。

媽媽僵直站在台階前，兩旁站著埃米利奧和蘿西，他們不時偷瞄媽媽一眼。

當佩佩的灰影消失在山坡上，媽媽鬆了口氣。她高喊起死亡輓歌的悲怨泣訴。「我們漂亮的——勇敢的，保護我們的兒子走了。」她喊道。埃米利奧和蘿西在她身旁嗚咽起來。「我們那漂亮的——勇敢的兒子走了。」這是正式的哀悼，先升高為淒厲慟哭，再沉降到低聲啜泣。媽媽這樣做了三次，然後轉身進屋關上大門。

埃米利奧和蘿西困惑地站在曙光中，聽到媽媽在屋裡抽噎。他們走到外面的崖頂，肩併著肩。

「佩佩什麼時候變成大人的？」埃米利奧問。

「昨天晚上，」蘿西說。「昨晚在蒙特雷鎮。」海上雲朵被山後的朝陽染紅。

「我們會沒早餐吃，」埃米利奧說。「媽媽不想作飯。」蘿西沒回應他。「佩佩要去哪裡？」

他問。

蘿西環顧周圍，望著寂靜天空思索。「他去旅行了，永遠不會回來。」

「他死了嗎？你認爲他死了嗎？」

蘿西又回頭看著海。一艘汽船在大海盡頭畫出一道煙霧。「他沒死，」蘿西解釋。「還沒有死。」

*

佩佩將那一大把來福槍擱在身前馬鞍上，頭也不回讓馬匹往山坡上走。石坡佈滿矮樹叢，所以佩佩找到一條小徑騎過去。

來到峽谷入口，他在馬鞍上挪動身子回頭看。但屋子被吞噬在朦朧光線中，於是佩佩繼續趕馬前進。峽谷兩壁向他迫近，馬兒伸長脖子，大口呼氣走上小徑。

這是一條破舊小路，黑軟的腐葉鬆土上鋪著碎裂不堪的砂岩板。小徑繞著險峻山壁急降至溪床。淺溪水流平緩，在晨光下閃閃發亮。溪底卵石就像曬乾的苔蘚一樣是黃褐色的。溪邊沙地長滿高大野薄荷，溪中水芹粗壯堅韌，結了許多種子。

小徑沒入溪中，從另一頭上岸。馬兒踏進水裡就不走了，佩佩放下手中韁繩，讓牠喝一喝流動的溪水。

峽谷山壁很快變得險峻，前排巨大紅杉像哨兵似的看守小徑，粗圓紅樹幹爬滿翠綠碎邊的羊齒蕨。佩佩走進樹林，霎時不見陽光。淡綠矮叢香氣迷漫，一抹紫光灑在上面，鵝莓、黑莓和蕨叢沿著溪流生長，頭上紅杉枝葉交錯，遮住了天空。

佩佩拿起水袋喝幾口，伸手到麵粉袋取出一條黑肉乾。他用白牙撕咬肉乾，把它扯斷，慢慢咀嚼，不時喝些水。他的一雙小眼惺忪疲倦，但臉部肌肉繃緊。小徑泥地現在乾了，馬蹄踏得砰砰作響。

溪水湍急起來，小瀑布盡往石頭上傾瀉。鐵線蕨懸在上方，噴濺的水花從葉子滴落。佩佩斜坐馬鞍上，一條腿晃蕩著掛在半空。他從路旁樹上摘了一片桂葉，放進嘴裡片刻，好給肉乾調些味。來福槍仍舊橫跨鞍頭隨意扶著。

突然，他在馬鞍上坐正，策馬掉頭離開小徑，匆匆藏到一棵大紅杉後。他拉緊繫住馬銜的韁繩，以免馬兒發出嘶叫。他的表情專注，鼻孔微微顫動。

沉重蹄聲在小徑上沿路而來，上面騎著一個胖子，緋紅臉頰留著白色鬍髭。走到佩佩掉頭的地方，那匹馬垂頭嘆氣。「打起精神！」男人說著就拉起馬頭。

當蹄聲消失在遠方，佩佩重新回到小徑上，再也不敢掉以輕心。他舉起來福槍，拉開機柄，塞了一顆子彈到槍膛裡，然後讓擊錘半扣著。

小徑變得非常陡峭，這裡紅杉比較矮小，樹頂光禿，都是被風吹枯的。馬兒埋頭前進，太陽在頭頂緩緩移動，走向午後的西沉。

溪水朝側面峽谷流去，與小徑從此分道揚鑣。佩佩下馬裝滿水袋，也讓他的馬喝水。小徑一離開溪邊就不見大樹，兩旁只有濃密乾硬的鼠尾草、熊果樹叢和矮木叢。柔軟黑土也沒了，路基全是亮褐碎石，馬蹄踏出喀啦聲響，嚇得蜥蜴倉皇躲進矮叢。

佩佩挪動身子回頭張望。現在身處開闊的地方，人從遠方就能看見他。隨著小徑攀高，鄉野變得愈加荒涼乾燥。這路繞著方塊大岩石的底下走。灰色小野兔在灌木叢裡竄奔，一隻鳥發出單調咯咯聲。東邊光禿岩石山頭晾在西下的陽光中，顯得蒼白乾燥。馬兒沿路費勁往上走，朝著山脊小V字型而去，那裡是隘口。

佩佩大約每分鐘都疑神疑鬼回頭察看，接著又緊盯前方山頭。曾有片刻，他在蒼白光禿的橫嶺上看到黑色人影，但很快就把視線移開，那是一名巡夜人。沒人知道巡夜人的身分或住處，但最好別理他們，別對他們感興趣。巡夜人不打擾路上過客，他們只管份內的事。

乾熱的風吹來山上風化的細塵。佩佩節制地小口喝水，拴緊水袋又掛回鞍頭。小徑在乾燥的泥板岩坡迂迴而上，避開岩石，鑽過裂縫，在乾涸水道爬下爬上。到達小隘口時，佩佩停下回頭瞧了許久，現在不見任何巡夜人，背後路上空蕩蕩的，只看到高聳的紅杉樹梢標示著溪流所在。

佩佩騎在隘道上，瞇瞇眼疲倦得幾乎闔上，臉孔卻顯得堅忍剛毅，充滿男子氣概。高山上的風灌進隘口，在大塊花崗岩的裂縫邊緣吹得颯颯響。紅尾鵟低空掠過山脊，發出凶猛呼嘯。佩佩慢慢通過嶙峋的隘口，俯望山的另一頭。

小徑在碎石之間迂迴陡降，坡底是一道窪地，長滿濃密的灌木叢，後方小片平坦地上橡樹成林，青蔥草地橫亙其間。過了平地是另一座山，荒蕪得只有死寂的岩石和零落的矮黑樹叢。佩佩又喝了水，因爲空氣實在乾燥，使得鼻子有些刺痛、嘴唇發燙。他趕馬走下小徑，馬蹄踏在陡路上顚躓不已，踢起的小石滾落到下方樹叢。太陽現在落到西邊山後，但餘暉映在橡樹林和草地上依舊明亮，蓄積日照的岩石山坡仍在散發熱浪。

佩佩仰望下一個乾枯山脊的頂峰，看見背景天空前有個黑影，那是站在石塊上的一個人，他立刻撇開視線，不要顯露自己的好奇。一會兒之後再往上瞧，那人不見了。

下坡路很快就走完。馬兒有時掙扎著移動腳步，有時挺直了腿滑動小段距離，最後他們來到坡底。濃密樹叢長得比佩佩的頭還高，他一手拿來福槍，另一隻臂膀護著臉，免得被又尖又硬的雜亂枝幹刺傷。

他騎出窪地，爬上一道小陡坡，眼前就是綠草平地，還有直挺宜人的橡樹林。這時他觀察剛才下山的小徑，上面沒有動靜，寂然無聲。最後他安心騎過平地，到那翠綠濕地上，在地勢稍高的那端發現一處小泉，水從地底湧出後流進一個挖好的水坑，漫溢到地面。

佩佩先裝滿水袋，再讓焦渴的馬到水坑喝個夠。他牽馬到橡樹林中央，這裡四面八方都有良好遮蔽，然後卸下馬鞍和馬銜放到地上。馬兒歪著下巴打呵欠。佩佩拿馬繩在牠脖子上打個結，另一端繫到小樹上，讓牠可以吃到一大圈的青草。

馬兒餓腸轆轆嚼起草來，佩佩走向馬鞍，從蔴袋拿了一條黑肉乾，然後走向林邊的一棵橡樹，在這樹下可以監視小徑。他坐在鬆脆的乾樹葉上，自然而然想伸手拿他的大黑刀來切肉乾，但刀子已不在身邊。他用手肘撐住身子，啃咬著堅韌的肉乾條，面無表情，但那是一張男人的臉。

晴朗的傍晚斜陽照亮東邊山脊，但山谷暗了下來。野鴿從山上飛到泉水旁，鵪鶉跑出灌木叢加入牠們陣容，彼此響亮地唱和。

佩佩眼睛餘光看到一個影子，從窪地灌木叢逐漸接近，他慢慢轉過頭去瞧。那是一隻花斑大山貓，朝著泉水匍匐前進，肚子緊貼地面，腦袋盤算著行動。

佩佩扳起來福槍的扳機，把槍口慢慢轉過去。此時他擔心地抬頭看了看小徑，接著鬆開扳機，從旁邊地上撿了一根橡樹枝丟向泉水。鵪鶉騰空飛起，野鴿一哄而散。大貓起身，用那冷漠的黃眼睛瞪著佩佩許久，然後毫不畏懼地走回灌木叢。

暮色迅速降臨山谷。佩佩低聲禱告，把頭枕在手臂上，很快就睡著了。

月亮升起，冷冽藍光普照山谷。峰頂吹來颯颯風聲，鴞梟在山坡間飛上飛下尋找野兔，灌木叢底傳來一隻土狼的嗥叫，橡樹在徐徐夜風中輕聲細語。

*

佩佩突然驚醒，仔細聆聽。他的馬嘶叫了幾聲，月亮剛落到西邊山脊後面，留下山谷一片漆黑。佩佩全身繃緊地坐著，來福槍握在手裡。他聽到小徑上方老遠處也傳來幾聲馬嘶，還有踏在碎石地的蹄聲。他趕緊站起跑向自己的馬，牽馬走過樹林下。他匆匆披上馬鞍，拉緊肚帶準備走那陡峭小徑，然後抓住掙扎的馬頭，將馬銜塞進牠嘴裡。他摸了摸馬鞍，確定水袋和肉乾麻袋都繫好，於是一躍上馬騎向山坡。

周圍像絲絨一樣黑。馬兒在離開平地處找到小徑入口，馬蹄踏上碎石路，又顛又溜地開始爬坡。佩佩伸手到頭上，帽子不見了。他把帽子忘在橡樹底下。

天上晨光乍現，硬冷微光穿透漆黑山谷，馬兒已在小徑上顛簸走了好長一段路。慢慢地，山脊頂峰的陡峭巉岩矗立在面前，長年吹襲下的花崗岩飽受侵蝕風化。佩佩把韁繩擱在鞍頭，讓馬自己找方向。矮樹叢在黑暗中擦刮著他的腿，直到牛仔褲的一邊膝蓋都被扯破。

晨光逐漸蔓延到山脊，乾枯樹叢和岩石在微光下現身，放眼望去盡是一片奇形怪狀和孤寂的模樣。接著光線暖和起來，佩佩停住回頭看，仍舊陰暗的山谷下面看不到任何東西。旭日上方的天空開始轉藍。在這荒蕪的山腰，乾枯樹叢只長到三呎高。到處都是未風化的大花崗岩裸露在地面，像一棟棟崩壞的房子杵在那裡。佩佩稍微鬆了口氣，他拿起水袋喝些水，咬下一塊肉乾。天上一隻老鷹在晨光中高飛。

突然間，佩佩的馬嘶吼一聲側倒下去。山下幾乎還沒傳來槍響前，他就已經跌在地上。抽搐的馬肩下面有個洞，一股股深紅鮮血從洞口冒出，馬蹄不斷在地上踢蹭。佩佩錯愕地躺在旁邊，他慢慢朝山下看。腦袋旁的一棵鼠尾草咻地被削斷，另一聲槍響在峽谷間迴盪。佩佩狂奔到一棵矮樹叢後。

他用膝蓋和一隻手爬上山坡，右手托起來福槍，把它推在自己面前。他以動物本能小心移動，迅速往山坡上方一個突起的大岩塊潛行。樹叢高的地方就彎腰快跑，缺乏掩護的地方就趴在地上挪移，把槍推在前頭。最後的小段距離完全沒有遮蔽，佩佩擺好姿勢，然後衝過空地，飛快繞過岩石角落。

他氣喘噓噓靠在岩石上。等到喘過氣來，他往大石塊的後方移動，找到一處可以窺視山下的狹小裂縫。佩佩趴下身子，把槍架在石縫間等待。

太陽現在把西邊山脊都照紅。禿鷹朝馬兒倒下的地方聚集，一隻小褐鳥在槍口前的枯死鼠尾草間搔弄羽毛，老鷹翺翔回來飛向旭日。

佩佩看到下方遠處的樹叢間稍有動靜，他握緊槍枝。一隻小母鹿輕巧踏上小徑，橫越後又消失在對面樹叢。佩佩等待很長一段時間，能夠看到坡底遙遠的小塊平地和橡樹林，還有那道青蔥草地。視線突然轉回小徑，下方四分之一哩處的樹叢間一陣騷動。槍口轉了過去，準星落在照門凹槽裡。佩佩觀察一會兒，然後把照門調高一格。樹叢又有動靜。瞄好準星，佩佩扣下扳機，碰的一聲響徹山谷，對面山頭傳來震耳回音。整個山坡變得悄然無聲，沒有任何動靜。接著一道白光射進岩縫，子彈呼嘯而過，下方傳來這聲槍響。佩佩感到右手劇痛，一片碎花崗岩刺穿他的虎口，石尖冒出手掌。他小心拔出碎片，傷口緩緩滲血。還好沒切到動脈或靜脈。

佩佩在滿是灰塵的小石洞裡收集一把蜘蛛網，整團壓往傷口，緊敷在血漬上。血幾乎立刻就止住了。

佩佩撿起地上的來福槍，拉開扳機，塡一顆新子彈到槍膛裡，然後匍匐滑進樹叢。他往右邊爬了老遠，朝山上前進，謹慎地慢慢移動，爬到掩蔽物時停頓一下再繼續爬。

在這連綿群山裡，太陽高掛天穹，落進峽谷的時間還早。熾熱烈陽俯瞰山坡，立刻帶來炎炎高溫。刺眼白光打在岩石上四處反射，裊裊熱氣從地面揚升，後方樹叢和岩石似乎也跟著抖動。

佩佩大致朝山脊方向爬行，左拐右閃尋找遮蔽。手掌傷口開始陣陣抽痛。他不知不覺爬到一條響尾蛇前，乾扁蛇頭舉起，發出細微嘶聲，他立刻退後換別條路。一隻灰色蜥蜴從面前快速閃過，揚起一小道塵土。他又發現一團蜘蛛網，於是拿來壓在抽痛的手掌上。

佩佩現在用左手推來福槍。一粒粒汗珠從他粗黑的頭髮間滑落，滴在臉頰上。嘴唇和舌頭變得愈加乾腫，他抿著唇在嘴裡沾些唾液。那對瞇瞇黑眼顯得焦慮不安。曾有一隻灰蜥蜴停在眼前乾熱地上，腦袋偏向一旁，他就拿起石頭把它砸扁。

太陽已過正午，他前進還不到一哩。只剩最後數百碼，他耗盡力氣拚命爬，來到一片又高又尖的熊果樹叢，蜷曲在堅韌纏結的枝幹間，把頭枕在左臂。稀疏樹叢沒什麼林蔭，卻是個安全的掩蔽處。佩佩側躺入睡，烈陽射在背上。幾隻小鳥跳到附近，看了看他又跳走了。佩佩睡得侷促不安，受傷的手不斷抬起又放下。

太陽落到山頭後面，清涼的黃昏來臨，接著就是黑夜。一隻土狼在山腰嗥叫，佩佩驚醒過來，睡眼朦朧環顧四周。他的手腫脹沉重，一絲疼痛傳上手臂，直達腋下胳肢窩。他張望一番之後站起來，山上一片漆黑，月亮還沒升起。佩佩站在黑暗中，父親外套壓在臂膀上，舌頭腫脹到幾乎塞滿嘴巴。他扯下外套丟進樹叢，掙扎地往山坡上走，不時被石頭絆倒，穿過樹叢還被劃傷。來福槍一路碰撞岩塊，碎石粉礫在他身後沙沙地滑落山坡。

一會兒之後升起下弦月，崢嶸的山脊稜線呈現眼前。佩佩在月光下走起來容易多了。他向前彎著腰，讓疼痛的手臂不要碰撞身體。往山上的路程跑跑停停，用力衝刺幾碼再停下休息。從山頭一路溜下的風把乾樹叢吹得嘎嘎響。

月亮升到最高點，佩佩終於來到陡峭凌亂的山脊頂峰。爬上最後幾百碼，地面被風吹襲到土壤全無，只剩堅硬岩石。他手腳並用攀上頂峰，俯瞰山頭另一邊，景象如同前面走過的一樣，在月光下顯得朦朧，只有奮力生長的乾枯鼠尾草與樹叢。對面依舊矗立著陡坡，參差風化的山頂岩塊高聳參天，底下山隘長著又濃又密的樹叢。

佩佩跌跌撞撞走下山坡，嘴巴乾得幾乎鎖喉。他一開始想跑，但立刻摔倒翻滾，隨後就走得更小心。來到山坡底時，月亮才剛隱沒山後，他爬進濃密樹叢，用手探觸是否有水。溪床沒水，只有潮濕泥地。佩佩放下他的槍，舀起一把泥漿塞進嘴裡，然後一口吐掉，拿手指刮抹舌頭，把泥漿當敷藥塗在嘴裡。他用手在溪床上刨，要挖個小洞來集水，但是挖得還不夠深，頭便往前栽到濕泥地上睡著了。

天已破曉，地面感受到白晝的烘熱，佩佩仍在沉睡。傍晚時分，他突然抬起頭，警覺地瞇著眼慢慢環顧四周。二十呎外的樹叢裡，一隻黃褐色的大美洲獅站在那裡看他。那根又粗又長的尾巴優雅擺動，耳朵好奇得豎直。獅子現在不安地弓起身子，蹲伏在地上注意他。

佩佩看到自己在地上挖的洞，底下積了半吋深的泥水。他扯開受傷手臂的袖子，用牙齒撕下小塊布料浸到水中，然後放進嘴裡。他一遍又一遍將布浸濕，放到口中吸吮。

獅子仍蹲在那兒看他。夜晚降臨，山上沒有任何動靜，沒有任何一隻鳥飛到這乾涸的山隘底下。佩佩不時看看那隻獅子，黃褐野獸的眼皮垂下，似乎快要睡著。牠打個哈欠，又長又薄的紅舌頭捲曲伸到外面。突然間，牠猛然轉頭，口鼻顫動，拍打著那根大尾巴。牠站了起來，像個黃褐色的影子般潛入濃密樹叢。

佩佩接著立刻聽見，遠方隱約傳來馬蹄踏在碎石的聲響。他還聽到其他聲音，一隻狗在高聲狂吠。

佩佩左手拿起來福槍，幾乎跟那獅子一樣悄悄潛進樹叢。在逐漸變暗的天色下，他蹲低爬上山坡，朝下一個山脊前進。直到天色全黑，才站直身子。他的體力所剩無幾，在黑暗的陡峭石坡上頻頻失足，跪倒在地，但他繼續往上走，不斷攀爬這破碎的岩石山坡。

朝山頭走了好遠之後，他躺下小睡片刻。慘淡月光照在臉上將他喚醒，於是起身再往山上前進。走過五十碼，他停下來，因為忘了拿來福槍。他吃力往下走回去，在樹叢間摸索，但是找不到槍。

最後他躺下休息。胳肢窩的疼痛更加劇烈，手臂似乎隨著每次心跳變得更腫，任何姿勢都無法避免手臂壓迫到腋下。

如同受傷野獸的掙扎，佩佩支起身體繼續朝山脊走去。他用左手扶住腫脹的手臂，不要讓它碰到軀幹。他拖著腳步登上陡坡，走幾步就休息一下，然後再走幾步。終於接近山頭了，月光照亮參差的峰線，成爲映在天空前的剪影。

佩佩感到一陣天旋地轉，隨後失去意識，倒在地上動也不動。山脊頂峰在他前方只剩一百呎。月亮移過天際。佩佩側轉身子，舌頭想說些話來，但唇間只發出含糊嘶啞的聲音。

黎明時，佩佩振作起來，眼睛恢復神智。他把腫脹手臂抬到面前，瞧一瞧疼痛的傷口，發黑血管從手腕延伸到腋下。他很自然地伸手到口袋要拿大黑刀，但刀不在那兒。眼睛在地上搜索著，他撿起一塊鋒利石片往傷口刮下去，切開腫大的肌肉，然後擠出一大團綠色濃汁。他立刻仰頭像隻狗一樣哀嚎，右半身痛得發抖，但這疼痛讓他腦袋清醒。

他在昏暗晨光中掙扎走完山脊最後的斜坡，爬過山頭，躺在一排岩石後面。下方還是一處深谷，跟先前的完全一樣，乾燥荒蕪。底下沒有平地，沒有橡樹，谷底甚至沒有濃密樹叢。對面又是另一座高聳山脊，上面覆蓋著稀疏樹叢和乾枯鼠尾草，遍地皆是淩亂碎石。山坡上到處都有裸露的花崗岩塊，山頂依舊巨石崢嶸遮住半邊天。

又是明亮的一天。太陽烈焰橫掃山脊，燒灼他所癱躺的地面。粗黑亂髮夾雜樹叢細枝和蜘蛛網絲，他的雙眼凹陷，兩唇之中吐露出黑色舌尖。

他坐起來，把腫脹手臂揣到膝蓋上抱住，搖晃起身體，喉頭發出嗚咽。他仰頭望向蒼白天空，一隻大黑鳥盤旋著幾乎離開視線，另一隻從左側遠方逐漸飛近。

他抬頭細聽，一個熟悉聲音從剛爬過的山谷傳來，那是獵犬的吠叫，興奮激動地追蹤足跡。

佩佩立刻低頭，想要匆匆說些什麼，但唇間只有含糊嘶啞聲。他用顫抖的左手在胸前畫個十字，花了好長時間站起來，僵硬地慢慢爬到山頭的巨石頂上。到那之後，他搖搖晃晃地站直起來，可以看到下面遠方曾在那裡睡覺的濃密樹叢。他撐住雙腿站在那兒，成爲背景晨空前的一個黑影。

腳邊一聲劈響，碎石飛起，子彈咻地沒入後面山谷，下方傳來空蕩的槍聲迴聲。佩佩朝下看了一會兒，接著又挺直身子。

身體向後彈了一下，左手無力地擺盪到胸前。下方傳來第二聲槍響。佩佩往前搖晃，跌下石頭，身體撞擊地面後不斷翻滾，一路掃落碎石塵土，最後他被擋在一棵灌木叢前，滑落的碎石蓋住了他的臉。

蛇

菲利浦博士把痲布袋甩上肩頭，人離開潮水潭時，天色幾乎已經全黑。他爬上礁岩，踩著濕答答的膠鞋沿街走去。當路燈亮起，他來到自己經營的小實驗室，就位在蒙特雷鎮的罐頭工廠那條街。這是一間狹小的屋子，部分座落在海灣墩柱上，部分建在陸地。兩側都是金屬浪板搭建的沙丁魚罐頭廠，屋子被夾在中間。

菲利浦博士踏上木頭台階開了門。白老鼠在鐵絲籠裡爬上爬下，獸欄中抓來的貓喵喵叫著要喝牛奶。菲利浦博士打開解剖檯上的耀眼燈光，將濕黏痲布袋扔到地上。他走到窗前養響尾蛇的玻璃缸，低頭看著裡面。

蛇都蜷曲在角落休息，但腦袋卻很清醒。混濁的眼睛似乎沒在看，但年輕人朝缸子探頭時，那舌尖暗黑、舌根粉紅的分叉舌頭不斷顫動，緩慢上下揮舞。後來蛇認出年輕人，於是收回牠們的舌頭。

菲利浦博士匆匆脫掉皮外套，在鐵皮爐灶裡升起火。他放了一鍋水在火爐上，把一罐豆子浸到水中，然後站著凝視地上麻布袋。他是個纖瘦的年輕人，那對溫和專注的眼睛看了不少顯微鏡，臉上留著金黃色短鬍鬚。

通風管呼呼地排向煙囪，火爐發出灼熱白光。蕩漾微波輕聲沖刷著屋下墩柱。屋內四周架子上堆放一層層標本罐，裡面裝了固定好的海洋生物標本，全是實驗室買來的。

菲利浦博士打開一扇邊門進到臥室，這間排滿書籍的小空間裡有張行軍床、一盞閱讀燈，以及一張坐起來並不舒服的木椅。他脫下膠鞋，換上一雙羊皮拖鞋。當他回到另一個房間時，鍋裡的水開始沸騰。

他將麻布袋提到檯子的白光下，倒出二十多隻普通海星，把牠們整齊排在檯上。專注的雙眼轉向鐵絲籠裡忙碌的老鼠，他從紙袋裡拿些穀粒，灑到餵食槽中。老鼠們立刻從鐵絲網下來，撲在食物上面。一瓶牛奶放在玻璃櫃上小章魚和水母的標本中間，菲利浦博士取下牛奶走向貓籠，倒牛奶前先伸手到籠子裡，溫柔揀起一隻後街抓來的瘦長大隻虎斑貓。他撫摸牠一會兒，然後放進塗黑的小箱子，把蓋子蓋上栓好，轉開一個小旋塞讓瓦斯灌進毒氣室。當黑箱子傳來微弱短暫的掙扎時，他把碟子倒滿牛奶，其中一隻貓拱起背磨蹭他的手，他微笑摸摸牠脖子。

箱子現在完全靜下來。他關上旋塞，現在那密閉的箱子應該充滿瓦斯。

爐上鍋子裡的那罐豆子激烈翻騰。菲利浦博士用一把大鉗子夾起罐頭，打開後將豆子倒在玻璃盤中。他一邊吃豆子，一邊觀察檯子上的海星。觸腕之間滲出小滴乳白液體。他囫圇吞下豆子，吃完之後把盤子放進水槽，然後走去器材櫃，取出一臺顯微鏡和一疊小玻璃皿。他將玻璃皿逐一拿到水龍頭下裝滿海水，放到海星旁排成一列，拿出手錶放到白光通明的檯子上。海浪在地板下沖擊墩柱發出唰唰聲，他從抽屜取出滴管，俯身朝向海星。

就在這時，木頭台階傳來輕快腳步，接著響起重重敲門聲。年輕人走去開門時閃過一絲被打擾的不悅表情，一位瘦高女子站在門口，她穿著樸素的黑色套裝，烏黑直髮垂掛在平坦前額，像是被風吹亂似的。那對黑眼珠炯炯有神。

她用低沉喉音說：「我能進去嗎？有話跟你說。」

「我正在忙，」他心不在焉地說。「有時我得做些事。」但他閃到門邊，高個女子溜進屋裡。

「我會保持安靜，直到你能跟我談話。」

他關上門，從臥室拿出那張不舒服的椅子。「你看，」他辯解，「實驗過程要開始了，我得專注在上面。」以前很多人都會晃過來發問，他很少用刻板方式對一般人解說實驗，可以不假思索侃侃而談。「坐到那邊。我幾分鐘後就能聽你說。」

高個女子探頭到檯子上。年輕人用滴管從海星觸腕間收集液體注入一碗水，再吸取一些乳白液體注入同一個碗，用滴管輕輕攪拌水。他開始連珠砲似的簡短說明。

「當海星到達性成熟階段，若曝露在退潮環境下會釋放精和卵。我挑選成熟樣本將牠們帶離海水，製造退潮的環境。我現在混合了精和卵，在這十個玻璃皿中都放一些混合液。十分鐘後，我會用薄荷腦弄死第一個玻璃皿中的精和卵，二十分鐘後弄死第二組，然後每隔二十分鐘弄死一組。這麼一來我就能獲取這項過程裡的各個階段了，再把這一系列分別放到顯微鏡的載玻璃上做生物研究。」他停頓一下。「你想看看顯微鏡下的第一階段嗎？」

「不用，謝謝。」

他立刻轉向她。一般人總想看看顯微鏡下的東西。她完全沒在看檯子，而是看著他這邊。她的黑眼珠朝向他，但似乎不是在看他。他明白爲什麼了——因爲她的虹膜跟瞳孔一樣黑，兩者沒有色差分界。菲利浦博士對她的反應感到不滿。他雖然討厭回答人們的提問，但對他所做的事表現興趣缺缺可就惹惱他了。他開始想喚起她的注意。

「我在等第一個十分鐘的時候有件事要做。有些人不喜歡看這場面，或許你到那房間裡等我做完比較好。」

「不必，」她的語氣溫和平淡。「做你想做的事。我會等到你能跟我說話。」她的兩隻手併攏放在膝上，整個人完全靜止。她的雙眼明亮，除此之外全身幾乎處於停格狀態。他心想，「新陳代謝率很低，看來幾乎跟青蛙一樣低。」想讓她從死氣沉沉中驚醒過來的慾望再次盤據心頭。

他拿一個木頭小托架到檯子上，擺出解剖刀和剪刀，將一支大口徑注射針裝到壓力管上。接著他從毒氣室拿出癱死的貓，將牠放到托架上，四肢綁到側邊的鉤環。他撇頭看了女子一眼。她不爲所動，依舊靜止在那兒。

死貓猙獰面向燈光，粉紅舌頭從利牙間吐在外面。菲利浦博士熟練地剪開喉嚨皮膚，用解剖刀劃開脖子找到一條動脈。他以完美的技巧將注射針插入血管，用羊腸線將它繫緊。「這是防腐劑，」他解釋。「我接下來會把黃色液體注射到靜脈，紅色液體注射到動脈——爲了做血流分析——一堂生物學實驗課。」

他又瞧了瞧女子。她的黑眼珠似乎蒙上一層灰，面無表情看著貓被切開的喉嚨。一滴血都沒流下，切口乾淨俐落。菲利浦博士看他的手錶。「第一組的時間到了。」他灑幾粒薄荷腦結晶到第一個玻璃皿中。

女子使他神經緊張。老鼠又在鐵絲籠裡爬來爬去，發出吱吱輕叫。屋子底下的海浪拍打墩柱，傳來微微震動。

年輕人打個寒顫。他添加幾塊煤炭到爐子裡，然後坐了下來。「現在，」他說。「我有二十分鐘沒事做。」他注意到她的下唇到下巴尖有多麼短。她似乎慢慢清醒，從某處深層意識回過神。她抬起頭，霧濛黑眼打量房間四周，最後目光回到他身上。

「我剛才在等待，」她說。兩隻手依然併攏放在膝上。「你有蛇嗎？」

「哦，有啊，」他音量提得頗高。「我有大約二十多條響尾蛇，我會擠毒液送去血清實驗室。」

她繼續望著他，但眼睛焦點沒放在他身上，視線反倒是籠罩住他，像是看著圍繞他的一個大圓圈。「你有公蛇嗎？公響尾蛇？」

「哦，我才想到有一條。有天早上我進來，發現一條大蛇在裡面，跟較小的一條蛇在交配。那是很難抓到的。你看，我就想到有一條公蛇。」

「在哪裡？」

「嗯，就在那扇窗子前的玻璃缸裡。」

她慢慢轉過頭去，但兩隻手靜靜放著沒動。她轉頭回來面向他。「我能看看嗎？」

他站起來走去窗前玻璃缸。兩條蛇糾結在缸底的沙子上，但蛇頭清晰可辨。牠們吐出舌頭顫動一會兒，然後上下搖擺來感覺空氣震動。菲利浦博士神經兮兮轉過頭，女子就站在他身邊，沒聽到她從椅子起來的聲音。他只聽見海浪在墩柱間的拍打聲，還有老鼠在鐵籠裡的蹦跳聲。

她輕聲說：「哪一條是你說的公蛇？」

他指著一條土灰色粗蛇，獨自躺在缸底的一個角落。「那一條。牠有將近五呎長，來自德州。我們太平洋岸的蛇通常比較小。牠還會搶食所有老鼠，我餵其他蛇的時候就得把牠弄出來。」

女子直盯那無情的橢圓蛇頭。分叉舌尖吐到外面顫動了好一會兒。「你要確定牠是公的。」

「響尾蛇很有趣，」他碎碎唸著。「幾乎一般說法都錯了。我對響尾蛇不想說得太肯定，但——是的——我確定牠是一條公蛇。」

她的眼睛沒離開那扁平的蛇頭。「你願意把牠賣給我嗎？」

「賣掉牠？」他喊道。「把牠賣給你？」

「你有賣樣本，不是嗎？」

「喔——是的。當然有賣。當然有賣。」

「多少錢？五元？十元？」

「喔！不超過五元。但是——你了解響尾蛇嗎？你可能會被咬。」

她瞧了他一會兒。「我不打算帶走牠。我想把牠留在這裡，不過——我要牠是屬於我的。我想來這裡看牠，餵牠，知道牠是我的。」她打開一只小錢包，取出一張五元鈔票。「拿去！現在牠是我的。」

菲利浦博士開始擔心起來。「你可以來看牠，不需要擁有牠。」

「我要牠是屬於我的。」

「喔，天啊！」他喊。「我忘了時間。」他跑去檯子邊。「超過三分鐘，影響不大。」他灑了薄荷腦結晶到第二個玻璃皿中。然後他退回到玻璃缸旁，女子依然盯著蛇。

她問：「牠吃什麼？」

「我餵牠白老鼠，就是那鐵絲籠裡的老鼠。」

「你可以把牠放到另一個缸子裡嗎？我想餵牠。」

「但牠現在不需要吃東西。這星期牠已經吃過一隻老鼠。牠們有時候可以三、四個月都不吃。我有一條蛇超過一年沒吃東西。」

她以單調語氣低聲問：「可以賣我一隻老鼠嗎？」

他聳聳肩。「我懂，你想看蛇怎麼吃東西。好吧，我餵給你看，一隻老鼠賣兩角五分。以某種角度來說，這比看鬥牛來得好，從另個角度而言，這只不過是蛇吃晚餐。」他的語氣變得酸溜溜，他討厭人們把自然過程當做運動消遣。他不是運動員，而是一名生物學家。他可以為了知識殺死成千動物，但為了消遣卻連一隻昆蟲都不會傷害。他早已銘記在心。

她慢慢轉頭朝向他，薄唇開始露出微笑。「我想餵我的蛇，」她說。「我要把牠放到另一個缸子。」就在他還沒來得及知道她想做什麼的時候，女子打開頂蓋，伸手進去。他跳過去把她往後拉，蓋子砰一聲關上。

「你沒常識啊？」他不客氣地問。「牠也許不會殺死你，也會把你傷得很重，就算我能為你做些什麼也一樣。」

「那你把牠放到另一個缸子。」她平靜地說。

菲利浦博士感到震驚。他發現自己正在躲避那似乎什麼都不看的黑眼睛。他覺得把老鼠放進缸裡根本就是個錯誤，罪孽深重，而他不知為什麼會這樣。通常有人想看的時候，他會把老鼠放進缸裡，但今晚這要求令他覺得厭惡。他試著為自己找藉口。

「觀察是一件好事，」他說。「你可以知道蛇如何進食，這會讓你尊敬響尾蛇。不可否認，許多人會夢到蛇獵殺的恐怖畫面，我認為這是因為從老鼠的主觀角度去看，人變成了老鼠。一旦你用客觀角度看整件事，老鼠只是老鼠，恐懼也隨之消失。」

他從牆上拿了一根裝有皮套索的長桿。然後他打開圈套，把套索放在大蛇頭上，接著栓緊圈套。凶猛無情的咯咯聲響徹屋內。粗壯蛇身纏繞拍打長桿，他將蛇舉起丟到餵食缸中。牠立起身子準備攻擊，但咯咯聲逐漸平息。蛇爬到角落，身體盤成大8字型躺著不動。

「你瞧，」年輕人解釋，「這些蛇相當溫馴。我養牠們很久了，如果需要的話應該可以徒手抓蛇，但用手抓響尾蛇的人遲早會被咬。我只是不想冒這個風險。」他瞥了女子一眼，實在不願放老鼠進去。她已經移到新缸子前，黑眼睛再度盯著無情的蛇頭。

「放隻老鼠進去。」她說。

他不情願地走去鼠籠，心中不知怎麼的為老鼠感到難過起來，這感受以前從未有過。眼睛掃過一群蜂擁而上的白色軀體，牠們朝著他爬上鐵絲網。「哪一隻呢？」他在想。「該選哪隻才好？」他突然憤憤轉向女子。「你該不會比較想要我放隻貓進去吧？那就可以看到真正的打鬥，也許貓還會贏，不過這麼一來牠會殺死蛇。如果你想要的話，我能賣你一隻貓。」

她沒在看他。「放隻老鼠進去，」她說。「我要看牠吃東西。」

他打開鼠籠伸手進去，手指摸到一條尾巴，從籠子抓出一隻胖嘟嘟的紅眼老鼠。牠掙扎著要抬頭咬他手指，但是咬不到，於是張開四肢動也不動掛在尾巴下。他立刻走過房間，打開餵食缸，把老鼠丟到裡面沙土上。「現在，看著。」他喊。

女子沒回應他，眼睛盯著蛇躺的地方。牠的舌頭顫動著迅速伸進伸出，試探缸子裡的空氣。老鼠腳著地後轉了個身，嗅嗅自己赤裸的粉紅尾巴，然後邊走邊聞，毫不擔心地跑過沙土。屋子裡很安靜。菲利浦博士不知聽見的是海水在墩柱間發出嘆息，還是女子嘆了口氣，他從眼睛餘光看到她的身體僵硬地蹲在那兒。

蛇慢慢平滑移動，舌頭顫動著伸進伸出。那動作實在緩慢，平靜到似乎完全沒有在動。缸子的另一端，老鼠昂首擺出坐姿，開始舔起胸前的細白毛。蛇繼續移動，頸部一直保持彎得很深的S曲線。

寂靜襲擊著年輕人，他覺得血液在身體裡直往上衝。他大聲說：「看！牠擺好攻擊姿勢了。響尾蛇很小心，幾乎是種膽小的動物。手法非常精巧。蛇在獵食就像進行一場手術，熟練得跟外科醫師沒兩樣，謹慎地使用自己的武器。」

蛇現在已經滑動到缸子中間。老鼠抬頭看到蛇，蠻不在乎地回去舔自己胸口。

「這是世上最漂亮的一幕，」年輕人說，他全身血脈賁張。「這是世上最嚇人的一幕。」

蛇現在接近了，頭舉起來離沙土只有幾吋。蛇頭慢慢前後擺動，瞄準，算好距離，瞄準。菲利浦博士又瞥了女子一眼，不禁感到毛骨悚然。她也跟著擺動，不是很明顯，只有細微動作。

老鼠抬頭看到蛇，四腳站好往後退，就在此時——突然一擊。幾乎不可能看清楚，只在剎那之間，老鼠就像受到無形重毆一般顫抖一下。蛇匆匆回到原本的角落安頓下來，牠的舌頭不斷試探。

「漂亮！」菲利浦博士喊道。「就在肩胛骨中間，毒牙幾乎直達心臟。」老鼠仍站著，喘得就像一個白色小風箱。突然間，牠跳了起來側倒下去，腳抽搐著蹬了幾秒就死了。

女人放鬆下來，滿臉疲憊。

「喔，」年輕人問道，「眞是個激動人心的洗禮，不是嗎？」

她霧濛的眼睛轉向他。「現在牠會吃掉老鼠嗎？」她問。

「那當然。牠不是一時興奮殺了老鼠，是因爲餓才獵殺。」

女子嘴角又揚起來，她回頭望著蛇。「我想看牠吃掉老鼠。」

現在蛇又從角落移出來。頸部沒有出擊時那麼彎曲，但牠小心靠近老鼠，準備受到攻擊就往後跳。牠用鈍鼻頭輕推老鼠，又縮回去。確定老鼠死了之後，蛇用下巴從頭到尾觸碰老鼠整個身軀，似乎在測量大小，輕拂著它。最後牠張大嘴巴，從嘴角鬆開下顎。

菲利浦博士克制自己不要轉頭看女子。他心想：「如果她正張開自己嘴巴，我會覺得噁心，我會害怕。」他一直沒去看她。

蛇的嘴巴含住老鼠頭，接著一陣緩慢蠕動搖晃，開始吞下老鼠。雙顎扣緊，整個喉嚨慢慢向前挪移，然後雙顎再次扣緊。

菲利浦博士轉身回到他的工作檯。「你害我錯過一組的時間，」他不悅地說。「這趟實驗沒辦法完成了。」他拿一片銻玻璃放到低倍顯微鏡下觀察，然後氣呼呼地把所有玻璃皿中的東西倒進水槽。海浪消退到只剩地板下傳來潺潺水聲。年輕人拉開腳邊地板活門，把海星丟進漆黑海水中。他停在托架前，那隻死貓綁在上面，對著燈光滑稽地露出牙齒，身軀充滿防腐劑。他關掉壓力管，抽出注射針，將血管紮緊。

「你想喝些咖啡嗎？」他問。

「不用，謝謝。我馬上就要走。」

他走去她那邊，她依然站在蛇缸前面。老鼠被吞下去，只剩一吋長的粉紅尾巴掛在嘴巴外，像一根諷刺的舌頭。蛇的喉嚨又鼓動幾下，尾巴就不見了，雙顎恢復咬合位置。大蛇沉重地爬到角落盤成大8字型，將頭垂放回沙土上。

「牠現在睡了，」女子說。「我要走了，但我會經常回來餵我的蛇。老鼠的錢我會付，我要牠吃很多。到某個時候——我會來把牠帶走。」她的眼睛在這片刻脫離了迷濛夢境。「記得，牠是我的。不要擠牠的毒液，我要牠保有毒液。晚安。」她匆匆走向門口，出了屋子。他聽到台階上的腳步聲，卻沒聽到她走上馬路離開的聲音。

菲利浦博士轉了一張椅子過來，坐在蛇缸前面。他看著那條懶洋洋的蛇，嘗試整理自己思緒。「我讀過那麼多心理學上的性象徵，」他心想。「這件事似乎說不通。也許我獨處太久了，也許我該殺了這條蛇，早知道——不，我不能對任何東西祈禱。」

幾星期以來，他預期她會回來。「如果她來的話，我會出去，留她一個人在這裡。」他決定。「我不要再看一次這要命的事。」

她沒有再來過。他有好幾個月在鎮上閒逛時會尋找她。有幾次走在高個子女人後面，他認爲也許是她。但他再也沒有見過她——永遠都沒有。

早餐

這件事讓我心中充滿愉悅。不知怎麼的，我能看到最細微的地方。我發現自己一再想起這件事，每次都從沉睡記憶中挖出更多細節，帶來奇妙的暖心快慰。

那是大清早的時候。東邊山嶺整片藏青，但後方升起的微弱曙光在山頭邊緣染出一道淡紅，天空顏色隨著位置升高變得愈加冷灰暗沉，直到接近西邊天際沒入純黑的夜空。

天氣凜冽，雖然不到刺骨程度，但冷得讓我搓揉雙手，深深插進口袋裡，聳著肩膀踩起碎步。在我身處的山谷裡，大地呈現黎明時分的淡紫灰，我沿著一條鄉間道路走，看見前方有個只比地面稍微淺灰的帳棚。帳棚旁邊閃爍橘紅火焰，從一口生鏽舊鐵爐的裂縫穿透出來。灰煙從粗短煙囪噴向天空，飄到老遠才完全消散。

我看見一名年輕女子在火爐旁，應該說是個少女，穿著一身褪色的棉布衣裙。當我走近時，發現她把一個嬰兒抱在彎曲的胳臂裡餵奶，小孩的頭遮在衣服底下禦寒。那母親不停走動，撥一撥火，移開生鏽爐蓋好讓空氣更流通，接著又打開爐門。嬰兒一直在吃奶，但不影響母親工作，也沒妨礙她輕巧優雅的動作。她的動作裡有一份精準和熟練。鐵爐裡的橘紅火焰從裂縫竄出，在帳棚上投射出舞動的光影。

我現在靠近了，可以聞到煎培根和烤麵包的味道，這是我所知道最溫暖宜人的香氣。東方晨光亮得很快，我走近爐子邊，把手伸向爐火，那股暖意襲來讓我全身打了個顫。此時帳棚掀開，出來的是一個年輕人，後面跟著一個年長者。他們身穿嶄新的藍色粗布工作服和外套，外套銅扣閃閃發亮。兩人都長得五官清晰，而且看起來很像。

年輕人有一臉黑鬍髭，年長者的鬍髭斑白。他們頭臉都是濕的，頭髮滴著水，硬挺鬍髭沾了水珠，腮幫子還濕得發亮。他們站在一起靜靜望著逐漸亮起的東方，又一起打個呵欠看向山頭邊緣那道彩光，轉頭看著我。

「早安。」年長者說。他的臉既不和善也沒惡意。

「早安，先生。」我說。

「早安。」年輕人說。

臉上的水慢慢乾了，他們走去火爐旁伸手取暖。

女孩繼續顧著工作，兩眼專注手上的事。她的頭髮用細繩往後綁，以免遮到眼睛，掛在腦勺的一綹頭髮隨著動作晃來盪去。她在一個大包裝箱上擺好鐵杯，鐵盤刀叉也拿出來，鏟起油滋滋的培根肉放到一個大鐵盤，培根煎得酥脆捲曲沙沙作響。她打開生鏽爐門，取出一個方鐵盤，上面堆滿蓬鬆的比司吉麵包。

熱麵包的香味傳來，兩個男人深深吸一口氣。年輕人輕聲說：「天哪！」

年長者轉向我：「吃過早餐沒？」

「還沒。」

「喔，那就和我們一起坐吧。」

這是個暗示。我們走去箱子，蹲在旁邊地上。年輕人問：「採棉花的？」

「不是。」

「我們已經採十二天了。」年輕人說。

女孩從火爐那邊說：「他們甚至還拿到新衣服。」

兩人低頭看他們的新工作服，雙雙微笑一下。

女孩送來大盤培根，堆得高高的焦黃比司吉，一碗肉汁和一壺咖啡，自己也蹲到箱子旁。嬰兒還在吃奶，頭仍埋在她的衣服底下禦寒。我能聽到他吸吮的聲音。

我們裝滿自己盤子，爲比司吉澆上肉汁，在咖啡裡加些砂糖。年長者塞了滿嘴食物，嚼了又嚼呑嚥下去。他說：「老天，眞是好吃。」接著又塞滿嘴。

年輕人說：「我們已經吃了十二天好東西。」

我們拚命狼吞虎嚥，重新添滿盤子繼續大吃，直到每個人又飽又暖。滾燙的苦咖啡燒灼喉嚨，我們把最後幾滴咖啡連同渣滓甩到地上，再度倒滿杯子。

現在光線有了色彩，淡紅微光似乎讓空氣顯得更冷。兩個男人面向東方，他們的臉被曙光照亮，我抬頭凝視片刻，看見山影和旭日反映在年長者眼中。

這時兩個男人將杯中渣滓甩到地上，一同站起來。「該走了。」年長者說。

年輕人轉向我。「如果你想去採棉花，我們也許能幫忙引介。」

「不，我得走了。謝謝這頓早餐。」

年長者揮揮手表示不客氣。「沒什麼，很高興招待你。」他們一起離開。東邊天空閃耀光彩，我也沿著鄉間道路走下去。

事情就是這樣。當然，我知道這事令人愉悅的一些原因，但其中某種十分美妙的元素讓我一想到就倍感溫馨。

突襲

1

當兩個男人步出餐車，趾高氣昂大步走過後街時，這座加利福尼亞州小鎮的天色已暗。空氣中瀰漫著食品加工廠傳來的水果發酵甜味，街角高掛的藍色弧光燈在風中晃盪，投射地上的電話線影子游移不定。老舊木屋盡是一片死寂，髒污窗戶陰森森地反映街燈。

兩人身材大致相同，但其中一人年齡大了許多。他們的頭髮剪短，身穿藍色牛仔褲，老傢伙穿了一件厚呢外套，年輕人穿著套頭毛線衣。他們大搖大擺走在後街，木屋那兒傳來響亮的腳步回音。年輕人開始吹起口哨，是《過來吧，我的憂鬱寶貝》這首歌，他突然停下哨音。「眞希望這該死的旋律可以滾出我腦袋，它已經響了一整天，實在是老掉牙的曲子。」

同伴轉頭面對他。「你在害怕，魯特。說眞的，你怕得要命。」

他們走過一盞藍色街燈下。魯特緊繃臉孔，瞀著眼睛，歪著嘴巴惡狠狠地說：「才不，我沒在怕。」兩人走到燈光外面，他的臉又鬆弛下來。「我希望自己更懂些門道。你出過任務，迪克。你知道可能發生的狀況，但我從沒出去過。」

「學習的方法就是親自去做，」迪克簡潔引述。「你在書本上絕對學不到眞功夫。」

他們跨越鐵道，沿線前方不遠處有棟高樓，上面亮著點點綠光。「天眞是黑，」魯特說。「我在想等一下月亮會不會出來，通常這麼黑的晚上會有月亮。迪克，你要先發言嗎？」

「不，你先說。我比你有經驗，我在你說話的時候觀察他們，明白他們在什麼地方會緊咬不放，我就可以反擊回去。知道你要說什麼嗎？」

「當然知道，每個字都在腦子裡，我把話寫下來練習過。我聽大夥說他們站起來時腦筋一片空白，然後突然像是別人在說的一樣就開口了，講得像水龍頭打開那樣滔滔不絕。大邁克．希恩說他的情況就是這樣。但我不想冒險，所以我把話寫下來。」

一列火車響起淒厲汽笛聲，接著立刻轉過彎道，刺眼頭燈射在鐵軌上。通明的車廂喀噠喀噠經過身旁，迪克轉頭看它通過。「這列車上沒多少人，」他滿意地說。「你不是說自己老爸在火車上工作？」

魯特使勁保持惡狠口氣。「的確，他在火車上工作，是個煞車手。他發現我在做什麼的時候把我趕出去，就怕自己丟了工作。他無法理解，就算我跟他解釋了還是無法理解，他馬上把我踢出門。」魯特語調顯得孤單。他突然察覺自己有多麼軟弱，語氣聽起來有多麼想家。「這是他們的問題所在，」他嚴厲地繼續說下去。「他們看不到工作以外的東西，不了解發生在自己身上的事。他們被鎖鏈套住了。」

「記下來，」迪克說。「這是好材料。你打算放在演說裡嗎？」

「沒有，如果你覺得不錯的話，我想就加進去。」

街燈現在愈來愈少。路旁長著一排槐樹，人煙開始稀疏，取而代之的是鄉間景色。沒鋪石子的馬路沿線只有幾棟小屋，花園裡雜草叢生。

「天哪！眞的好黑，」魯特又說。「我在想那裡會不會有麻煩。如果有狀況發生，這是個有利逃脫的夜晚。」

迪克朝外套領子裡哼一聲，兩人默不吭聲走了一會兒。

「你想你會設法逃跑嗎，迪克？」魯特問。

「不會，對天發誓！這是違抗命令。如果發生任何情況，我們都得守在原地。你只是個孩子，如果我允許的話，我猜你會逃走。」

魯特咆哮說：「你認爲自己出過幾次任務就這麼大言不慚！你認爲自己年紀大就得全聽你的！」

「至少我經驗老到。」迪克說。

魯特低頭走著。他輕聲說：「迪克，你確定自己不會逃跑？你確定自己能一直待在那邊面對狀況？」

「當然，我很確定。我以前就做過，這是命令，不是嗎？況且這是大好的宣傳。」他在黑暗中望著魯特。「小子，你為什麼這樣問？你害怕自己會逃跑？如果害怕的話，這裡就沒你幹活的份。」

魯特顫抖起來。「聽著，迪克，你是好人。你不會告訴任何人我講了什麼，是吧？我從沒想過要逃跑。但我哪知有人拿棍棒迎面劈來時會做何反應？有任何人能確定說他會做何反應？我不認為我會逃跑。我儘量不要逃跑。」

「好了，小子，就此打住。但如果你企圖逃跑，我會把你的名字報告上去。我們不容許孬種，你最好記住，小子。」

「哎，別再叫小子了，你叫得累不累啊。」

他們愈往前走，槐樹長得愈密。微風吹得樹葉沙沙作響，一隻狗在他們經過時在院子裡狂吠。空中開始飄起薄霧，吞噬掉天上繁星。「你確定所有東西準備好了？」迪克問。「油燈呢？文件呢？我把那些都交給你辦。」

「下午都準備好了，」魯特說。「我還沒貼上海報，但我把它們放在那邊一個箱子裡。」

「燈裡有油？」

「裡面還有很多。喂，迪克，我猜某個混蛋會去告密，你不認為嗎？」

「當然。總有人會告密。」

「喔，你沒聽到任何關於突襲的消息，是吧？」

「我怎麼會曉得這種鬼消息。你認爲他們會來告訴我說，他們要來敲掉我腦袋？你要堅持住，魯特。你害怕得心臟簡直快跳出來一樣，如果再不克制好，我都要被你弄得神經緊張了。」

2

他們走近一棟低矮方正的房屋，暗夜中顯得陰森漆黑，沉重腳步踩在木棧道上。「這裡還沒有人，」迪克說。「我們進去，把燈點亮。」他們來到一處廢棄店鋪，陳舊櫥窗佈滿灰塵。香菸海報貼在玻璃一側，大張可樂女郎人形立牌像鬼魅般站在另一側。迪克推開兩道門走進去，擦亮火柴，點起一盞煤油燈，把燈罩壓回去，再把油燈放到一個倒置的蘋果箱上。「來吧，魯特，我們得把東西準備好。」

房屋牆壁上盡是粗糙的白石灰刷痕，一堆覆滿灰塵的報紙被踢到角落，兩扇後窗垂著蜘蛛網。除了三個蘋果箱，店鋪裡沒別的東西。

魯特走去其中一個箱子拿出大張海報，上面用刺眼的紅色與黑色畫著一個肖像。他把海報釘在油燈後的粉刷牆上，又釘了另一張海報在旁邊，白色底紙上畫了一個大大的紅色標誌。最後他把另一個蘋果箱倒置過來，堆了宣傳單和平裝小冊子在上面。他的腳步踏在光禿地板上很大聲，「迪克，點亮另一盞燈！這裡實在太暗了。」

「小子，你還怕黑？」

「才不。人就快來了，我希望人來的時候這裡更亮一些。現在幾點？」

迪克看他的錶。「差一刻八點。有些傢伙現在應該快到了。」他把手伸進外套口袋裡，懶洋洋站在放冊子的蘋果箱旁。這裡沒椅子可坐，黑紅兩色的人像硬生生瞪著外面。

有一盞燈的光線變黃，火焰慢慢沉下去。迪克走去燈那邊。「我想你說過燈油很多。這一盞燒完了。」

「我以爲有很多。瞧！另一盞將近全滿。我們可以倒些油到這盞燈。」

「要怎麼倒？我們得把兩盞燈都熄滅才能倒油。你還有火柴嗎？」

魯特摸遍口袋。「只帶了兩根。」

「啊，你看吧？我們只有一盞燈來召開會議。我下午原本應該要把東西檢查一遍，但是在鎮上太忙了。我認爲可以交給你做。」

「也許我們可以從這盞燈很快倒些油到一個鐵罐裡，再倒進另一盞燈。」

「對啊，然後接縫處就著火了。你還眞會幫倒忙。」

魯特又斜靠在牆上。「我希望他們會來。迪克，幾點了？」

「八點五分。」

「哎，什麼事耽擱他們了？他們在等什麼？你有告訴他們是八點嗎？」

「喂！閉嘴，小子，你快把我惹毛了。我不知道他們被什麼事耽擱，也許他們臨陣退縮。現在安靜一會兒。」他又把手插進外套口袋。「魯特，抽根菸嗎？」

「不要。」

周圍非常安靜。靠近市鎮中心的地方車水馬龍，引擎嗡嗡低鳴，偶爾聽到一聲喇叭響。附近房屋的一隻狗吠得無精打采，微風吹拂槐樹發出陣陣呼聲。

「聽，迪克！你聽到人聲嗎？我想他們來了。」他們轉頭仔細聆聽。

「我沒聽到什麼。你只是以爲自己聽到了什麼。」

魯特走到一扇髒污的窗子前往外瞧。他走回來，停在那堆小冊子前，把它們弄整齊。「現在幾點了，迪克？」

「保持安靜，可以嗎？你會讓我發瘋。你做這工作必須要有勇氣。看在老天份上，拿些膽量出來。」

「唉，我從沒出過任務，迪克。」

「你認爲沒人看得出來嗎？你表現得夠明白了。」

一陣強風吹在槐樹上。前門喀嗒一響，其中一扇門緩緩打開，絞鏈發出輕微嘎吱聲。微風竄進，吹亂角落那堆滿是灰塵的報紙，牆上海報像窗簾一樣被掀起。

「把那扇門關上，魯特……不，讓它開著。這樣比較能聽到他們來了。」他看看自己的錶。「將近八點半了。」

「你認為他們會來嗎？如果他們不出現，我們要等多久？」

老傢伙凝視打開的門。「至少待到九點半。我們奉命舉行這會議。」

夜晚的聲響穿過打開的門聽得更加清晰——槐樹落葉在馬路上飛舞，狗兒持續緩慢吠叫。牆上的紅黑肖像在微光中顯得猙獰，海報又被吹掀起來。迪克望了望它。「聽好，小子，」他悄悄地說。「我知道你在害怕。當你害怕時，只要看看他就好。」他用大拇指指著畫像。「他什麼都不怕。只要記住他的所作所為。」

男孩端詳著肖像。「你認為他從沒害怕過？」

迪克狠狠訓誡他。「就算他有也沒人見過。你就把他當作榜樣，不要對任何人透露你心裡的感覺。」

「你是好人，迪克。當我一個人被派出來時都不知道該做什麼。」

「你沒問題的，孩子。你有自己的本領，我看得出來。你只是沒經歷過磨練。」

魯特匆匆瞥了門口一眼。「聽！你聽到有人來了嗎？」

「別管了！他們來了的話，自然會到這裡。」

「嗯——我們把門關上吧。這兒有一點兒冷。聽！有人來了。」

路上急促腳步聲突然快跑起來，越過了木棧道。一個穿著連身工作服，頭戴小圓帽的男子衝進屋裡，跑得氣喘噓噓。「你們倆最好趕快逃，」他說。「有一隊突襲人馬正要過來。沒有任何人會來開會，他們要讓你們自己應付，但我不會這麼做。快點！把你們東西都帶著離開。那夥人在路上了。」

魯特的臉蒼白緊繃，提心吊膽望著迪克。老傢伙顫抖起來，他用力將手插進口袋，垂下肩膀。「謝謝，」他說。「謝謝你通知我們。你快走，我們不會有事。」

「其他人就打算留下你們等著遭殃。」男子說。

迪克點頭。「當然，他們看不到未來，只會短視近利。你快走，別被人給抓到了。」

「喂，你們不來嗎？我可以幫你們拿些東西。」

「我們不走，」迪克木然地說。「我們奉命留下。我們必須面對狀況。」

男子往門口走去。他轉過身。「需要我陪你們留下？」

「不用，你是個好人，沒必要留下。也許其他時候我們還用得上你。」

「好吧，我能做的都做了。」

3

迪克和魯特聽他穿過木棧道，朝黑暗中跑步離去。夜晚繼續發出它的聲響，枯葉唰唰擦過地面，鎮上傳來嗡嗡車聲。

魯特望著迪克，看見他的拳頭在外套口袋裡握緊。他臉上肌肉僵硬，但仍對男孩露出笑容。海報在牆上被風掀起，然後又落了回去。

「小子，害怕嗎？」

魯特被激得直想否認，接著就放棄了。「是的，我害怕。也許我不善於幹這事。」

「振作，小子！」迪克兇狠地說。「你要堅持住！」

迪克向他引述：「『意志薄弱者必須要以——堅定不移當做典範。大多數人必然都有遭受不公不義的地方。』情況就是如此，魯特。那是命令。」他又陷於靜默。那隻狗加快了吠叫速度。「我猜那是他們，」魯特說。「你認爲他們會殺了我們嗎？」

「不會，他們通常不殺任何人。」

「但他們會對我們拳打腳踢，不是嗎？他們會用棍棒揍我們臉，打斷我們鼻樑。大邁克的下巴就被他們打斷三處。」

「振作起來，小子！你要堅持住！聽我說，如果有人揍你，並不是這個人在揍你，是制度在揍你。而且挨揍的不是你，他在破壞的是公理。你能記住這點嗎？」

「我不想逃跑，迪克。我對天發誓我不想。如果我開始逃跑，你要抓住我，好嗎？」

迪克走近摸著他肩膀。「你沒問題的。我看得出誰能堅持住。」

「嗯，我們是不是最好把文件藏起來，免得都被燒光？」

「不用——也許有人會拿本冊子放進口袋，以後再閱讀它，到時就能發揮作用。把冊子留在那兒。現在閉上嘴！說話只會讓情況更糟。」

狗又回復緩慢而無精打采的吠叫。一陣強風把落葉捲進門裡，肖像海報被吹到一個角落已經鬆脫，魯特走去把它釘回原位。就在鎮裡某個地方，一輛汽車發出尖銳煞車聲。

「聽到什麼嗎，迪克？聽到他們來了沒？」

「沒有。」

「聽我說，迪克。大邁克被打斷下巴後，就那樣躺了兩天才有人幫他。」

老傢伙怒氣衝衝轉向他，從口袋抽出一隻握緊的拳頭。他瞇起眼睛直瞪男孩，走近過去將手臂勾搭在他肩膀上。「仔細聽好，小子，」他說。「我知道的不多，但我吃過這苦頭。我可以一五一十告訴你。當事情來臨時——它不會痛。我不知道爲什麼，但就是不會痛。就算他們殺了你也不會痛。」他放下手臂走向前門，看看外面，聆聽兩側，然後走回屋內。

「聽到任何動靜？」

「沒有，一點都沒有。」

「你覺得是什麼原因——耽擱他們了？」

「你怎麼認爲我知道？」

魯特頻頻吞嚥口水。「也許他們不會來。也許那傢伙跟我們講的都是假的，只是開個玩笑。」

「也許。」

「那麼——我們要繼續待上一晚等著腦袋被砸？」

迪克糊弄他。「是的，我們要待上一晚等著腦袋被砸。」

一陣強風猛烈吹來，隨後走得無聲無息。狗兒停止了吠叫，一列火車在平交道前汽笛大響，轟然通過，留下的夜晚顯得更加寂靜。附近一棟房屋裡的鬧鐘響起。迪克說：「有人很早就要去工作，也許是巡夜人。」他的嗓音在一片寧靜中聽來特別大聲。前門嘎吱嘎吱慢慢關上。

「現在幾點，迪克？」

「九點一刻。」

「老天！才這時間？我還以為將近清晨了……你會不會希望他們早一點來做個了結，迪克？聽，迪克！——我想我聽到說話聲。」

他們站定不動，仔細聆聽，頭都不禁向前傾。「迪克，你聽到說話聲嗎？」

「我認為是。他們好像在低聲交談。」

狗兒又吠叫起來，這次相當兇猛。現在可以聽到窸窣細語聲。「瞧，迪克！我想我看到有人在後窗外面。」

老傢伙不安地咯咯暗笑。「這樣我們就沒辦法逃跑了，他們包圍了這地方。振作，小子！他們現在來了。記得，不是他們，是制度。」

傳來急促的劈啪腳步聲。門被撞開，一群人湧進來，他們皺著臉孔，頭戴黑帽，手上拿著棍棒。迪克和魯特直挺站著，翹起下巴，眼睛低斜到快閉起來。

一進入屋內，突襲者便顯得焦躁不安。他們呈半圓形包圍這兩人，滿臉緊繃，就等誰先行動。

年輕魯特瞥了一眼旁邊的迪克，看到老傢伙冷漠嚴厲盯著他瞧，好像在評判他的作爲。魯特將顫慄不止的手插進口袋，勉強自己向前去。他的聲音驚恐得顫抖起來。「朋友們，」他大聲說，「你們跟我們是同路人，我們都是兄弟——」一根木條猛揮過來，結結實實擊中他腦袋側邊。魯特跪了下去，用手撐住身體。

那些人站著不動，怒目而視。

魯特慢慢站起來，被打裂的耳朵淌出一道鮮血流下脖子，那側臉頰腫脹烏青。他讓自己重新站挺，激昂地大口呼氣。現在他的手不再發抖，聲音堅定有力，眼睛有一種出神的狂熱。「你們不懂嗎？」他喊道。「一切都是爲你們好。我們在做的是爲了你們，一切都是。你們不明白自己在做什麼。」

「宰了這些左派鼠輩！」

有個人歇斯底里咯咯傻笑，然後一波攻擊隨之而來。當他倒下時，魯特瞥見迪克的臉帶著一種緊繃而剛烈的微笑。

4

他有幾次快醒過來，但沒完全恢復意識。最後他睜開眼睛，神智清醒，但臉和頭包滿繃帶，只能從腫脹的眼縫看見一道光線。他暫時躺著不動，想搞清楚身在何處，然後聽到迪克靠近過來。

「你醒了，小子？」

魯特想出聲說話，發現嗓子沙啞得很厲害。「我想應該是。」

「他們狠狠修理你腦袋，我還以爲你死定了。鼻子的事眞給你說中，以後它不會太漂亮。」

「他們對你做了什麼，迪克？」

「喔，他們打斷我的胳臂和幾根肋骨。你得學著把臉朝向下，那可以保護眼睛。」他中斷片刻，小心吸氣。「斷了肋骨會讓你呼吸有些疼痛。我們算幸運。警察逮住我們，把我們帶到這裡。」

「迪克，我們在監獄嗎？」

「是啊！醫院的小囚房。」

「他們看了冊子怎麼說？」

他聽到迪克想笑，結果痛得倒抽一口氣。「煽動暴亂。我猜會被判刑六個月。警察拿走了文件。」

「你沒告訴他們說我未成年。你會說嗎，迪克？」

「不，我不會。你最好別說話，聲音聽起來不怎麼有精神，放輕鬆。」

魯特安靜躺著，全身隱隱作痛。但他馬上又開口。「迪克，有趣的是，它不會痛。我覺得很充實——感覺很好。」

「你做得不錯，小子。你表現得跟我見過的任何人都一樣好。我要對委員會好好讚許你一番。你實在做得很棒。」

魯特盡力表達自己腦子裡的想法。「他們揍我的時候，我想告訴他們說我不在乎。」

「當然，小子。那正是我所告訴你的。問題不在他們，是在制度。你不用怨恨他們。他們沒辦法了解。」

全身被痛楚包裹住，魯特昏昏沉沉地說：「迪克，你記得《聖經》裡好像說過這麼一句：『赦免他們，因爲他們不曉得自己在做什麼』？」

迪克的回答很嚴肅。「你要丟掉宗教那玩意兒，小子。」他引述道：「『宗教是人民的鴉片。』[1]」

「當然，我知道，」魯特說。「但那無關宗教。只是——我就想這麼說，只是有這樣的感覺。」

1出自馬克思於 1843 年創作的《黑格爾法哲學批判》（*Zur Kritik der Hegelschen Rechtsphilosophie*）的導言一文。

背帶

彼得·藍道爾是蒙特雷郡最受敬重的農夫之一。有一次，他在共濟會上簡短致辭前，大會兄弟介紹他是加利福尼亞州共濟會年輕成員競相仿效的楷模。他年近半百，行爲舉止莊重嚴謹，留著細心整理的山羊鬍，在每個聚會場合都博得「鬍子男士」的美稱。彼得眼睛嚴肅，是一種近乎憂鬱的灰藍色。人們知道他心中有一股力量，但這力量被克制下來。有時候，沒有明顯理由，他的眼神會變得惱怒嚴厲，像隻惡犬一樣，但這表情很快就消失，臉孔又恢復嚴謹正直。他身材高大，挺直的胸膛就像肩膀從後面被繃緊，還像士兵一樣縮起小腹。正因爲農夫們通常彎腰駝背，彼得的姿態讓人對他格外敬佩。

提到彼得的妻子艾瑪，人們一致認爲，很難看到如此瘦小的皮包骨女人還能繼續活著，更何況她大部分時間都在生病。她體重八十七磅，年紀四十五歲，滿是皺紋的褐色臉孔看來就像很老很老的女人，但黑色眼睛散發生存的毅力。她是個自尊心強的人，很少抱怨事情，父親曾是加州美生總會[1]三十三級榮譽會長，生前十分關心彼得在共濟會的資歷。

彼得每年會出遠門一次，爲期一週，獨留妻子待在農場。她對被喚來陪伴自己的鄰居總是解釋：「他出外洽商。」

每次彼得出差回來，艾瑪就會病上一或兩個月，這就苦了彼得，因爲艾瑪堅持自己幹活，不願雇請女傭，所以彼得這時就必須要做家事。

藍道爾農場跨越薩利納斯河後直達山麓，低地和高地取得理想搭配。四十五英畝平坦沃土是郡上舊時河流沖積的精華地，像一塊板子平展開來，八十英畝緩坡地則用來種植牧草和果樹。白色農舍如同主人一樣整潔俐落，周圍院子樹起籬笆，在艾瑪指示下，彼得在花園種了少許大理花、蠟菊、康乃馨和石竹。

從前廊可以俯看整片平地到河畔，河邊長滿柳樹和棉白楊，過河之後是甜菜園，再過去是薩利納斯法院大樓的圓屋頂。通常到了下午，艾瑪會坐在前廊搖椅上，直到徐徐和風吹得她避走屋內。她經常在編織，不時抬頭看看彼得工作，他若不在田裡就在果園，或在屋子後面的山坡上。

藍道爾農場不像山谷其他農戶有那麼重的貸款負擔。作物都經過審慎選擇和悉心栽培，支付利息和合理生活花費後，每年還剩餘幾百元可以償還本金。這也難怪彼得·藍道爾在鄰居眼裡受到尊敬，他難得開口說話也會引來關注，就算講的是天氣或打算要做的事。例如，彼得講了「我星期六

1美生會（Freemasonry），又稱共濟會，早期爲石匠公會，後來發展成世界組織，成爲權貴交流的俱樂部，有獨特的儀式和標誌。

要殺一頭豬」，幾乎聽他講的人也都回家在星期六殺一頭豬。他們不明白箇中道理，但彼得·藍道爾如果要殺一頭豬，那似乎就是一件保險、穩當的好事。

彼得和艾瑪結婚二十一年，他們收集了滿屋子好家具，幾幅裱框畫作，各式各樣花瓶，還有許多精裝書。艾瑪沒生孩子，屋裡沒有任何塗鴉刻畫的痕跡。前後門廊放了踏腳墊和粗麻厚墊，不讓塵土帶進室內。

沒有生病的期間，艾瑪不忘要把屋子打理妥當。門與櫥櫃的絞鏈都要上油，窗鉤門扣的螺絲一顆不少，家具和木製品每年打光一次。修繕工作通常是在彼得每年出差回來後進行。

每當艾瑪又生病的消息在農場間流傳，鄰居們就到河濱馬路攔下開車過來的醫生。

「喔，我想她會沒事，」醫生回答他們的詢問。「她要在床上待個幾星期。」

好心鄰居帶著蛋糕來到藍道爾農場，他們躡手躡腳走到病人房間，瘦如小鳥的女人躺在碩大胡桃木床上。她明亮的黑色小眼看著他們。

「親愛的，窗簾要拉開一點嗎？」他們問。

「不，謝謝你們。光線會刺痛我眼睛。」

「我們能為你做些什麼？」

「不，謝謝你們。彼得把我照料得很好。」

「別忘了，如果想到任何事——」

艾瑪是如此嚴以律己的女人。當她生病的時候，你不需要爲她做任何事，只要把派餅和蛋糕拿去給彼得就好。彼得會在廚房穿著整齊潔淨的圍裙，他若不是在將熱水壺注滿，就是在做乳凍。

因此有一年秋天，艾瑪病倒的消息傳來，農家太太們爲彼得烘焙了蛋糕，準備照例前去探訪。醫生開車經過河濱時，隔壁農場的查佩爾太太站在路旁。「醫生，艾瑪．藍道爾的情況如何？」

「我想她不怎麼好，查佩爾太太。我認爲她病得很重。」

因爲對曼姆醫生而言，只要不是已成一具屍體，病人都有可能走向康復之路。於是農場間流傳著艾瑪．藍道爾快死的消息。

這是個漫長麻煩的疾病，彼得自己得幫忙灌腸和提便盆。醫生建議他們雇請一名護士，卻只換來病人兇狠瞪著眼睛加以拒絕。由於她是病人，只好尊重她的意見。彼得餵她吃飯，幫她擦澡，整理這一大張胡桃木床。臥室窗簾一直緊閉。

她機靈的小眼終於闔上，敏銳心智失去意識。家裡在最後折騰的兩個月才雇請一名護士。彼得自己瘦到生病，差不多快累癱了。鄰居爲他帶來蛋糕和派餅，再次登門時發現那些都放在廚房沒吃。

艾瑪去世的下午，查佩爾太太在屋子裡陪著彼得。當時彼得立刻變得歇斯底里，查佩爾太太打電話給醫生，然後叫她丈夫來幫忙，因爲彼得瘋狂慟哭，用拳頭揍自己蓄鬍的臉頰。艾德．查佩爾見到他時覺得很尷尬。

彼得的鬍鬚被淚水浸濕，大聲啜泣到整棟屋子都聽得到。有時他坐到床邊，用枕頭摀住臉，有時在臥室地板上踱步，像隻小牛一樣大吼大叫。艾德·查佩爾不自在地將手放在他肩上，無能為力地說：「好了，彼得，別這樣。」彼得把他的手甩開。醫生開車出去簽了死亡證明。殯葬業者來的時候跟彼得糾纏好一陣子。他處於半瘋狂狀態，他們想要搬走遺體時，他跟人家打了起來。最後在艾德·查佩爾和殯葬業者合力制伏之下，醫生給他扎了一針，他們才能移走艾瑪。

嗎啡並沒讓彼得睡著，他弓著身體坐在角落，呼吸沉重瞪著地板。

「誰要留下來陪他？」醫生問。「賈克小姐？」他對著護士說。

「我沒辦法應付他，醫生，一個人不行。」

「查佩爾，你會留下嗎？」

「當然，我會留下。」

「好吧，聽著。這兒有三份鎮定劑，如果他又發作起來，給他吃一份。如果吃了沒效，這兒有一些阿米妥鈉膠囊，吃一顆就可以讓他鎮定下來。」

他們離開前先攙扶昏沉的彼得至起居室，讓他輕輕躺上沙發。艾德·查佩爾坐進一張扶手椅看著他，鎮定劑和一杯水放在身旁桌子上。

小起居室打掃得一塵不染，彼得才在那天早上用濕報紙擦過地板。艾德在爐柵裡升起一小堆火，火旺之後放進幾塊橡木。天色暗得早，小雨被風吹在窗子上。艾德調整煤油燈，降低燈芯。爐柵裡火光熊熊，劈叭作響，纏繞的熾焰就像木塊上長出的頭髮。有很長一段時間，艾德坐在他的扶手椅，看著昏睡躺在沙發上的彼得。最後艾德打起瞌睡。

他醒來時將近十點鐘。他抬頭望向沙發，彼得坐著看他。艾德朝鎮定劑藥瓶伸手過去，但房子主人搖搖頭。

「不需要再給我吃任何東西，艾德。我猜醫生給我下藥很重，是吧？我現在覺得還好，只是有一點頭昏腦脹。」

「你只要吃一份就可以睡一會兒。」

「我不想睡。」他撥一撥自己濕黏的鬍鬚後站起。「我去洗把臉，那會讓我覺得比較好些。」

艾德聽到他在廚房打開水龍頭。過了一會兒，彼得回到起居室，仍在用毛巾擦乾臉。他笑得很詭異，那是艾德從沒在他臉上看過的表情，是一種滑稽而令人納悶的笑容。「我猜她死的時候我有一點兒失控，對吧？」彼得說。

「嗯——對啊，你持續了一陣子。」

「那就像我體內有某個東西突然繃斷，」彼得解釋。「某個像背帶的東西。讓我整個人瓦解了。不過我現在沒事。」

艾德看著地上，見到一隻褐色小蜘蛛在爬，他伸腳把牠踩扁。

彼得突然問：「你相信死後靈魂不滅嗎？」

艾德．查佩爾侷促不安。他不喜歡談這種事，因爲一談起來就會浮現在腦海想個不停。「喔，是的。假如你是認眞在說，那我相信。」

「你相信某人——死了之後——能在天上看見你在做什麼？」

「喔，我沒想那麼多——我不知道。」

彼得就像自言自語般繼續說下去。「就算她能看見我，我也不要照她所想的去做，她應該覺得高興，因爲她在世的時候我都有照做。她把我塑造成好人，這應該讓她夠滿意了。如果她不在時我不是個好人，那證明功勞都在她身上，不是嗎？我曾是個好人，對吧，艾德？」

「你說『曾是』的意思？」

「嗯，除了每年一個星期，我以前都是好人。現在我不知道自己要幹什麼……」他的臉變得愈加憤怒。「除了一件事。」他站起來脫掉外套和襯衫。他的內衣外面穿了一副網狀背帶，將他的雙肩往後束緊。他鬆開背帶扔到一旁。接著他脫下長褲，露出身上一條寬束帶。他將束帶褪到腳上，搔一搔鬆垮的肚皮，然後又穿上衣服。他對艾德微笑，又是那詭異而令人不解的笑容。「我不知道她如何指使我做事，但她做到了。她似乎沒在發號施令，但她總要我做這個做那個。你知道，我不認爲自己相信靈魂不滅。她活著的時候，甚至生病的時候，我都得照她想要的去做，但就在她死去的那刻，情況就——怎麼就像脫掉背帶一樣！我無法面對，全都結束了。我未來必須習慣沒有束縛的日子。」他朝艾德揮動手指。「我的肚子會挺出來，」他斷然地說。「我要挺著肚子。畢竟，我已經五十歲了。」

艾德不喜歡這狀況，他想離開。這種事不怎麼體面。「這個藥你只要吃一份，就可以睡一會兒。」他無奈地說。

彼得沒穿上外套，他攤開手臂坐在沙發上。「我不想睡，我想聊天。我認爲參加葬禮還是要穿上束帶和背帶，但在那之後我會燒掉它們。聽著，我有一瓶威士忌放在穀倉，我去拿來。」

「啊，不要，」艾德立刻反對。「我這時候不能喝酒，不能在這種時候。」

彼得站起來。「喔，我可以。如果你願意的話，可以坐著看我。告訴你，全都結束了。」他走出門外，留下震驚不悅的艾德．查佩爾。才沒多久他就回來了，拿著威士忌走進門口時一邊說著：「我在生活中只賺到一件事，就是那些出差旅行。艾瑪是相當聰明的女人，她知道我若沒有每年離開一次就會發瘋。老天，她是如何讓我回來之後覺得滿心愧疚的！」他的嗓音悄悄壓低。「你知道我出差都幹些什麼？」

艾德這下睜大眼睛了。眼前是個他不認識的人，而且變得心蕩神迷。他接下遞到面前的那杯威士忌。「不知道，你去做什麼？」

彼得大口喝酒嗆到咳嗽，他用手擦乾嘴巴。「我去喝得酩酊大醉，」他說。「我去舊金山的花街柳巷，整個星期喝得醉醺醺，每個夜晚都上妓院。」他又把杯子注滿。「我猜艾瑪知情，但她一向絕口不提。如果我不逃避一陣子的話早就已經崩潰。」

艾德．查佩爾小口啜飲他的威士忌。「她都說你去洽商。」

彼得端詳自己的杯子，一口飲盡，接著又將它注滿。他的眼睛開始發亮。「喝你的酒，艾德。我知道你認爲這麼做不對——太頻繁了，但除了你我之外沒人知道。把火撥旺一些，我並不悲傷。」

查佩爾去爐柵翻動熾熱木塊，許多火星像閃耀的小鳥一樣飛進煙囪。彼得注滿對方的杯子，然後退回沙發上。艾德回到椅子拿起酒杯小啜，假裝沒察覺它被加滿了。他的臉頰泛紅。現在，喝些酒似乎沒那麼糟糕，下午的情況和死亡已經消退成模糊往事。

「來些蛋糕？」彼得問。「廚房有半打蛋糕。」

「不，我不要，謝謝。」

「你要知道，」彼得承認，「我認爲自己不會再吃蛋糕。十年來，每次艾瑪生病，人們就送來蛋糕。當然他們是出自好心，只是現在蛋糕對我而言代表疾病。喝你的酒。」

房間裡有些異樣。兩人抬頭看，想找出那是什麼，這房間跟前一刻似乎有些不同。接著彼得怯笑起來。「那個壁爐架上的時鐘停了。我想我不會再啓動它，我要買個滴答快響的小鬧鐘，那個卡嗒卡嗒的聲音太消沉了。」他喝光自己的威士忌。「我猜你會告訴周遭的人說我瘋了，是吧？」

艾德從杯口抬起頭來，笑著點點頭。「不，我不會。我了解到很多你對事情的感受，我以前不知道你有穿背帶和束帶。」

「一個男人應該要站得直挺，」彼得說。「我天生駝背。」然後他爆料說：「我生來就是個笨蛋！二十年來，我都在假裝自己是一個聰明人，一個好人——除了每年的那一星期。」他大聲說，

「事情一點一滴累積到我身上，生活逐漸在我身上定型。來，讓我爲你倒滿杯子，我還有另一瓶在穀倉裡，藏在一堆麻布袋底下。」

艾德端出杯子讓它注滿。彼得繼續說：「我曾想過，如果我的整片河流平地都種上甜豆該有多好，坐在前廊就能看到這好幾畝田都是靛藍和粉紅，想想那有多棒。當風吹拂過來，想想那撲鼻香氣，這股香氣幾乎可以把你擊倒。」

「許多人種甜豆都破產了。當然你能用高價買到好種子，但有太多變數會發生在作物上。」

「我不要只種一點，」彼得嚷嚷著。「我要種一大堆，我要四十英畝的田充滿顏色和香氣。我要胖女人，胸部大得跟枕頭一樣。我很饑渴，告訴你，我渴望每樣東西，很多很多的東西。」

艾德的表情在這喊叫聲中變得嚴肅。「如果你吃一份這個，就可以睡一會兒。」

彼得看來有些難爲情。「我沒事。我不是有意要那樣大喊。這不是第一次想那些事，我已經想了好幾年，就像小孩期盼度假一樣。我總怕年紀太大，或者一頭栽進去卻搞得全盤皆輸。但我才五十歲，還剩很多精力。我告訴艾瑪甜豆的事，可是她不讓我種。我不明白她是怎麼指使我做事的，」他驚訝地說。「我想不起來。她有一種方法可以辦到，但她現在走了，我能感覺到她就像那副背帶一樣消逝了。我要彎腰駝背，艾德——不管到哪兒都彎腰駝背。我要踏著爛泥走進屋裡，我要雇個肥胖的管家——從舊金山雇來。我要在櫃子上隨時擺一瓶白蘭地。」

艾德．查佩爾站起來伸懶腰。「如果你覺得沒事，我想我現在該回家了，我要去睡一會兒。你最好給時鐘上發條，彼得。鐘放在那兒不跑的話是不好的。」

喪禮過後隔天，彼得．藍道爾在他的農場裡幹起活。查佩爾夫婦住在隔壁，看到他家廚房在距離日出還早就亮燈，甚至在他們起床半小時前，就看到彼得拿著提燈，穿過院子進穀倉。

彼得在三天內就修剪完他的果園，他從破曉開始工作，直到天空暗得完全看不見樹枝才停止。然後他開始犁田翻土，整理那一大片河流沖積地。兩個穿靴子與馬褲的陌生人出現，觀察他的田地。他們用手指搓揉土壤，拿一個掘孔機深深鑽進地下，離開時用幾個小紙袋裝了泥土帶走。

依照慣例，農夫們在播種前會花許多時間到處走訪。他們蹲在地上撿起一把泥土，在手指間捏碎土塊，討論市場和作物，想起當時豆子賣得很好的年代，還有豌豆收入幾乎無法支付種子成本的歲月。經過大量這類討論之後，情況通常是所有農夫種植同樣作物。有些人的意見頗具份量，假如彼得．藍道爾或克拉克．德威特決定要種紅豆或大麥，那年大部分作物就都是紅豆和大麥，因為這些人受到敬重而且成果相當圓滿，因此他們的計畫必定有所根據，絕不是隨便選擇。人們普遍相信但從不掛在嘴上的，就是彼得．藍道爾和克拉克．德威特具有絕佳的推理能力，他們還有預測事物的特殊知識。

當例行拜訪開始時，人們看到彼得．藍道爾變了。他坐在自己耕地上聊得相當愉快。他說自己還沒決定要種什麼，但是講得有些心虛，顯然不想告訴別人。當他回絕一些人的打聽後，人們不再拜訪他，紛紛轉而去找克拉克．德威特。克拉克打算種大麥，他的決定指引了大部分鄰近地區的栽種。

但因爲不再上門打聽，好奇心從此無法停歇。人們開車經過藍道爾家時，會觀察那四十五英畝平坦土地，試圖從田中作業推測他要種的作物。當彼得在土地上開著播種機來回穿梭時，沒有任何人來訪，因爲彼得明白表示他的作物是一個秘密。

艾德．查佩爾也不談論他。艾德想到那天晚上就覺得有些尷尬，他爲彼得失控感到難爲情，也爲自己坐在那邊聆聽感到難爲情。他仔細觀察彼得，看他是否眞有墮落的意圖，或者那番談話只是失控和歇斯底里所致。他注意到彼得的肩膀不再直挺，肚子也微微凸出。他到彼得家後放心多了，因爲看到地板上沒有泥巴，壁爐架上的時鐘仍在滴答走動。

查佩爾太太經常提到那天下午。「你們也許認爲他有違常態，精神失常了。他只是吼叫而已。艾德那晚陪了他一陣子，等他冷靜下來。艾德必須給他喝些威士忌好讓他睡覺。」她爽朗地說，「但是，辛勤工作是悲傷的解藥。彼得．藍道爾每天早上三點鐘就起床，我從臥室就能看到他的廚房亮起燈來。」

柳樹飄散著銀色飛絮，小草在馬路旁抽出嫩芽。薩利納斯河惡水湍急，奔流了一個月，然後又消退成湛綠深潭。彼德．藍道爾把土地整得漂漂亮亮。他的田裡盡是平坦黑土，沒有任何泥塊比一顆彈珠大，在雨水澆灑下呈現肥沃的紫色。

接著黑色田野長出一排排綠色小芽。一個鄰居在昏暗天色下爬過籬笆，拔起一株幼嫩作物。「某種豆子，」他告訴朋友。「我猜是豌豆。他絕口不提是爲了什麼，我直接問他要種什麼，他就是不肯告訴我。」

消息在農場間傳開。「那是甜豆，四十五英畝的地，全部都種甜豆。」人們拜訪克拉克・德威特，去問他的意見。

他的看法是：「人們認爲一磅甜豆賣兩角至六角就可以賺到錢，但它是世上最棘手的作物。若沒受到蟲害，它也許能長起來；如果遇到大熱天，豆莢會爆開，作物落在地上就損失了。或者可能遇上一些雨，那麼淋濕的作物都要報銷了。種個幾畝碰碰運氣是可以，但不要整片都種。艾瑪死後，彼得的腦袋有些失常。」

這看法廣爲流傳，每個人都當成自己的意見。有兩個鄰居經常對彼此說起這事，每個人都只複述一半。當太多人對彼得・藍道爾說的時候，他變得憤怒起來。有一天他喊道：「喂，這是誰的土地？如果說是糟蹋，我就是有權力這麼做，不是嗎？」這改變了衆人的看法。人們想起彼得是個好農夫，也許他有特殊知識。哎呀，就是那兩個穿靴子的人——土壤化學家！許多農夫遺憾自己沒種幾畝甜豆。

豆藤長高起來，一排排濃密交織得看不到黑土，花苞開始冒出，眼看作物生長茂盛，這時他們更遺憾了。接著花朵綻放，四十五英畝的色彩，四十五英畝的香氣，據說四哩外的薩利納斯鎮都可以聞到。一輛輛巴士載著學童來看它們，種子公司一組人馬花了整天時間觀察豆藤，搓揉土壤。

彼得·藍道爾每天下午坐在他的前廊搖椅上，俯看大片的粉紅與靛藍，還有一塊生氣盎然的雜色土地。當午後和風吹來，他深深吸氣，解開藍色襯衫的領口，似乎想讓香氣緊貼肌膚。

人們拜訪克拉克·德威特，問他現在的看法。他說：「大概有十種狀況可能毀了作物。隨他種自己的甜豆吧。」但人們從克拉克不悅的語氣中嗅出他有一點嫉妒。他們在這片繽紛田野中抬頭望見彼得坐在前廊，對他重新感到欽佩與尊敬。

有一天下午，艾德·查佩爾步上台階走向他。「先生，你在那兒種了作物。」

「瞧那景象。」彼得說。

「我看了一下，豆莢長得不錯。」

彼得嘆一口氣。「花快凋謝了，」他說。「我討厭看到花瓣掉落。」

「哦，我倒樂意看它們掉落。如果沒意外，你會大賺一筆。」

彼得拿出一條染印大手帕擦他鼻子，然後揉一揉鼻子搔癢。「沒有花香後我會很難過。」他說。

艾德接著提到某人去世的那晚，微妙地眨一眨眼睛，「找人當管家了？」

「還沒找，」彼得說。「我沒時間。」他的眼睛露出擔心的神色。但誰不擔心呢，艾德在想，只要一場大雨就能毀了他整年收成。

若說今年環境與氣候適合種甜豆，那眞是再好不過了。豆藤抽高時，每到早晨霧氣就籠罩地面。一堆堆豆藤安然採收到攤開的帆布上，烈陽直下烘乾豆莢，讓豆子自動脫落。鄰居們看那長串的棉布袋裝滿黑色圓豆，回家嘗試計算彼得・藍道爾的豐收賺了多少錢。克拉克・德威特失去一大部分追隨者，人們決定如果必須追隨彼得的話，要弄清楚他明年打算種什麼。他是怎麼知道今年適合種甜豆？他一定具有某種特殊知識。

*

從上薩利納斯山谷到舊金山洽商或度假的人，都會在拉莫納飯店訂房間。這是個不錯的安排，因爲經常能在大廳遇到同鄉。他們可以坐在大廳軟沙發上，閒聊薩利納斯山谷。

艾德・查佩爾到舊金山和妻子的堂兄碰面，對方從俄亥俄州出來旅行，火車預定明早才會到達。在拉莫納飯店大廳裡，艾德尋找有沒有從薩利納斯山谷來的人，但是只見陌生人坐在沙發上。他出去看一場電影，回來之後，他又尋找是否有從家鄉來的人，不過依然只有陌生人。他曾想到去查一下登記簿，但現在相當晚了，於是坐下來抽完雪茄，準備一會兒之後去睡覺。

門口傳來一陣騷動。艾德看到飯店職員揮揮手，一名侍者跑出來。艾德在椅子上轉身去看。外面有個人被扶下計程車，侍者從司機手上接過客人，領他走進大門。那是彼得・藍道爾。他的眼神呆滯，嘴巴張開流著口水，頭髮凌亂沒戴帽子。艾德立刻起身朝他大步走去。

「彼得！」

彼得茫然地推打侍者。「放開我，」他辯稱。「我很好。你放開我，我會給你兩角五分小費。」

艾德又喊了，「彼得！」

呆滯眼睛慢慢轉向他，然後彼得跌進他懷裡。「我的老友，」他喊。「艾德．查佩爾，我的天啊，好傢伙。你在這兒幹什麼？上來我房間喝一杯。」

艾德把他扶穩站好。「當然，」他說，「我想來些睡前酒。」

「睡前酒，去他的。我們要出去看場秀之類的。」

艾德扶他進電梯，然後回到他房間。彼得重重躺到床上，接著掙扎坐起。「浴室有一瓶威士忌，也幫我倒一杯。」

艾德拿出酒瓶和杯子。「你在做什麼，彼得，慶祝豐收嗎？你一定賺了大把鈔票。」

彼得伸出手掌，用食指慎重敲著手心。「我當然賺了錢——但這跟賭博沒兩樣，就像輪盤只押一個數字的賭博。」

「但你賺到錢。」

彼得若有所思皺起眉頭。「我也可能損失作物，」他說。「這一整年，我無時無刻都在擔心。這根本就像賭博。」

「喔，無論如何，你贏了。」

此時，彼得改變話題。「我吐了，」他說。「就吐在計程車上。我才從範尼斯大道上的一間妓院過來，」他帶著歉意解釋，「我就是必須來這城市，如果不來發洩一些精力，我會爆炸。」

艾德好奇看著他。彼得一顆腦袋昏昏沉沉地地垂在肩膀上，鬍鬚又濕又亂。「彼得——」艾德開口，「那晚當艾瑪——去世後，你說你要——改變狀況。」

彼得搖晃的腦袋緩緩抬起，他一臉嚴肅瞪著艾德。「她完全沒死，」他說得沙啞。「她不准我做這個做那個。她整年都在爲那些豆子擔心我。」他的眼神困惑。「我不知道她怎麼做到的。」然後他皺著眉頭，伸出手掌又敲起手心。「但請你注意，艾德‧查佩爾，我不會再穿那背帶，我絕對不再穿它。你要記住。」他腦袋又往前垂下，但立刻朝上看。「我喝醉了，」他嚴肅地說。「我上妓院。」他信任地擠向艾德身旁，嗓音降到低沉輕語。「不過沒事，我會收拾好。當我回去後，你知道我要做什麼？我要裝電燈。艾瑪一直想要電燈。」他側倒癱在床上。

艾德‧查佩爾幫彼得拉直身子，脫掉衣服，然後回他自己房間。

私刑者

鎮上公園的激昂情緒、人們的叫囂和推擠逐漸平息下來，一群人還站在榆樹下，兩條街外一盞藍色路燈照亮他們模糊身影。疲憊的靜默瀰漫在人群中，有些暴民開始溜向暗夜，公園草坪被人群踐踏得亂七八糟。

麥克知道事情結束了，他感覺到內心的失落，疲憊得猶如好幾個晚上沒睡覺，但那是像做夢般的疲憊，一種略感安慰的疲累。他把便帽拉到齊眉後離開，但要走出公園前又轉身再看一眼。

暴民中有人點燃捲起的報紙，然後舉起火把。那棵榆樹上吊掛著一具灰色裸屍，麥克看見火焰就在那屍體的腳底繚繞。讓他感到奇特的是黑人死後原來會變成灰藍色。燃燒的報紙照亮那些抬頭的臉孔，他們不發一語動也不動，兩眼緊盯吊起來的人。

不管是誰點火燒屍體，麥克對那人都覺得有些反感。他轉向身旁站在黑暗中的一個人。「那麼做沒意義。」他說。

那人沒回答就離開。

報紙燒盡，留下公園近乎一片全黑。但另一捲報紙立刻燃起，舉在屍體腳下。麥克走向另一個觀望的人，「他已經死了，那麼做也不會讓他疼痛。」

第二個人咕噥著，但眼睛沒離開燃燒的報紙。「幹得好，」他說。「這給郡政府省了大筆錢，狡猾的律師也沒得插手。」

「我也這麼認爲，」麥克附和。「狡猾的律師沒得插手。但去燒他沒意義。」

那人繼續凝視火焰。「嗯，但也沒什麼不好。」

麥克眼底盡是這情景。他感到厭煩，沒看到想看的事。他希望日後能回想起可以讓他說嘴的東西，但乏味的疲憊似乎削減了這畫面的鮮明度。他腦子告訴自己這是個嚴重要緊的事，但眼睛和感覺可不這麼認爲。它只是稀鬆平常的事。半小時前，他和暴民一起怒吼，拚命搶著幫忙拉起絞繩，他的胸口如此澎湃，甚至發現自己都哭了出來。但現在一切都陷於死寂，變得很不眞實，黑鴉鴉的暴民就像呆板的傀儡，火光下的臉孔像木偶一樣毫無表情。麥克在自己身上也感覺到這種呆板和不眞實。最後他轉身離開，走出公園。

他離開暴民外圍時，一股寂寞的寒意落在身上。他沿街快走，希望遇上其他人走在身旁。寬敞街道空無一人，就像先前的公園一樣不眞實。電車的兩條鋼軌在燈架下微微發亮，從馬路一直延伸下去，漆黑的商店櫥窗反映著午夜街燈。

麥克胸膛開始隱隱作痛。他伸手摸一摸，肌肉的確痠痛，然後想起來了。當暴民衝向拘留所緊閉的大門時，他就站在最前面。四十個向前推擠的人像公羊般把他頂在門上。當時他幾乎沒什麼感覺，即使到了現在，疼痛也只像孤寂一樣晦暗不明。

兩個街區的前方，一盞寫著啤酒的閃亮霓虹燈高掛在人行道上。麥克匆匆走向它，希望推開門後見到裡面有些人在聊天，好驅散這片死寂；他希望這些人沒參與那場私刑。

小酒吧裡只有酒保獨自一人，小個子中年人留著沒精神的八字鬍，外表像上年紀的老鼠一樣精明、邋遢又膽怯。

他在麥克走進來時馬上點點頭，「你看起來像在夢遊。」他說。

麥克驚訝地注視他。「我正是這麼覺得，像在夢遊一樣。」

「喔，如果你想的話，可以來一小杯烈酒。」

麥克遲疑一下。「不——我有些口渴。我想來杯啤酒……你有嗎？」

小個子男人又點點頭。「最後，他被吊了起來，一切終於結束。我以為很多人會口渴，所以回來開店。到現在除你之外就沒別人，也許我料想錯了。」

「他們也許晚點兒會到，」麥克說。「很多人還在公園，但他們已經平靜下來。有人想點燃報紙燒他，那麼做沒意義。」

「一點意義都沒有。」小個子酒保說。他抽動稀疏的八字鬍。

麥克灑了些芹鹽到啤酒裡，然後大飲一口。「真好喝，」他說。「我有些精疲力盡。」

酒保俯身探過吧檯靠近他，兩眼明亮。「你全程都在場嗎——闖進拘留所和所有經過？」

麥克又喝了口啤酒，透過啤酒看著杯底芹鹽顆粒冒出小氣泡。「全程目睹，」他說。「我是最早闖進拘留所的人之一，我還幫忙拉絞繩。有時候人民得親手執法，狡猾的律師一出現就會讓某些惡棍逍遙法外。」

那顆老鼠腦袋點個不停。「你講得對極了，」他說。「律師能讓他們逃過任何制裁。我猜那黑鬼[1]罪有應得。」

「喔，當然！有人說他甚至招供了。」

那顆腦袋又探過吧檯靠近。「先生，怎麼開始的？我在事情都結束後才到那裡，只待了一分鐘就回來開店，免得有人想喝杯啤酒卻找不到地方。」

麥克喝光杯子裡的啤酒，推出杯子要求注滿。「喔，每個人都知道這事必然會發生。我當時在拘留所對面的一間酒吧，在那邊待了一下午。有個傢伙進來說：『我們還等什麼？』於是我們走向對街，那裡還有更多人，而且人潮不斷湧來。我們都站在那邊吶喊，然後警長出來講話，但我們把他吼下去。接著有個傢伙帶一枝點二二來福槍沿街走來，轟掉街燈。那時我們就衝向拘留所大門，將它撞開。警長不打算採取任何行動，爲救一個黑鬼惡棍而射殺許多正直的人，那對他沒啥好處。」

「而且選舉也快到了。」酒保插話。

「嗯，警長開口喊說：『要找對人，各位，看在老天份上要找對人。他關在下面第四間囚房。』」

「當時景象有點兒令人同情，」麥克說得緩慢。「其他囚犯十分驚恐。我們可以透過牢籠看到他們，我從沒見過那樣的臉孔。」

酒保激動地幫自己倒一小杯威士忌，然後一口飲盡。「這不能怪他們。假如你被關在裡面四十天，然後一群私刑暴徒從眼前走過，你絕對會怕他們找錯人。」

「我也是這麼想。有點兒令人同情。喔，我們走去黑鬼的囚房，他閉起眼睛直挺站著，就像醉得不省人世。有個人把他揍倒，他又站起來，接著另一個人猛揮一拳，他倒下時頭撞到水泥地上。」麥克俯身在吧檯上，食指敲著那光亮的木頭檯面。「當然這只是我個人看法，但我認為那一拳就打死他了。因為我幫忙脫下他衣服時，他完全不動，我們把他綁起來時也毫無掙扎。是的，先生，我認為他在整個過程中都已經死了，就在第二個人揍他之後。」

「喔，反正結果都一樣。」

「不，這不一樣。你會希望正確執行這件事。他自己惹禍上身，應該要接受懲罰。」麥克伸手到褲子口袋，拿出一塊撕下的藍色牛仔布。「這是他褲子上的一塊布。」

酒保彎腰仔細檢查那塊布，他猛然抬頭面對麥克。「我跟你用一元買它。」

「喔不，不賣你。」

1本書的年代背景，還有角色全都有種族歧視的傾向。因此直譯「黑鬼」。

「好吧。我給你兩元，賣我一半。」

麥克疑惑地看他。「你要它做什麼？」

「來！杯子給我！這杯啤酒算我的。我會把它釘在牆上，下面加張小卡片。人們進來會想看看它。」

麥克用自己的隨身小刀將布裁成兩半，從酒保那兒收到兩枚銀幣。

「我認識一個寫廣告牌的傢伙，」小個子男人說。「他每天都來，可以幫我印一張漂亮小卡片放在那塊布下面。」他看起來很謹愼。「你認爲警長會逮捕任何人嗎？」

「當然不會。他怎麼會想找麻煩？今晚群衆裡有很多張選票。只要他們一散去，警長就來割斷繩子放下黑鬼，把現場清理乾淨。」

酒保望向門口。「我認爲自己錯估有人會來喝酒。現在很晚了。」

「我想，是該回家了。我覺得很疲倦。」

「如果你要往南，我就把店關上跟你一起走。我住在南區第八街。」

「哦，離我家只有兩個街區。我住在南區第六街，你一定會經過我家前面。妙的是我從來沒在附近見過你。」

酒保洗了麥克用過的杯子，脫掉長圍裙。他戴上自己的帽子，穿上外套，走到門邊把紅色霓虹燈和屋子的燈關掉。兩人沒多久就站在人行道上，朝公園望去，鎮上一片寧靜，公園沒傳來聲音。

一名警察走在一條街區外，用手電筒照向商店櫥窗。

「看到沒？」麥克說。「就像沒有任何事發生。」

「嗯，如果那些傢伙想喝杯啤酒，他們一定是到別家店去了。」

「我正想這麼跟你講。」麥克說。

他們晃蕩在空無一人的街道上，朝著南邊走離商業區。「我名字叫威爾契，」酒保說。「住到鎮上才兩年左右。」

孤寂再度落到麥克身上。「這妙了——」他停了一下接著說，「我就出生在這鎮上，在我目前住的房子。我有個妻子但沒小孩。我們倆都出生在這個鎮上，每個人都認識我們。」

他們繼續走了幾個街區，商店已經拋在身後，街道兩旁現在都是漂亮房子，有著茂盛花園和修剪整齊的草坪。街燈將濃密高樹的長影投射在人行道上。兩隻夜裡遊蕩的狗慢慢走著，嗅聞彼此。

威爾契輕聲說——「我不清楚那傢伙是怎樣的人——我是指那黑鬼。」

麥克擺脫孤寂回答他。「報紙都說他是個惡棍。我讀過所有報紙，他們都這麼說。」

「對啊，我也讀了，但這會讓你想弄明白他的事。我認識幾個相當不錯的黑鬼。」

麥克轉頭抗議。「是啊，我自己也認識幾個很棒的黑鬼。我和幾個黑鬼一起工作過，他們就像任何你願遇上的白人一樣好——但不是沒有惡棍。」

他的激動使威爾契沉默了一會兒。然後對方說，「我猜，你無法斷定他是怎樣的一個傢伙？」

「沒辦法——他只是直挺挺地站在那兒，閉上嘴巴，闔緊雙眼，手就垂在身體兩側。然後有個人揍他。我的看法是他被我們帶出來時就已經死了。」

威爾契悄悄貼近了走。「這兩旁都是漂亮花園，免不了要花很多錢維護。」他走得更近了，肩膀碰觸麥克手臂。「我從沒參與私刑。它讓你覺得如何——在事情過後？」

麥克閃避這觸碰。「它不會讓你毫無感覺。」他垂頭加快腳步，小個子酒保幾乎得小跑步才跟得上。街燈逐漸稀疏，周圍變得更暗更沒有顧忌。麥克脫口而出，「它讓你覺得有些脫離現實和疲憊，但也有些滿足感。就像你幹了一件好事——但疲憊得有點兒想睡。」他放慢腳步。「瞧，廚房裡有燈光，我住在那兒。我老婆在等我。」他在自家小屋前停下。

威爾契神經兮兮地站在他旁邊。「若想喝杯啤酒——或烈酒，到我店裡來。營業到午夜，我給朋友優待。」他像上年紀的老鼠一樣匆匆離開。

麥克喊了一聲，「晚安。」

他繞過屋子從後門進去。那位瘦小、壞脾氣的妻子正在煤氣爐前取暖。她抱怨的目光轉到站在門口的麥克身上。

然後她瞪大的眼睛掛在臉龐上。「你剛才跟女人在一起，」她嘶啞地說。「你跟哪個女人在一起？」

麥克笑了。「你覺得自己很機靈，是嗎？你是個機靈的人，是吧？你憑什麼認爲我跟女人在一起？」

起？」

她惡狠狠地說，「你以爲我從臉上表情看不出你混過女人？」

「好吧，」麥克說。「如果你這麼機靈而且無所不知，我不告訴你任何事。你可以等著讀早報。」

他看到不滿的眼神出現疑惑。「是黑鬼嗎？」她問。「他們抓住黑鬼了嗎？每個人都說他們會去。」

「如果你這麼機靈就自己查明。我不會告訴你任何事。」

他穿過廚房走進浴室，一面小鏡子掛在牆上。麥克脫掉帽子看自己臉。「老天，她說得對，」他心想。「那正是我的感覺。」

強尼熊

如同它名字的意涵，洛馬[1]村建在像孤島般的圓弧小山丘上，矗立在加利福尼亞州中部薩利納斯山谷的平坦出口。位於村莊北邊和東邊，長滿蘆葦的漆黑沼澤連綿數哩，但南邊濕地的積水已經排除。水排掉後露出大片可耕地，黝黑土壤肥沃得種出了大顆萵苣和花椰菜。

村莊北邊沼澤的地主開始垂涎黑色沃土，他們聯手成立一片開墾區。我工作的公司取得合約要來挖掘排水溝渠，抓斗式挖泥船運抵現場，組裝後開始在沼澤廣闊水域中挖出一道溝渠。

我曾試過和組員在船屋住一陣子，但蚊子不斷在挖泥船的泥堆附近盤旋，惱人的濃霧氣又每晚都從沼澤悄悄升起籠罩地面，迫使我到洛馬村裡找一處有家具的房間。拉茲太太家的這房間是我見過最淒涼的住處，原本可以繼續再找，但想到拉茲太太能幫忙留意收信，我決定住下來。畢竟，我只在這空洞冷清的房間睡覺而已，用餐都在船屋甲板上。

洛馬村的居民不超過兩百人。循道會教堂位在山丘最高點，它的尖塔在幾哩外都看得見。此外還有兩間雜貨店、一間五金行、一間古老的共濟會堂和水牛酒吧，它們構成此地的公共建築。山丘邊坡聚集了村民的木造小屋，富饒的南邊平地散布著地主的房子，小小庭院通常被柏樹修剪構成的高牆圍繞，用來抵擋午後強勁風勢。

晚上在洛馬村沒事可幹，只能上酒吧去，那是一棟老舊的木板屋，有一扇雙開彈簧推門，前面木棧道還有遮篷。不論是禁酒期間或解禁之後，它的生意、顧客或威士忌品質從沒改變。夜晚這段時間，洛馬村每個十五歲以上的男性居民至少會來水牛酒吧一次，他們喝一杯酒，聊一聊天，然後回家。

胖卡爾是店主兼酒保，他用冷淡和陰沉招呼每位進門的顧客，卻也讓人衷心感到親切。他一臉不開心的樣子，語調完全不友善──始終不知道他是怎麼辦到的。胖卡爾跟我熟識後，他冷漠的臉轉向我，些許不耐煩地對我說：「喂，要喝什麼？」我知道自己感覺到的卻是滿足和溫暖。雖然只提供威士忌，而且只有一種牌子，但他總會這麼問。我曾看他斷然拒絕一個陌生人要求在酒裡加些檸檬汁，胖卡爾不喜歡做沒意義的事。他在腰間繫一條大毛巾，走動時用它擦亮玻璃杯。沒上漆的地板布滿木屑，吧檯是老舊的商店櫃檯，椅子又硬又挺；店內唯一的裝飾是釘在牆上的海報、名片和圖片，那些是郡候選人、推銷員和拍賣商留下來的，其中有些已經有多年歷史。里塔爾警長的名

1 洛馬（Loma）即西班牙文「山丘」之意。

片仍在懇求重新當選，儘管里塔爾已經去世七年。

即使對我而言，水牛酒吧聽來就像一個可怕的地方。但是當你穿過夜晚暗街，走在木棧道上，當沼澤迷霧蔓延開來，像飄盪的髒布拍打臉上，當你最終推開酒吧彈簧門，看到人們圍坐在那兒喝酒聊天，胖卡爾朝你走來時，它似乎仍是個相當棒的地方。你就是無法轉身離去。

一種最溫和的撲克牌遊戲在店裡進行著。我那女房東的丈夫提摩西·拉茲獨自玩牌，拚命作弊，因爲他過關後才喝一杯酒。我曾看他連過五關，他贏之後把牌堆放整齊，非常威風地起身走向吧檯。胖卡爾在他還沒抵達前就注滿半杯酒，然後問道：「要喝什麼？」

「威士忌。」提摩西愼重地說。

在長形屋子裡，來自農場和村莊的人們坐在直挺硬椅子上，或者站在老舊櫃檯邊。店內盡是單調的輕聲交談，除了選舉和拳擊大賽時，也許有人會大放厥詞或高談闊論。

我討厭走進外面潮濕的暗夜，聽見遠方沼澤傳來柴油引擎的軋軋怒吼，還有抓斗挖掘的鏗鏘聲響，最後回去自己在拉茲太太家的淒涼房間。

來到洛馬村沒多久，我就設法結識了梅·洛美蘿，一位漂亮的墨西哥混血女孩。有時晚上我會跟她走下南邊山坡，直到污濁霧氣迫使我們折返村子。護送她回家後，我就順便到酒吧待上一會兒。

有天晚上，我坐在酒吧裡和艾力克斯·哈特內爾聊天，他擁有一處不錯的小農場。我們正聊到釣黑鱸魚時，前門被推開，擺盪著闔上。屋內的人沉默下來，艾力克斯向我點點頭說：「那是強尼熊。」我張望了一番。

我找不到比他的名字更好的形容。他看起來就像一隻碩大、傻氣、面帶微笑的熊，黑髮纏結的腦袋往前伸，兩條長胳臂垂掛身旁，好似他本來應該四腳著地，只有要把戲時才兩腳站立。他的腿又短又彎，底下是不可思議的方腳掌。他穿深藍牛仔褲，但雙腳赤裸；他的腳完全看不出傷殘或畸形，但就是長成方形，寬度跟長度一樣。他站在門口，像智障般急促擺動手臂，臉上露出愚蠢愉快的笑容。他往前走動，全因臃腫與呆拙而看來像是躡手躡腳，不像行走的人，反倒像某種潛行的夜行動物。他走到吧檯前停下，發亮的小眼滿懷期待掃過一張張臉，然後問：「有威士忌嗎？」

洛馬村不是一個會請客的地方。一個人也許會爲別人買一杯酒，因爲他非常確信對方也會立刻買一杯給他。令我驚訝的是，沉默人群中有個人放了一枚硬幣在櫃檯上。胖卡爾注滿杯子，那怪物拿起杯子一口飲盡。

「搞什麼——」我開口了，但艾力克斯用手肘輕推我，並且說：「噓。」

一齣古怪的啞劇開始上演。強尼熊移往門口，然後躡手躡腳走回來，愚蠢笑容從沒離開臉上。他走到屋子中央，蹲下去壓住肚子，一個話語聲從他喉嚨發出，這嗓音似乎跟我很像。

「但你實在太美了，不該住在像這樣的一個骯髒小村。」

接著嗓音提高成一個輕柔低語的聲調，講話帶有一些口音。「你盡是對我說這種話。」

我確信自己快暈倒了，血脈賁張到耳朵砰砰直響，滿臉通紅。我的嗓音從強尼熊的喉嚨發出，還有我講話的內容和聲調。然後是梅．洛美蘿的嗓音，一模一樣。若是沒看到那人蹲在地上，我可能會呼喊她。對話持續下去，從別人口中說出這些內容聽起來很蠢。強尼熊講個不停，或者應該說是我講個不停。他說出實情，做出聲音。人們的臉慢慢轉離強尼熊，目光朝我這邊過來，他們對我露齒微笑。我一點辦法都沒有，我知道如果嘗試去阻止他的話一定會打起來，所以這齣戲就演到底了。結束之後，我很膽怯地慶幸梅．洛美蘿沒有兄弟。強尼熊講出的話露骨、牽強而荒謬，最後他站起來，仍舊帶著一臉傻笑，然後再次問道：「有威士忌嗎？」

我認爲酒吧裡的人對我感到抱歉，他們目光從我身上移開，刻意彼此聊天。強尼熊走到屋子後面，爬到一張圓牌桌下，像隻狗般蜷曲起來睡覺。

艾力克斯．哈特內爾同情地看著我。「你是第一次聽他說話？」

「對啊，他到底在幹什麼？」

艾力克斯一時沒理會我的問題。「如果你擔心梅的名聲，那倒不必。強尼熊以前追求過梅。」

「但他怎麼聽見我們的？我沒看到他。」

「強尼熊幹起事來沒人看得到或聽得見他，他可以移動得無聲無息。你知道我們這兒的年輕人跟女朋友出去會幹什麼事嗎？他們會牽一隻狗跟著走。狗怕強尼熊，牠們聞得出他來了。」

「但是，老天！那些嗓音——」

艾力克斯點點頭。「我懂。有些人寫信給大學提到強尼，於是一個年輕人來到村子裡。他做了觀察，然後告訴我們盲人湯姆的事。有聽過盲人湯姆嗎？」

「你是指那黑人鋼琴家？有啊，我聽說過他。」

「嗯，盲人湯姆是個弱智，幾乎不會說話，但能模仿自己聽到鋼琴彈出來的任何音樂，包括長曲。他們找優秀音樂家來測試他，他不僅能重新彈奏樂曲，還能模仿音樂家輕微的重音表現。他們刻意彈錯一些小地方來製造陷阱，結果他也跟著彈錯。他鉅細靡遺照實彈奏，那人說強尼熊也是一樣，只是他模仿的是話語和嗓音。他用很長一句希臘文測試強尼，結果強尼講得分毫不差。他不懂自己講的東西，只是照實講出來而已。他的智商還不足以編造內容，所以你知道他講出來的就是他所聽到的。」

「但他爲什麼要這麼做？如果他不懂的話，爲什麼有興趣偷聽？」

艾力克斯捲一根菸點燃起來。「他沒興趣，但他愛喝威士忌。他知道如果隔窗偷聽後到這裡複誦自己聽到的內容，有人會請他喝威士忌。他試圖模仿拉茲太太在店裡的對話，或者傑瑞．諾蘭跟他母親的爭吵，但他無法用這樣的內容換到威士忌。」

我說：「奇怪的是沒人在他偷窺窗子時開槍射他。」

艾力克斯抽著他的菸。「很多人都嘗試過，但就是沒看見強尼熊，沒辦法逮到他。如果不想被他複誦自己說的話，你就得關上窗子，甚至小聲說話。你很幸運的是今晚夜色很暗。如果他看到你，也許又會採取行動。你該看看強尼熊扭曲著臉學年輕女孩，那實在很嚇人。」

我望向蜷伏在桌子底下的身影。強尼熊背朝屋內，燈光照亮他纏結的黑髮。一隻大蒼蠅停在他腦袋上，接著他的頭皮像馬的皮膚被蒼蠅叮咬那樣抽動一下，我發誓我看見了。蒼蠅又停落，頭皮又抽動驅趕它，我全身也跟著戰慄一下。

屋內談話回歸到令人沉悶的單調。過去十分鐘，胖卡爾都在用他圍裙上的毛巾擦亮玻璃杯。我們附近的一小群人在討論鬥狗和鬥雞，他們的話題逐漸轉移到鬥牛。

艾力克斯在我身旁說：「來喝杯酒。」

我們走去櫃檯，胖卡爾拿出兩個杯子。「要喝什麼？」

我們倆都沒回答，卡爾倒出琥珀色威士忌。他板著臉看我，用單眼朝我嚴肅地眨一眨厚腫眼皮。不知為何，我覺得被恭維了。卡爾朝背後牌桌擺一擺頭，「他逮到你了，是吧？」

我也回敬眨一眨眼。「下次帶一隻狗。」我模仿他沒說出口的話。我們喝掉威士忌後回去自己座位，提摩西．拉茲又贏了一局，他堆好紙牌，走向吧檯。

我回頭看強尼熊窩在下面的那張桌子。他已經轉身趴在地上，傻笑的臉朝向屋內。他移動腦袋四處凝視，就像準備離巢的野獸，然後滑出桌底站立起來。他的動作很弔詭，外表看來扭曲得不成人形，但移動起來卻毫不費力。

強尼熊緩緩走過屋內朝吧檯過去，微笑面對兩旁經過的人，到吧檯前立刻連聲發問：「有威士忌嗎？有威士忌嗎？」那就像鳥兒在叫。我不知道是哪種鳥，但的確聽過這叫聲——兩個連升的音調，一遍又一遍問著：「有威士忌嗎？有威士忌嗎？」

屋內交談停歇，但沒人出來放錢到櫃檯。強尼熊笑得哀怨，「有威士忌嗎？」

他試圖哄騙大家。一個女人憤怒的嗓音從他喉嚨發出，「我告訴你那都是骨頭。一磅要價二十分錢，結果一半是骨頭。」接著是一個男人的嗓音，「您說的是，女士，我並不知道。我會給您一些香腸做補償。」

強尼熊期待地四處張望。「有威士忌嗎？」依舊沒人上前給錢。強尼熊慢慢走到屋前蹲下。我低聲說：「他在幹什麼？」

艾力克斯說：「噓，在偷窺一扇窗。聽！」

一個女人的嗓音出現，冷峻而沉穩的嗓音，話說得急促。「我不是很明白。你是個怪胎嗎？如果沒看到你，我絕不相信這種事。」

另一個女人的嗓音回答她，是低聲嘶啞的痛苦嗓音。「也許我是個怪胎，我沒辦法。我就是沒辦法。」

「你一定要想辦法，」冷峻的嗓音打斷進來。「你還是死了比較好。」

我聽到輕聲啜泣從強尼熊微笑的厚唇發出來，這是一個女人絕望地在啜泣。我看看艾力克斯，他直挺坐著，兩眼瞪大一眨一眨。我張開嘴巴準備低聲發問，但他揮手要我保持安靜。我掃了一眼屋子裡，所有人都坐直聆聽。啜泣停止了，「你不曾有過那樣的感覺嗎，艾瑪琳？」

艾力克斯一聽那名字就突然屏住呼吸。冷峻的嗓音宣稱，「當然沒有。」

「晚上從來沒有這感覺？你這輩子——從來沒有？」

「如果我曾經有，」冷峻的嗓音說，「如果我有的話，我會割捨自己那份感覺。別再哭哭啼啼，艾咪，我受不了。如果你沒辦法控制自己情緒，我就要考慮給你一些藥物治療。現在去禱告。」

強尼熊掛起笑容。「有威士忌嗎？」

兩個人不發一語上來放下錢幣。胖卡爾注滿兩個杯子，當強尼熊接連喝完兩杯之後，卡爾又注滿一杯。每個人都明白他多受刺激，因爲水牛酒吧沒有白喝的酒。強尼熊對屋內微笑，然後用他蹣手蹣腳的步態走出去。彈簧門在他身後擺盪闔上，漸漸沒了聲音。

再也沒出現交談聲，屋裡每個人似乎都難以平撫情緒。他們一個接著一個悄悄離開，反彈的推門帶進一股股濃霧。艾力克斯起身走出屋外，我跟隨在他後面。

惡臭霧氣把夜晚搞得污濁不堪，它似乎緊緊抓住屋子，再放肆地將手臂舉向空中。我加快腳步跟上艾力克斯。「這是怎麼回事？」我追問。「到底是怎麼回事？」

一時之間，我認爲他不會回答。但他接著停下步伐轉向我。「唉，該死的。聽著！每個城鎮都有貴族世家，他們形象完美。艾瑪琳和艾咪．霍金斯就是這地方的貴族，未出嫁的女士，善良的人，她們的父親曾是國會議員。我不喜歡這狀況，強尼熊不該這麼做。哎！他們家還養活他呢。那些人不該給他威士忌，這下他就會盯著那棟房子……現在他知道能從哪裡得到威士忌了。」

我問：「她們是你親戚？」

「不，但她們是——嗯，她們跟別人不一樣。她們農場就在我家隔壁，有幾個中國佃農在耕作。你瞧，實在很難解釋。霍金斯家的女人是一種象徵，她們就是我們教小孩時想到要——嗯，描繪的好人。」

「那麼，」我直言，「強尼熊講出來的話一點也傷害不了她們，對吧？」

「我不知道。我不曉得那些話是什麼意思。我是指，就我所知。唉！去睡覺吧。我沒開那輛福特車來，我要走路回家。」他轉身快步走進緩緩蠕動的迷霧裡。

我朝拉茲太太的木板屋走去，能夠聽見遠方沼澤的柴油引擎轟隆聲，還有大鋼斗鏟進地下的鏗鏘聲。這是週六夜晚，挖泥船將在週日早上七點停工，直到週日午夜再動工，從聲音可以判斷一切都沒問題。我爬過通往房間的狹窄階梯，上床後讓燈繼續亮了一會兒，瞪著壁紙上蒼白無味的花朵圖案。我想到強尼熊嘴裡發出兩種嗓音的對話，那是忠實的嗓音，不像是模仿。想起那些聲調，我可以看到說話的兩個女人，嗓音冷峻的艾瑪琳，還有艾咪鬆垮悲傷的臉孔。令我不解的是爲了什麼事而悲傷。莫非只是中年女子的寂寞難耐？就我認爲似乎不可能是這原因，聲音中有太多恐懼。我燈亮著就睡著了，後來還得起床把它關掉。

第二天早上八點鐘，我下山穿過沼澤到挖泥船上。組員正忙著把新纜索纏進捲索筒，將替換下來的舊纜索盤繞起來。我檢查工作之後，大約十一點鐘走回洛馬村。在拉茲太太的木板屋前，艾力克斯·哈特內爾坐在一輛福特T型敞篷車裡。他對我喊道：「我正要去挖掘船那兒載你。今天早上我殺了兩隻雞，想到你可能願意來幫忙一起吃掉。」

我欣然接受邀請。我們的廚子是個好廚師，一個蒼白的大塊頭，但我最近發現自己心中有件事對他愈看愈不順眼。他抽古巴菸會拿一支竹菸嘴，我不喜歡他早上手指夾著菸嘴揮來揮去的模樣。他的雙手很潔白——像磨坊師傅的手裏層粉一樣白。我以前都不知道他們爲什麼稱他的手是磨坊蛾，那種飛來飛去的小白蟲。不管怎樣，我爬進福特車，坐到艾力克斯旁邊，我們駛下山丘前往西南邊的肥沃土地。燦爛陽光照在黝黑土壤上。當我還小時，一個天主教男孩告訴我說星期天總會陽光普照，即使只有短暫時間，因爲這天是上帝的日子。我一直想追蹤看看這話是不是眞的。我們車子咯啦咯啦地下山駛到平原上。

艾力克斯喊道：「還記得霍金斯那家人？」

「當然記得。」

他指向前方。「就是那棟房子。」

房子只看得見一角，因爲高大濃密的柏樹籬笆圍繞著它，想必這塊地裡面也有一個小花園。只有屋頂和半截窗子露在樹籬上方，我能看到屋子是漆成棕色，再用深褐色加以修飾的，這種搭配是火車站和加州各學校喜歡採用的色調。樹籬前面和側面各有一個小門，穀倉在房子後方的樹籬外。樹籬修剪得整齊方正，看來極爲厚實堅固。

「樹籬可以抵擋強風。」艾力克斯壓過福特車的轟鳴喊著。

「它抵擋不了強尼熊。」我說。

一道陰影閃過他臉上。他朝田野間一棟粉刷的四方屋子揮手示意，「那是中國佬住的地方。辛勤工作的人，我希望自己有一些像他們那樣的幫手。」

此時，一匹馬拉著輕馬車從樹籬角落後方出現，接著轉進馬路上。那匹灰馬老了，但梳理得很好，馬車光澤耀眼，馬具也擦得雪亮，馬兒兩邊眼罩外側都印有一個大大的銀色H。就我看來，那轡繩對這麼老的馬而言似乎太短了。

艾力克斯喊道：「她們這會兒要去上教堂。」

我們在她們經過時脫帽欠身致意，對方也拘謹點頭。我仔細瞧她們，讓我感到十分驚訝。她們看起來幾乎就和我想像的一模一樣，強尼熊比我所知還要可怕，因爲他藉由聲調竟然可以傳達被模仿者的面貌。我不需要問誰是艾瑪琳，而誰又是艾咪。清澈筆直的眼神，輪廓鮮明的下巴，嘴唇刻畫得如同切割鑽石那樣精準，身形枯直沒有曲線，那是艾瑪琳。艾咪很像她，但又如此不同。她的線條圓潤，眼神溫和，嘴唇豐厚，胸部飽滿，不過看起來還是像艾瑪琳。但艾瑪琳是天生直嘴唇，艾咪就得抿緊嘴唇。艾瑪琳顯然已經五十或五十五歲了，艾咪大約年輕十歲。我只見到她們片刻，而且從此沒再看過她們，然而奇怪的是，我不認爲世上還有其他人比這兩位女士更讓我覺得熟悉了。

艾力克斯喊說：「你了解我所說的貴族那回事？」

我點點頭，那是顯而易見的。如果有那樣的女人存在，一個社區會覺得有點兒——安定感。像洛馬村這樣一個充滿霧氣的地方，還有個龐大沼澤像是罪惡深淵，眞的非常、非常需要霍金斯家的女人。如果沒有她們在這兒保持平衡，人們心智大概不用幾年就會受到影響。

這是一頓豐盛的晚餐。艾力克斯的妹妹把雞放在奶油裡炸，還做了其他可口的菜餚。我對船上的廚子愈加感到懷疑和挑剔。我們圍坐餐桌，喝著眞正上好的白蘭地。

我說：「我不了解你爲什麼總會去水牛酒吧，那裡的威士忌——」

「我知道，」艾力克斯說，「但水牛酒吧是洛馬村的心靈寄託。它是我們的報紙，我們的劇院和我們的俱樂部。」

的確如此。當艾力克斯發動福特車，準備載我回去時，我和他都心知肚明，我們會去水牛酒吧待上一、兩個小時。

我們就快進到村子。微弱車燈照亮路面，另一輛車咯啦咯啦朝我們駛來。艾力克斯橫在馬路上停車。「那是醫生，霍姆斯醫生。」他解釋。迎面而來的車輛煞住，因爲他沒辦法繞過我們。艾力克斯喊道：「喂，醫生，我正要找你來看一看我妹妹，她喉嚨腫了。」

霍姆斯醫生喊回來：「好的，艾力克斯，我會去看。讓開好嗎？我在趕時間。」

艾力克斯刻意問。「誰生病了，醫生？」

「喔，艾咪小姐有些微恙。艾瑪琳小姐打來電話，要我趕過去。把路讓出來，好嗎？」

艾力克斯嘎吱嘎吱地往後倒車，讓醫生通過。我們繼續行駛下去。我正想講這個夜晚眞是清澈，往前一看，就看到殘破霧氣從沼澤那邊盤繞小山往上蔓延，像一條蛇緩慢爬行到洛馬村山頭。福特車抖動幾下停在水牛酒吧前，我們走了進去。

胖卡爾移向我們，手上正拿著一個玻璃杯往圍裙上擦。他朝吧檯下最靠近的瓶子伸手過去。「要喝什麼？」

「威士忌。」

一抹淺笑似乎瞬間閃過那肥胖陰沉的臉孔。屋裡坐滿了人，我的挖掘組員都在這兒，除了那個廚子。他也許在駁船上，用一根竹菸嘴抽他的古巴菸。他不喝酒，那就足以讓我對他起疑。這裡有兩名水手，一名工程師和三名扛夫，扛夫在爭論一次鑿挖。古老的伐木諺語無疑很適合他們：「樹林裡談女人，酒吧裡談伐木。」[2]

那是我所見過最平靜的酒吧。沒有任何打鬥，沒有太多歌聲，也沒有愚蠢把戲。不知怎麼的，胖卡爾陰沉兇惡的眼睛讓喝酒成爲安靜有效率的一件事，反倒不是喧嘩的娛樂。提摩西．拉茲在其

2這句原本是指「牛頭不對馬嘴」之意。

中一張圓桌上玩單人撲克牌遊戲，艾力克斯和我喝著我們的威士忌。沒有座位了，所以我們只能倚靠吧檯，聊到運動和市場，還有我們曾經幹過的冒險，或者假裝曾經幹過——就是隨興的酒吧閒聊。我們不時又喝一杯，我猜大概逗留了幾個小時。艾力克斯已提過他要回家了，我也有同感。挖掘組員成群離開，因爲他們半夜就得開始上工。

推門無聲無息打開，強尼熊慢慢走進屋裡，擺盪那長長手臂，滿頭亂髮的腦袋一直點啊點，朝人們不斷傻笑。他的方腳就像貓掌一樣。

「有威士忌嗎？」他啁啾著。沒人前來慫恿他。他拿出看家本領，蹲到地上壓住肚子，就是那次他逮到我的同樣方式。一種吟詠般的鼻音開始說話，我猜是中國話。然後依我聽來似乎是另一個嗓音重複了同樣的話，緩慢但沒鼻音。強尼熊抬起他蓬鬆腦袋問：「有威士忌嗎？」他毫不費力地站起。我的興趣來了，就想看他表演。我在吧檯上滑了一枚二十五分硬幣過去，強尼熊大口喝完他的酒。不久之後，我眞希望自己沒這麼做。我不敢看艾力克斯，因爲強尼熊躡手躡腳走到屋子中央，擺出他隔窗偷窺的姿態。

艾瑪琳冷峻的嗓音說：「她在這兒，醫生。」我閉上眼睛不看強尼熊的表情，這時他停下來。剛才是艾瑪琳．霍金斯在說話。

我在路上曾聽過醫生的嗓音，所以這是他如實的嗓音在回答：「唉——你說她昏倒了？」

「是的，醫生。」

停頓了一會兒，醫生的嗓音又出現，而且非常輕聲，「她爲什麼要這樣做，艾瑪琳？」

「這樣是怎樣？」這問句幾乎是語帶威脅。

「我是你們家的醫生，艾瑪琳。我以前就是你父親的醫生，你得老實告訴我。你認爲我不曾見過那種脖子上的勒痕？你解下她之前吊在那兒多久了？」

接著停頓更長的時間。女人嗓音不再冷峻，它變得柔和，甚至是低語。「兩到三分鐘。醫生，她會好嗎？」

「喔，是的，她會醒過來，沒傷得太嚴重。她爲什麼要這麼做？」

回答的嗓音甚至比剛開始還要冷峻，幾乎凝結住了。「我不知道，醫生。」

「你是不想告訴我？」

「我是照實說。」

接著醫生嗓音指示起照料重點，休息、牛奶和一些威士忌。「最重要的，要溫柔，」他說。「比任何事都重要的，是要溫柔對待她。」

艾瑪琳的嗓音有些顫抖，「你絕不會——說出來，醫生？」

「我是你們家的醫生，」他輕聲說。「我當然不會說出來。我今晚會送些鎭定劑過來。」

「有威士忌嗎？」我的眼睛猛然睜開，令人毛骨悚然的強尼熊對著屋子裡笑。

人們難爲情得沉默不語，胖卡爾望著地板。我滿懷歉意轉向艾力克斯，因爲的確是因我而起。

「我不知道他會那麼做，」我說。「很抱歉。」

我走出店門回去拉茲太太淒涼的房間，打開窗子，望著外面盤繞律動的霧氣。我聽見遠方沼澤裡的柴油引擎慢慢啓動暖機。一會兒之後，傳來大抓斗開始挖掘溝渠的鏗鏘聲。

第二天早上，營造過程極爲常見的連串事故找上我們。一條新纜索在旋轉時斷裂，使得抓斗砸在一艘駁船上，把船和機件弄沉到八呎深的溝渠水底。有個人冒死帶了一條繩索到沉船，要把我們從水中拉起來，這繩索又綳斷，整齊削掉一名水手的雙腿。我們包紮殘肢，將水手送到薩利納斯鎮。然後小事故接連發生，一名扛夫被纜索擦傷引發敗血症。廚子終於應證了我的看法，他試圖賣一小罐大麻給工程師。總之工程團隊不得安寧。過了兩星期，我們獲得一艘新駁船、一名新水手和新廚子後才能重新動工。

新廚子是個狡猾、黝黑、長鼻子的小個頭，具有難以捉摸的奉承本領。

我跟洛馬村的社交圈已經疏遠，直到抓斗再次鑵入泥床，老舊柴油引擎在沼澤轟隆前進的某天晚上，我走向了艾力克斯·哈特內爾的農場。經過霍金斯家的時候，我從樹籬上其中一扇小門往裡面瞧。房子很陰暗，但因爲有一面窗透出微弱燈光而不是全黑。那天晚上和風徐徐，將一團團霧氣像風滾草般吹過地面。我有一會兒走在空曠中，接著被濃厚霧氣呑噬，再度現身於空曠中。藉著星光照亮，我能看到那些大團銀色霧氣像精靈般移動穿過田野。我覺得自己聽見樹籬後的霍金斯家花園裡有微弱嗚咽聲，我突然脫離濃霧，看到一個漆黑人影在田野中匆匆前進。從拖曳步伐可以知道那是一名中國農夫穿著拖鞋在走路，中國人吃的東西有很多必須在夜間才抓得到。

艾力克斯在我敲門時來到門口，他似乎很高興見到我。他妹妹出去了，我坐到火爐旁，他拿出一瓶那種上好的白蘭地。「我聽說你碰上麻煩。」他說。

我解釋起艱困處境。「事情似乎接連而來。他們發現意外總是三件、五件、七件或九件一起發生。」

艾力克斯點點頭。「我自已也有那種感覺。」

「霍金斯家姊妹還好嗎？」我問。「我經過時好像聽到有人在哭。」

艾力克斯似乎不願提到她們，同時又很想談論她們。「大約一星期前，我在那裡稍作停留。艾咪小姐身體不大好，我沒見到她，只見到艾瑪琳小姐。」接著艾力克斯打開話閘子，「她們很快就要遇上某件事，那件事是——」

「你簡直就像她們的親戚。」我說。

「喔，她們父親跟我父親是朋友，我們稱呼她們是艾咪阿姨和艾瑪琳阿姨。她們不能做任何不好的事，如果霍金斯家姊妹不再是霍金斯家姊妹，對我們任何人都沒好處。」

「她們代表社會良知？」我問。

「她們是安定感，」他喊道。「就像有一處男孩可以拿到薑餅，女孩能夠獲得自信的地方。她們的確驕傲，但她們所相信的也是我們希望成真的事。而且她們日子過得就好像——嗯，就好像誠實真的是上上之策，慈悲真的能得到回饋。我們需要她們。」

「我懂。」

「但艾瑪琳小姐正在對抗某件可怕的事，而且——我不認為她會贏。」

「你的意思是指什麼？」

「我不知道自己是指什麼。但我曾想過應該要開槍射死強尼熊，把他丟進沼澤裡。我真的想過要這麼做。」

「這不是他的錯，」我爭辯。「他不過是一種錄音和重播裝置，只是你要用一杯威士忌而不是投五分鎳幣去啓動他。」

接著我們聊了其他事，一會兒之後我走回洛馬村。依我看來，濃霧似乎緊緊包圍霍金斯家的樹籬，團團霧氣好像緩緩湧向裡面。我走在路上，想到人的思維可以把大自然重組成符合他的想像，不禁笑了出來。我經過時房子裡已經沒有燈光。

我的工作重回安定的常軌，大抓斗持續往前挖出溝渠。組員也覺得麻煩事已經過去，這很有幫助，而且新廚子實在很會奉承他們，就算餵他們吃炸水泥塊也行。一個廚子的人格比他的廚藝更能取悅挖掘工人。

拜訪艾力克斯之後的第二天晚上，我走過木棧道，身後拖著長條霧氣，進去水牛酒吧。胖卡爾向我走來，手上擦著一個玻璃杯。我在他還來不及問要喝什麼之前就喊：「威士忌。」我拿起酒杯走向一張直挺椅子。艾力克斯不在這兒，提摩西．拉茲在玩單人撲克牌遊戲，看來好運不斷。他連續過了四關，每次都喝一杯酒。愈來愈多人抵達，若是沒有水牛酒吧，我不知道大家還能做什麼。

大約十點鐘的時候，消息來了。事後想起當時情形，你絕不可能完全記得怎麼傳開的。有個人進來，開始耳語，突然間每個人都知道發生了什麼事，而且鉅細靡遺。艾咪小姐自殺了。誰帶來這消息？我不知道。她上吊了。酒吧裡沒有大肆談論這件事，我看到大家正設法搞懂狀況。他們一群群聚集站著，輕聲交談。

推門慢慢打開，強尼熊躡手躡腳走進來，他滿頭亂髮的大腦袋轉啊轉，臉上帶著愚蠢笑容，方腳悄悄在地板上移動。他四處張望，啁啾著：「有威士忌嗎，有威士忌給強尼嗎？」

那些人現在眞的很想知道。他們羞於表現求知若渴，但滿腦子就想得到消息。胖卡爾注了一杯酒，提摩西．拉茲放下手中撲克牌站起來。強尼熊喝光威士忌，我閉起眼睛。

醫生的嗓音很嚴厲。「她在哪裡，艾瑪琳？」

我從沒聽過像那回答一樣的嗓音，一個用冷峻壓抑的嗓音，一層又一層的壓抑，冷峻卻被最難以忍受的悲痛穿透。這是單調的聲音，沒有情緒，但悲傷滲入話語中。「她在這裡，醫生。」

「哼——嗯——嗯。」停頓很長一段時間。「她吊著很久了。」

「我不知道吊多久，醫生。」

「她爲什麼要這麼做，艾瑪琳？」

又是那單調聲音。「我——不知道，醫生。」

停頓更長的時間，然後，「哼——嗯——嗯。艾瑪琳，你知道她懷孕了嗎？」

冰冷嗓音變嘶啞，接著一聲嘆息。「知道，醫生。」聲音非常輕。

「如果那就是你爲什麼這麼久沒發現她的原因——不，艾瑪琳，我不是指那意思，可憐的孩子。」

艾瑪琳的嗓音恢復克制。「你開死亡證明是否可以不要提到——」

「當然可以，我一定可以，我也會跟殯葬業者說。你不用擔心。」

「謝謝你，醫生。」

「我現在去打個電話。我不會留你一個人在這兒，到另一個房間去，艾瑪琳，我會開鎮定劑給你……。」

「有威士忌嗎？有威士忌給強尼嗎？」我睜眼看到那滿頭亂髮的腦袋和笑容。胖卡爾又注了另一杯酒。強尼熊喝光之後慢慢走到屋子後方，蜷曲在一張桌子下面睡覺。

沒人說話。人們走去吧檯，默默放下自己的錢幣。他們看來很迷惘，因爲一個體制已經崩解。

幾分鐘後，艾力克斯走進沉默的屋子裡。他立刻向我走來，「你聽說了嗎？」他輕聲問。

「是的。」

「我早就擔心，」他喊。「幾天前的晚上我告訴過你。我早就擔心。」

我說：「你已經知道她懷孕了？」

艾力克斯僵住。他朝屋子張望一圈，然後回過頭來看我。「強尼熊？」

我點頭。

艾力克斯用手掌摀住眼睛。「但我不相信。」我正要回話時聽到輕微的拖行腳步，於是朝屋子後方看去。強尼熊像一隻獾爬出巢穴，起身慢步走向吧檯。

「有威士忌嗎？」他滿懷期待朝胖卡爾露出笑臉。

這時艾力克斯挺身而出，對屋子裡的人說：「你們現在聽好！這已經夠不像話，我不想再聽到第二遍。」如果他預料有人反對，那他就要失望了。我看見人們互相點頭表示贊同。

「有威士忌給強尼嗎？」

艾力克斯轉向那蠢蛋。「你應該感到慚愧。艾咪小姐給你吃的，還有你所有穿過的衣服。」

強尼對他笑。「有威士忌嗎？」

他又開始扭動身軀。我聽見吟詠鼻音說著像中國話的語言。艾力克斯看來鬆了口氣。

接著是另一個嗓音，緩慢，遲疑，重複同樣的話時沒有鼻音。

艾力克斯衝了過去，動作快到我沒看見他移動。他的拳頭啪地打在強尼熊的笑嘴上。「我告訴過你夠了！」他大喊。

強尼熊重新站穩，嘴唇破裂流血，但笑容仍掛在臉上。他毫不費力緩緩移動，過去抱住艾力克斯，像海葵用觸手纏住一隻螃蟹那樣。艾力克斯的身體被往後折，此時我跳過去抓住一隻手臂硬扭，仍舊無法扯開它。胖卡爾拿起一個開瓶器翻過吧檯，猛敲那一頭亂髮的腦袋，直到手臂鬆開，強尼熊昏厥過去。我把艾力克斯扶到一張椅子上。「有受傷嗎？」

他用力屏住呼吸。「我想背部扭傷了，」他說。「我會沒事的。」

「你的福特車在外面嗎？我開車載你回家。」

我們倆經過時都沒看霍金斯家。我沒抬頭，視線沒離開馬路。我送艾力克斯回他自己漆黑的房子，幫著他走去床邊，還給他喝了杯熱白蘭地。他在回家的路上都沒說話，但被扶上床後，他盤問說：「你不覺得有人聽到，是吧？我有即時阻止他吧？」

「你在講什麼？我不知道你爲什麼揍他。」

「嗯，聽著，」他說。「我得花上一段時間好好休養這背傷。如果聽到任何人講任何事，你要阻止他，好嗎？別讓他們講出來。」

「我不知道你在講什麼？」

他盯著我的眼睛好一會兒。「我想我可以信任你，」他說。「第二個嗓音——那是艾咪小姐在說話。」

謀殺

幾年前，這件事發生在加利福尼亞州中部的蒙特雷郡。卡斯提羅峽谷是聖露西亞山脈的衆多山谷之一，位於高山峻嶺間。少許乾涸小溪谷從主峽谷切回山脈，穿越橡樹林的溪谷中長滿野葛和鼠尾草。峽谷前頭有一座巨大的石頭碉堡，像十字軍在征服路線上建造的堡壘那樣高聳矗立。唯有走近一探才發現，層積的軟質砂岩在歲月、流水和風蝕作用下，已使碉堡成爲難以辨認的遺跡。遠處毀壞的城垛、城門、塔樓，甚至還有箭孔，倒是不用太多想像就認得出來。

碉堡下方幾乎平坦的峽谷底，有一棟老舊的牧場房屋，還有一間歷經風雨長滿青苔的穀倉，以及扭曲變形的牲口餵食棚。房屋已經廢棄不用，門在生鏽絞鏈上搖晃擺盪，每當強風在夜晚從山上碉堡吹襲而下時，它就嘎吱嘎吱乒乓作響。沒什麼人來這房子，有時一群小孩會穿梭在各個房間，窺探空蕩的壁櫥，大聲挑釁他們不相信存在的鬼魂。

吉姆・摩爾擁有那塊地，他不喜歡房屋周圍有人。他會從山谷下方的新家騎馬上來，把孩子們驅離。他在自己圍籬上立了一個「禁止進入」的告示，不讓好奇和討厭的人闖入。有時他會考慮把老房子燒掉算了，但又覺得擺盪的舊門和拉下窗簾的孤寂窗子跟自己有一種強烈的奇特聯結，於是便打消搗毀的念頭。如果他燒掉房子，也就摧毀他生命裡很重要的一部分。他知道自己和身材豐滿而且還算漂亮的妻子來到鎮上時，人們會帶著敬畏和些許欽佩，轉頭看他走遠的背影。

*

吉姆·摩爾在那棟老房子裡出生長大，他熟知穀倉裡每塊粗糙褪色的木板，每個久磨光滑的秣桶架。母親和父親在他十三歲時去世。他曾爲慶祝成年而留起鬍鬚，還賣掉豬隻決定不再養豬。最後他買了一條更賽牛[1]來擴充牲口，然後每週六晚上都去蒙特雷鎮買醉，在三星酒店跟那些喧鬧的女孩們聊天。

不到一年，吉姆·摩爾娶了葉兒卡·塞皮克，她是南斯拉夫裔女孩，松林谷一位嚴厲勤奮農夫的女兒。吉姆並不因爲她那擁有許多兄弟姊妹和表親的異國家族而覺得驕傲，倒是爲了她的美貌感到高興。葉兒卡的眼睛像探詢似地大大睜著，就像雌鹿一樣，細細的鼻子輪廓鮮明，嘴唇又厚又軟。葉兒卡的肌膚總是令他驚豔，因爲他在白天都忘了那有多麼漂亮。她是那麼溫文有禮，如此辛勤持家，吉姆經常一想到她父親在婚禮上的忠告就覺得不舒服。老人家在喜宴上喝酒喝到兩眼朦朧，得意忘形，他用手肘頂了頂吉姆肋骨，意有所指地露齒而笑，他的黑色小眼睛因此幾乎消失在腫脹的眼皮皺褶下。

「從現在起別再傻呼呼的，」他說。「葉兒卡是斯拉夫女孩，她不像美國女孩那樣。如果她使壞，揍她；如果她老是很乖，也揍她。我就會揍她媽媽，我爸爸也揍我媽媽。這就是斯拉夫女孩！她不像男人那麼壯，別揍太狠。」

「我不會揍葉兒卡。」吉姆說。

那父親咯咯傻笑，又頂了他肋骨。「別傻了，」他告誡。「到時候你就明白。」他搖搖晃晃走回啤酒桶那邊。

吉姆很快就發現葉兒卡不像美國女孩。她非常安靜，絕不先開口說話，只會應答他的詢問，然後輕聲簡短回覆，以理解聖經章節的態度去理解她的丈夫。結婚一陣子後，吉姆在家裡從不缺乏任何日常用品，葉兒卡在他要求前早就準備好了。她是好妻子，但在她身上看不見親密關係，她從不聊天，大眼睛緊跟著他，當他笑的時候，有時她也會笑，卻是一種疏遠的暗自微笑。她總是在編織縫補，沒完沒了，就坐在那兒，看著自己靈巧的雙手，似乎為自己的白皙小手能做這麼精緻實用的事物感到驚奇與驕傲。有時吉姆輕拍她腦袋和脖子時，就好像不自覺在拍一匹馬，她實在很像一個動物。

1更賽牛（Guernsey），乳牛的品種之一，毛色爲淡褐色與白色相間。原產於鄰近法國北海岸的更賽島，於二十世紀初引進美國。

葉兒卡持家極爲稱職。不管任何時候，只要吉姆從又乾又熱的牧場或山下農田回到家時，熱騰騰的晚餐一定準備好了在等他。她看他用餐，他想吃什麼就幫忙把餐碟挪過去，杯子空了就幫忙斟滿。

結婚初期，他會跟她講牧場上發生的事，但她對他微笑時像個外國人，就算聽不懂也希望表現隨和。

「那匹種馬在帶刺鐵絲網上割傷了自己。」他說。

然後她回答：「是。」下沉語調表現出既不想發問，也不感興趣。

他不用多久就了解到，自己無論如何都沒辦法與她溝通。如果她有另一種生活，那就是遙遠到他無法觸及的。她眼神中的隔閡也沒辦法移除，因爲那既非懷有敵意，也不是故意爲之。

他在夜晚撫摸著她黑色直髮，還有那難以置信、帶有金色光澤的滑嫩肩膀，而她就帶著歡愉抱怨幾聲。唯有相擁達到高潮時，她似乎才過著不同的生活，狂野而熱情，接著她立刻陷入身爲妻子的機靈和惱人的恭順。

「你爲什麼從不跟我聊天？」他質問。「你不想跟我聊天？」

「想啊，」她說。「你要我聊什麼？」她說的是他國家的語言，卻懷著一顆陌生的異國心靈。

一年過去，吉姆開始渴望有女人作伴，可以互相嘮叨閒聊，愉快地尖聲戲謔，說些下流可恥的話。他又開始到鎮上喝酒，在三星酒店跟吵鬧的女孩們逗玩。她們喜歡他那穩健克制的臉孔，以及他隨時準備好的開懷大笑。

「你老婆在哪裡？」她們問。

「在家裡的穀倉中。」他回答。這是個從沒失靈過的玩笑話。

週六下午，他把一匹馬披上馬鞍，還將來福槍插進槍鞘，以備可能遇見一隻鹿。他總是問：「你不介意自己待在家吧？」

「不，我不介意。」

他立刻問：「假如有人來呢？」

她的眼神瞬間變銳利，接著露出笑容。「我會請他們離開。」她說。

「我大概明天中午回來，晚上騎馬的話距離太遠。」他覺得她知道自己要去哪裡，但她從不反對，也沒表現出指責的神情。「你應該要生個孩子。」他說。

她面露喜色。「有時得看上帝的旨意。」她熱情地說。

他爲她的孤獨感到遺憾。她只要去拜訪山谷其他女人就不會那麼孤獨，但她不擅於串門子。大約每月一次，她會把馬匹繫上馬車，去跟母親消磨一下午，當然還有住在娘家的那群兄弟姊妹和表親。

「祝你有個愉快時光，」吉姆對她說。「你會用那古怪的語言像鴨子一樣呱噪整個下午，你拘謹的臉孔可以對著大群表親咯咯傻笑。若要挑你任何毛病，我只能說你完全是個外國人。」她把麵包放進烤爐前都會畫十字加以祝福，每天晚上都跪在床邊祈禱，還在壁櫥裡釘了一張聖像，這些他都看在眼裡。

六月一個炎熱枯燥的星期六，吉姆在平坦農地收割燕麥。這是漫長的一天，當最後一束燕麥割下時已經過了六點鐘。他把收割機鏗鎯鏗鎯拖到穀倉旁的空地，倒退進入機具棚，然後解開馬匹帶到山坡上，讓牠們星期天在那兒吃草。當他走進廚房時，葉兒卡正把他的晚餐放到桌上。他洗手洗臉，坐下吃飯。

「我很累，」他說，「不過我還是想去蒙特雷鎮一趟。今晚是滿月。」

她輕柔地微笑。

「我告訴你我要做什麼，」他說。「如果你想去的話，我就繫好馬車帶你一起去。」

她又笑了笑，並且搖搖頭。「不要，到時店都關了。我寧願待在家裡。」

「嗯，好吧，我會找匹馬騎過去。本來沒想到要去，馬都放出去吃草了，也許我很快就能逮到一匹馬。你確定不想去？」

「如果時間還早的話，我可以去逛商店——但到那裡已經十點鐘了。」

「嗯，不會——不管怎樣，我騎馬的話九點多就可以到。」

她的嘴角暗自帶笑，但爲了一個心願的進展，眼睛一直注視他。也許因爲他工作整天實在累了，他無暇細想便開口問道：「你在想什麼？」

「在想什麼？我記得剛結婚時，你幾乎每天都習慣這麼問。」

「但你到底在想什麼？」他有些惱怒地追問。

「噢——我在想那些黑母雞底下的蛋。」她起身走向掛在牆上的大月曆。「明天或星期一就要孵出來了。」

當他刮完鬍子，穿上藍色嗶嘰西裝和新馬靴時，天色將近昏暗。葉兒卡已經洗好碗盤並收拾乾淨，吉姆走過廚房時看到她把油燈放在靠窗的桌子上，自己坐在桌旁編織一隻棕色毛襪。

「你今晚為什麼要坐那邊？」他問。「你通常都坐在這裡。有時你會做古怪的事。」

她的眼睛從忙碌的雙手間抬起。「月亮啊，」她立刻說。「你說今晚是滿月，我想看月亮升起。」

「但你很傻，從那扇窗看不到月亮。我以為你知道比那窗子更好的方位。」

她淺淺笑著，「那麼我會從臥室的窗子看出去。」

吉姆戴上自己的黑帽出門，走過幽暗空蕩的穀倉，從架子上拿了轡繩。他在長滿青草的邊坡吹響尖銳口哨聲，馬兒停止吃草，慢慢朝他移動過來，直到停在二十呎遠的地方。他小心靠近那匹棗紅色騸馬，用手從牠臀部摸到腹腰再到頸部，把轡繩扣上。吉姆轉身牽馬回到穀倉，把馬鞍扔上馬背，繫好肚帶，銀邊馬轡套過直挺耳朵，扣上喉帶，繫繩在馬脖子上打好結，再把整齊的繩圈末端繫在馬鞍索上。他鬆開轡繩，牽馬到房子那邊。東邊山嶺上空映出柔和的紅色光冕，滿月在山谷還沒完全天黑前就會升起。

葉兒卡仍在廚房窗旁編織，吉姆走到房間角落拿起他的點三零口徑卡賓槍。把子彈塞進彈匣時，他說：「月亮光暈在山頂上。如果你要看它升上來，最好現在就到外面，它升起時會是個漂亮的紅月。」

「一會兒就好，」她回答，「等我這邊告一段落。」他走向她，撫拍她柔順的秀髮。

「晚安，我大概明天中午回來。」她烏黑的眼睛目送他出門。

吉姆把來福槍插進馬鞍槍鞘裡，上馬掉頭騎下山谷。在右手邊，大紅月亮從變暗的山嶺後方迅速爬升。在日落餘暉和初升月光的雙重照射下，樹木輪廓變得更爲濃鬱，賦予山嶺一種神秘的新視野。灰濛橡樹微微發亮，底下陰影黑如絲絨。巨大長影映出馬的瘦腿和騎士上半身，投射在吉姆左前方。牧場各處傳來狗吠，牠們高唱起夜晚歌曲，公雞跟著啼叫，以爲黎明來得太早。吉姆策馬加快腳步，背後碉堡傳來躂躂的馬蹄回響。他想到蒙特雷鎮三星酒店的金髮梅伊。「我要遲到了，也許別人會先佔有她。」他心裡想。現在月亮已經高過山頭。

吉姆已經走了一哩遠，此時聽到一匹馬的蹄聲朝他過來。一個人騎馬快跑，然後拉停馬匹。「吉姆，是你嗎？」

「是的。哦，你好，喬治。」

「我才正要騎去你家，打算告訴你——你知道我土地上端的那處泉源？」

「是啊，我知道。」

「嗯，我今天下午到那裡去，發現一堆熄掉的營火，還有一隻犢牛的頭與腳。牛皮丟在火堆裡燒得半焦，但我拉出來後上面有你家的烙印。」

「該死，」吉姆說。「營火是多久前的？」

「灰燼底下還有餘溫。我猜是昨天晚上。喂，吉姆，我不能陪你過去，我得去鎮上，但覺得應該要告訴你，這樣你就能過去查看一下。」

吉姆悄悄問：「你推測有多少人？」

「沒概念。我沒仔細查看。」

「喔，我想我最好上去瞧瞧。我原本也要去鎮上，但如果有盜賊在活動，我可不想再損失任何牲口。如果不介意的話，我會從你的土地抄捷徑過去，喬治。」

「我本來應該要跟你過去，但我必須到鎮上。你帶槍了嗎？」

「喔，當然有，就在我腿下，謝謝你告訴我。」

「那就好。你想從任何地方抄近路都行，晚安。」那位鄰居將馬掉頭，朝他來時的方向奔馳而回。

吉姆在月光下停留片刻，低頭看看自己高坐馬背的影子。他從槍鞘抽起來福槍，將一個彈匣插進彈膛，然後把槍橫跨在馬鞍的鞍頭上。他左轉離開馬路，騎上小山脊，穿過橡樹林，越過山頭草地，下到另一側山谷。

他不到半小時就發現廢棄的營地。他翻過沉重帶皮的犢牛頭，摸一摸沾滿灰塵的舌頭，看那乾燥程度判斷牠死了多久。他點燃一根火柴，看到燒得半焦的牛皮上有他家的烙印。最後他躍上馬背，騎過開闊山丘草地，來到自己土地上。

夏日暖風吹過山頭，升向半空的月亮不再橙紅，顏色轉為深茶色。山嶺間的土狼發出吟詠般的嗥叫，山下牧場人家的狗群也跟著扯開嗓子狂吠。下方暗綠橡樹和夏日焦黃牧草在月光中展現它們的色彩。

吉姆跟著牛鈴聲找到他的牛群，發現牠們正在安靜吃草，幾隻鹿也跟牠們一起進食。他傾聽許久，看看風中是否傳來馬蹄聲或說話聲。

他掉頭騎回家去已經過了十一點鐘。他繞過砂岩碉堡的西側塔樓，穿過陰影後重現在月光下。底下的穀倉屋頂和牧場房屋在微光中隱約可見，臥室窗子映出一道反光。

吉姆下山穿過牧草地，吃草的馬群舉起脖子。牠們轉頭時眼睛泛著紅光。

吉姆已經快騎到圍籬處——這時聽到穀倉裡有一匹馬在跺腳。他立刻拉停馬，仔細聆聽。那聲音又傳來，在穀倉裡跺著馬蹄。吉姆舉起槍悄悄下馬，他把自己的馬放開，躡手躡腳走向穀倉。

在漆黑中，他能聽見馬咀嚼乾草的磨齒聲。他朝穀倉裡走，走向那匹馬站的欄廄。細聽一會兒後，他拿一根火柴在槍托上劃亮。披著馬鞍、繫上韁繩的一匹馬被綁在欄廄裡。馬銜垂落在下巴下面，肚帶已經鬆開。馬兒停止吃草，將頭轉向火光。

吉姆吹熄火柴，迅速走出穀倉，坐到馬匹飲水槽邊望著水底。他的想法慢慢浮現，轉成話語小聲嘀咕。

「我該往窗子裡瞧嗎？不，我的頭會投射影子到房間裡。」

他凝視手中的來福槍，黑色塗裝在握持的地方已被磨光，露出銀亮的金屬光澤。

最後他毅然站起走向房子。在台階上，他伸腳試踏每階木板後才站上去。三隻牧犬從房子底下鑽出來抖抖身子，伸個懶腰，嗅嗅味道、搖搖尾巴，然後又回去睡覺。

廚房是暗的，但吉姆熟知每件家具的位置，前進時伸手摸著桌角、椅背和毛巾架。他靜悄悄地穿過房間，只聽見自己的呼吸和褲管的磨擦，以及懷錶在口袋裡的滴答聲。臥室門開著，一片月光灑落在廚房地板上。吉姆終於走到門邊往裡面瞧。

月光照在白色床上。吉姆看到葉兒卡仰躺著，裸露的一隻軟嫩胳臂橫擺在額頭上遮住眼睛。他看不出那男人是誰，因爲他的臉轉向另一側。吉姆屏息注視，看見葉兒卡在睡夢中抽動一下，男人轉過頭嘆了口氣——是葉兒卡的表弟，她那已經成年、扭捏害羞的表弟。

吉姆轉身迅速溜過廚房，走下後面台階。他穿過院子又走向水槽，坐在水槽邊上。月亮像白堊土一樣皎白，倒影在水中晃蕩，照亮從馬嘴掉落的麥稈和麥粒。吉姆能看到水裡的孑孓頭尾顛倒上下浮動，還看到一隻蠑螈躺在水槽底焦黃的青苔上。

他難過地悶聲乾哭幾下，搞不懂是什麼原因，現在想到的竟是長滿草的山頭，和孤寂的夏日暖風吹拂而過。

他又想到母親過去的樣子，她習慣拿水桶去接父親殺豬從喉嚨放出的血。她盡可能伸直手臂站得老遠，以免衣服被血濺到。

吉姆將手伸進水槽，搗破月亮倒影，攪成粼粼波光。他用滿手的水沾濕額頭，然後起身，這時他不再那麼安靜行動，但仍是踮腳走過廚房，站進臥室門裡。葉兒卡挪開手臂睜眼，接著瞪大雙眸，眼泛淚光。吉姆緊盯她眼睛，臉上毫無表情。一滴淚水流下葉兒卡的鼻頭，停留在上唇和人中之間。她與他對望凝視。

吉姆扳起來福槍扳機，金屬卡嗒聲響徹整間屋子。床上男人在睡夢中不安地翻身。吉姆的手在發抖，他把槍舉到肩膀，用力抓緊以免晃動。透過瞄準器，他看到男人額頭和頭髮間的一小方塊蒼白皮膚。準星搖晃了一會兒，隨即穩住。

來福槍砰一聲劃破寧靜。沿著槍管望去，吉姆看到整張床在轟擊下震動。男人前額有個黑色小孔沒流出血，但子彈穿出後面的大洞，把腦漿和頭骨噴濺在枕頭上。

葉兒卡表弟的喉嚨發出汩汩聲，雙手像白色大蜘蛛從被單下鑽出，它們爬行片刻，接著一陣顫動後靜止下來。

吉姆視線緩緩轉回葉兒卡。她涕泗交流，視線從他身上移往槍口。她像一隻受凍的小狗輕聲哀鳴。

吉姆驚慌地轉身離去，馬靴後跟重踩廚房地板，但是到了外面又慢慢走向水槽。他的喉嚨有一股鹹味，胸口猛烈蹦跳。他脫下帽子，把頭埋進水裡，然後彎腰朝地上嘔吐。他能清楚聽到葉兒卡在屋裡走動，她像小狗一樣抽噎。吉姆挺起身子，感覺虛弱得頭暈目眩。

他疲憊地走過圍籬到牧草地上，披著馬鞍的坐騎聽到口哨聲後來到跟前。他無意識地繫好肚帶，騎上馬背出發，朝著通往山谷的那條路走去，伏坐馬背的人影在他下方跟著隨行。月亮升往高空，照得一片慘白，牧犬不安地發出單調吠叫。

*

破曉時分，兩匹馬拉的四輪馬車急駛進入牧場圍柵，驅散了雞群。副警長和驗屍官坐在前座，吉姆．摩爾在後車廂，斜靠自己馬鞍上，他的那匹騸馬疲倦地跟在後面。副警長拉好煞車，將繩索纏繞在上面，一行人紛紛下車。

吉姆問：「我需要進去嗎？我很累了，現在看到會太激動。」

驗屍官抿嘴想了想。「喔，我想不用。我們會把事情料理好，四處檢查看看。」

吉姆慢步走向水槽。「喂，」他喊，「麻煩清理乾淨一點，好嗎？你懂的。」

兩人走進屋裡。

幾分鐘後他們出現，兩人中間抬著僵硬的屍體，它被包裹在大被單裡。他們把它安置在後車廂。吉姆走向兩人。「我現在得跟你們走嗎？」

「摩爾先生，你妻子在哪裡？」副警長問。

「我不知道，」他疲倦地說。「她在附近某個地方。」

「你確定不會也殺了她？」

「不，我不會碰她。我下午會找到她，把她帶回屋裡。如果你認爲我現在不用跟你一道去，我就這麼辦。」

「我們有你的陳述，」驗屍官說。「況且，看在老天份上，我們有長眼睛，不是嗎？當然按規定會控告你謀殺，但最後會被駁回。這地方都是這樣處理。對你妻子好一點，摩爾先生。」

「我不會傷害她。」吉姆說。

他佇立著，看那馬車顚簸離開，不甘心地用腳踢起塵土。炎熱的六月豔陽從山頭露臉，惡狠狠照亮臥室窗子。

吉姆慢慢走進屋裡，拿出一條九呎長的結實皮鞭。他穿過院子，走進穀倉。當他爬上通往秣草棚的梯子時，聽到幼犬般的高聲抽噎。

吉姆再度走出穀倉時，肩上扛著葉兒卡。到了水槽旁邊，他把她輕放到地上。她蓬亂頭髮沾了一些乾草，襯衫背面印著一道道血痕。

吉姆在水管下弄濕自己的手帕，擦拭她緊咬的嘴唇和那臉龐，將她頭髮撥平。她一雙烏黑眼睛盯著他每個動作。

「你弄痛我了，」她說。「你打得我很痛。」

他嚴肅點點頭。「我盡可能下重手，但沒殺了你。」

太陽熾熱地照在地面。幾隻綠頭蒼蠅嗡嗡盤旋尋找血跡。

葉兒卡腫脹的嘴唇努力擠出笑容。「你早餐吃過東西嗎？」

「沒有，」他說。「一點都沒吃。」

「嗯，那麼，我幫你煎幾個蛋。」她疼痛地掙扎站起。

「讓我幫你，」他說。「我幫你脫掉襯衫，它乾了黏在背上會很痛。」

「不用，我自己來。」她話語中有一種罕見的回響。烏黑眼睛親切地停留在他身上一會兒，然後轉身一拐一拐走進屋裡。

吉姆坐在水槽邊等待。他瞧見炊煙從煙囪冒出，直直升向天空。才沒多久，葉兒卡從廚房門裡喊他。

「來，吉姆，你的早餐。」

四個煎蛋和四片厚培根放在溫熱盤裡等他。「咖啡馬上就好。」她說。

「你不吃嗎？」

「不，現在不吃。我嘴巴很痛。」

他感到饑腸轆轆，將蛋吃完後，抬頭看向她。她的黑髮梳理得平整，身上已經換了一件新的白襯衫。「我們今天下午去鎮上，」他說。「我準備訂購木材，我們在山谷下面建一棟新房子。」

她眼睛投向臥室關起的門，然後轉向他。「好的，」她說，「那很好。」過了一會兒，「你還會再鞭打我嗎？——爲了這件事。」

「不，不會再打你，就這件事。」

她的眼睛露出笑意，坐到他身旁一張椅子上，吉姆伸手撫摸她的頭髮和頸背。

童貞聖凱蒂

十四世紀的時候，在P這個地方（如同法國人這麼稱呼）住了一個壞人，他養了一頭壞豬。他之所以是壞人，是因爲太常在不恰當的時候對不恰當的人大肆笑話。當善良的M兄弟上門乞討一些威士忌或一枚銀幣時，他嘲笑他們，對繳交什一奉獻也不予理會。克萊門特弟兄跌進磨坊池裡淹死了，只因爲不願拋掉身上扛的那袋鹽，這個壞人羅爾克竟爲此事笑到必須上床休息。當你想到卑劣齷齪的笑聲時，腦海一定浮現羅爾克這個壞人，那麼你也不會訝異他拒絕繳交什一奉獻，放任自己被檢討是否該逐出教會。你要知道，羅爾克的那張臉實在不適合笑。那是一張黝黑緊繃的臉，當他笑的時候就好像腿剛被扯斷，臉孔正痛得準備放聲大叫似的。此外，他都叫別人傻子，就算他們眞的很傻，這麼做也太不厚道和不明智。沒人知道羅爾克爲何這麼壞，唯一解釋是他曾經到處旅行，看盡世間各種壞事。

你瞧那壞豬凱蒂在這氣氛下長大，也許就不覺得奇怪。許多書籍都記載凱蒂出自一脈相傳的壞血統，她父親會吞食小雞是衆所皆知的事，她母親如果放任的話會吃掉自己的小豬。但那些都不是眞的。就大自然授與豬隻的節制程度而言，凱蒂的母親和父親算夠節制了，不至於太離譜，牠們還是具有許多人擁有的純樸精神。

凱蒂母親接連生下粉嫩漂亮、嗷嗷待哺的小豬，如同人們預期般正常體面。你要知道，凱蒂的邪惡絕非來自遺傳，所以一定是從羅爾克這壞人身上學到的。

凱蒂躺在稻草堆裡，眼睛半開，拱著粉紅豬鼻，就像你所見過的小豬那樣安靜可愛，直到有一天羅爾克走去豬圈給小豬取名。「你叫布麗姬，」他說，「你叫羅伊，還有——你這小混蛋轉過身來！——你叫凱蒂。」從那刻開始，凱蒂就是一頭壞豬，實際上是P郡有史以來最壞的豬。

她開始偷偷強取所有母奶，吸不到的乳頭就用自己的背部擋住，於是可憐的羅伊、布麗姬和其他小豬都變得發育不全。很快地，凱蒂個頭就是她手足的兩倍大，力氣也大了兩倍。說到她的惡劣，從這件事就看得出來：凱蒂把布麗姬、羅伊和其他小豬一次一個都抓來吃掉。有了這樣的開端，你可以預料凱蒂幾乎能幹出任何邪惡的事；果然沒過多久，她就開始吞食雞鴨，直到羅爾克出手干預。他把她關在一個堅固的豬圈裡，至少面朝他家的這一側夠堅固。從此之後，凱蒂吃的雞都是從鄰家抓來的。

你該瞧瞧凱蒂的那張臉。一眼望去就是張邪惡的臉，就算你用木棍敲她鼻子，那對惡毒的黃眼睛也會讓你害怕。她成爲鄰居們的夢魘。在夜裡，凱蒂會從豬圈洞口溜出去襲擊母雞棚。甚至不時有孩童失蹤，從此下落不明。然而本該慚愧難過的羅爾克竟然愈來愈喜歡凱蒂。他說她是自己養過最好的豬，比郡上任何的豬都有智慧。

過了一陣子，人們開始竊竊私語，傳說有個像豬的人在夜裡遊蕩，牠會咬人的腿，在花園裡刨土，還會呑食鴨子。有些傳言甚至說那就是羅爾克本人，他變裝成一頭豬在夜裡穿過籬笆偷東西。羅爾克在鄰居眼裡就是這種名聲。

凱蒂現在是一頭大豬，該是她交配的時候了。公豬從交配那天之後就變得了無生氣，臉上帶著哀傷困惑的神情四處走動，顯得茫然且疑神疑鬼。凱蒂的肚子倒是愈來愈大，直到有天晚上產下自己的小豬。她把小豬弄乾淨，舔舐牠們的模樣讓你想到母性終於改變了她的行爲。當她把小豬舔淨晾乾後，將牠們排成一列，接著一個個吃掉。就算由羅爾克這樣一個壞人看來，這也實在太超過了，因爲所有人都知道，母豬吃掉自己幼子是超出人類所能想像的邪惡。

羅爾克不情願地打算宰掉凱蒂。他正在磨刀，從馬路上走來的是科林弟兄和保羅弟兄，他們沿途收取什一奉獻。兩人是從 M 這地方的修道院派出來的，雖然不指望從羅爾克這裡能得到任何東西，他們認爲無論如何還是要測試看看他的爲人之道。保羅弟兄長得精實強壯，有一張削瘦堅毅的臉孔，銳利眼神和虔誠態度全寫在臉上，而科林弟兄則生得矮胖，有張圓潤的臉龐。保羅弟兄期盼用上帝恩典考驗人們，但科林弟兄完全以人情世故測試他們。人們稱科林是好人，保羅是善人。他們連袂出來收取什一奉獻，因爲當科林弟兄靠勸說無法如願時，保羅弟兄就能用地獄之火的恐怖描述讓人掏出奉獻。

「羅爾克！」保羅弟兄說，「我們在收什一奉獻。你可不會像以往那樣，讓自己靈魂沉淪在地獄的硫磺火湖裡，是吧？」

羅爾克停止磨刀，眼中的惡意或許已經跟凱蒂的那對眼睛一樣深了。他正要發出訕笑，接著就忍在喉頭，臉上神色看來就像凱蒂吃掉自己小豬時的表情。「我有一頭豬要奉獻給你們。」羅爾克說著，把刀擱到旁邊。

兩位弟兄驚訝無比，因為他們至今都沒從羅爾克手上募到任何東西，他只會放狗追逐他們，在他們被長袍絆得踉蹌奔出門口時大聲嘲笑。「一頭豬？」科林弟兄懷疑地說。「怎樣的一頭豬？」

「獨自在豬圈裡的那頭豬。」羅爾克說，他眼睛似乎變黃了。

兩位弟兄趕緊走去豬圈往裡瞧，他們留意到凱蒂的個頭和身上的肥肉，不可置信地注視著。科林只想到她可以做成大火腿，外層皮肉可以做成培根。「我們可以用她做出長串香腸。」他低聲說。但保羅弟兄想到的是如果他們從羅爾克這裡募到一頭豬，就能得到班尼迪克神父的讚美。保羅轉身走開。

「你什麼時候把這頭豬送過來？」他問。

「我不會送去，」羅爾克喊道。「她是你們的豬了。你們可以帶走她，或是讓她繼續留在那兒。」

兩位弟兄沒有多說，他們太高興募到東西了。保羅用一條繩索穿過凱蒂鼻環，把她牽出豬圈，此時凱蒂就真的像一頭好豬跟他們走。他們走出門口時，羅爾克在背後喊：「她名叫凱蒂！」憋在喉頭已久的笑聲在這會兒咯咯蹦出。

「這是頭漂亮的大母豬。」保羅弟兄不自在地評論。

科林弟兄正要回他的話，有個像捕獸夾一樣的東西從後面夾住他的腿。科林大吼一聲跳開，凱蒂從他小腿咬下一塊肉，心滿意足在咀嚼著，臉上表情就跟魔鬼完全一樣。凱蒂慢慢咀嚼吞下，邁步走向科林弟兄打算再咬一口，但就在那瞬間，保羅弟兄大步跨去，朝她鼻頭狠狠踹了一腳。若說以前凱蒂臉上充滿惡意，那麼現在眼神根本就像凶神惡煞。她挺起身子，喉嚨發出低聲咆哮，噴著鼻息直衝而來，像個惡犬般咬牙切齒。兩位弟兄不等她過來，趕緊跑去路旁一棵荊棘樹，氣喘噓噓奮力往上爬，直到可怕的凱蒂搆不到他們。

羅爾克在自家門前看他們離開，依他站在那裡訕笑的樣子，他們知道不必奢望他過來協助。就在他們下方，凱蒂來回踱步，刨抓地面，連根掀起大片草皮來展現自己力量。保羅弟兄朝她扔一根樹枝，立刻被她扯得粉碎，用尖蹄把碎片踩進腳下泥土裡。她一直用那睥睨的黃眼睛往上瞧他們，在那兒齜牙咧嘴。

兩位弟兄孤伶伶坐在樹上，一副悲慘的模樣，他們垂頭緊抱長袍。「你不是給她鼻頭重重一擊了嗎？」科林弟兄滿懷希望地問。

保羅弟兄低頭看看自己的腳，再看看凱蒂皮厚結實的鼻頭。「我那一腳可以踹倒任何豬，但踹不倒一頭大象。」他說。

「你無法跟一頭豬講道理。」科林弟兄暗示。

凱蒂在樹底下兇猛地昂首闊步。兩位弟兄不發一語坐了許久，鬱悶地拉下長袍蓋住腳踝。保羅弟兄面有難色地研究這麻煩傢伙，最後表示：「現在你還認爲豬的本性大多和獅子一樣嗎？」

「本性更像惡魔。」科林消沉地說。

保羅坐直身子，觀察凱蒂時有了新想法。接著他把自己的十字架舉到胸前，用可怕嗓音喊道：

「惡魔退散！」

凱蒂全身顫抖，就像受到一陣強風吹襲，但她依舊兇猛。「惡魔退散！」保羅又喊，凱蒂受到更多衝擊，不過沒被擊倒。保羅第三次厲聲高喊咒語，但凱蒂已從先前的衝擊恢復過來。除了燒焦了幾片枯葉掉落地面，咒語沒產生什麼效果。保羅弟兄洩氣的眼神轉向科林。「惡魔的本性，」他沮喪宣稱，「但不是惡魔本尊，否則那豬早已粉身碎骨。」

凱蒂愉快磨起牙齒，令人毛骨悚然。

「在我找出驅魔的辦法前，」保羅若有所思地說，「我想到但以理在獅子坑的故事[1]，相同情形對一頭豬也有效嗎？」

科林弟兄憂心地看著他。「說到獅子本性也許有些破綻，」他爭辯。「也許獅子不像豬那麼離經叛道。每次要拯救一名虔誠信徒脫離險境，那裡就有獅子。想想但以理，想想參孫，再想想宗教名冊上那些殉難者，我能舉出許多像安德魯克里斯[2]那樣完全與神蹟無關的例子。不，弟兄，獅子是特別爲對抗聖潔與正教而創造出來的野獸。如果獅子都出現在那些故事裡，這是因爲在所有生物中，獅子是宗教力量最無法感化的動物。我認爲獅子必然是被創造成一種有目的的訓誡。毫無疑問，牠是爲寓言而生的野獸。但眼前的豬——在我記憶裡豬不代表任何力量，牠不外乎就是被人朝鼻子踢一腳，或在喉嚨劃一刀。不論普通的豬或這頭特別的豬，牠們都是最剛愎和離經叛道的野獸。」

「然而，」保羅弟兄繼續說，無視訓誡這兩個字，「當你像教會一樣手中握有武器，無論面對的是獅子或是豬，若不放手一搏就太遺憾了。如果驅魔這招沒效，那就代表驅魔毫無意義。」他動手解開自己當作腰帶的繩子，科林弟兄驚恐看著他。

「保羅，老弟，」他喊，「保羅弟兄，看上帝垂憐的份上，別下去靠近那頭豬。」但保羅沒在聽。他解開自己腰帶，末端繫著十字架項鏈；接著人向後傾倒，直到用膝蓋倒吊身子，長袍下襬垂掛在腦袋四周，保羅像放釣魚線般垂降腰帶，將金屬十字架朝凱蒂擺盪過去。

1《舊約聖經》中《但以理書》第六章的故事，信奉上帝的但以理遭奸臣所害被丟入獅子坑，因上帝差遣使者封住獅子口而獲救。

2最早記載於西元二世紀的希臘民間故事，一名俘虜安德魯克里斯（Androcles）爲躲避羅馬帝國宗教迫害逃進森林，遇見一隻獅子向他求助，便幫獅子拔掉掌中嵌入的荊刺。隨後他被羅馬帝國士兵捕獲送去競技場，發現面對的是自己救助的獅子。獅子沒攻擊他，兩者反而深情相擁。

至於凱蒂，她咬牙切齒跺步而來，準備搶過十字架踩在腳下。此時凱蒂有一張老虎般的臉孔，就在觸碰十字架時，那鮮明的影子投射在她臉龐上，十字架反映在她的黃眼睛裡。凱蒂驟然僵立——全身麻痺。天空、樹木和大地都在靜默的期盼中顫抖，此時善惡正在交戰。

然後，慢慢地，凱蒂眼中擠出兩大滴眼淚，在你還沒意會過來前，她已經伸展四肢伏倒在地，用右蹄畫了十字，因爲瞭解到自己的罪過而苦惱得輕聲嗥叫。

保羅弟兄繼續懸盪十字架好一陣子，然後才攀回樹枝上。

所有這段經過，羅爾克在他家門前都看到了。那天之後，他不再是個壞人，他的生命在頃刻間被改變了。實際上，他對任何願意聽的人一再重覆講述這故事。羅爾克說他的生命中從未見過如此崇高和激勵人心的情況。

保羅弟兄起身站到大樹枝上。他挺直身子，用空出來的那隻手比畫，以漂亮的拉丁文對樹下匍匐嗚咽的凱蒂傳誦山上寶訓[3]。他講完後，周遭萬籟俱寂，只有懺悔的豬發出抽泣聲。

令人疑惑的是，在科林弟兄的本性中，是否具有一個眞正鬥志高昂的教士該有的素質。「你——你認爲現在下去安全了嗎？」他結巴地說。

爲了保險起見，保羅弟兄從荊棘樹上折了一根樹枝，將它扔到側臥的母豬身上。凱蒂大聲啜泣，滿臉淚痕抬頭望向他們，那張臉上的所有邪惡盡數消逝，黃眼睛因爲悔悟而變得金黃，顯露出恩典感召後的懊惱。兩位弟兄爬下樹，再次將繩索穿過凱蒂的鼻環，他們一路辛苦跋涉，挽回的那頭豬溫順地跟在後面小跑步。

兩人從羅爾克那兒帶回一頭豬，這項消息造成一陣轟動，抵達M郡柵門前的當下，保羅與科林弟兄發現一群修士在等待他們。弟兄們蠢蠢欲動，摸摸凱蒂的肥胖腹腰，伸手揉揉她臉頰。圍觀人群突然讓出一條通道，班尼迪克神父踱步過來。他洋溢著滿臉笑容，使得科林暗想一定可以做成香腸，保羅心想必定能夠獲得讚美。接著，讓現場所有人感到震驚不已的是，凱蒂搖搖擺擺走向禮拜堂前的小聖水盤，用右蹄沾了聖水在自己身上畫十字。這時大家沉默不語。班尼迪克神父怒氣沖沖，嚴厲說道：「是誰讓這頭豬皈依基督？」

保羅弟兄往前跨步。「是我，神父。」

「你這傻瓜！」修道院長說。

「傻瓜？我以為你會感到高興，神父。」

「你這傻瓜，」班尼迪克神父再說一遍。「我們不能宰這頭豬了。她現在是個基督徒。」

「天上也要為他歡喜——」保羅弟兄開始引述聖經。

「住嘴！」院長說。「這裡有夠多的基督徒，今年非常匱乏的是豬隻。」

3「山上寶訓」是指《聖經・馬太福音》第五至第七章，耶穌基督在山上所說的賜福話語。

凱蒂走訪數以千計的臥床病人，將慰藉帶進宮邸與農舍，事蹟都可集卷成冊。她坐在苦難的病患床邊，用親切的金黃眼睛舒緩他們的病痛。過了一陣，因爲她的性別緣故，人們認爲她應該離開男修院，並轉去女修院，因爲郡上常見的碎嘴小人會興起流言蜚語，但是就如修道院長所說，一個人只要看到凱蒂就會折服於她的貞潔。

凱蒂接下來的生活記載著滿滿善行。然而，直到有個瞻禮日的早晨，弟兄們開始察覺到他們之中隱藏著一位聖徒。就在那天早上，當讚美詩和感恩祈禱迴繞於數百張虔誠的嘴裡時，凱蒂從她的座位中站起，邁向祭壇，臉上帶著如天使般的心醉神情，用尾巴尖頂著身子，像陀螺般旋轉了一小時又三刻鐘。集會的弟兄們驚訝又讚佩地盯著她看。這是能夠完成聖徒使命的一個絕佳例子。

從那時起，M郡變成一處朝聖地點。旅人排著長長隊伍蜿蜒進入山谷，住宿在善心弟兄經營的客棧。每天到了四點鐘，凱蒂會出現在門口爲衆人祈福。若有任何人受癆病或寄生蟲所苦，只要被她觸碰就能獲得治癒。去世五十年後，她死亡的日子被載入聖人曆中。

有人提議應該尊稱她爲童貞聖凱蒂。然而，少許人爭論說凱蒂不是處女，她在罪惡歲月裡產過一窩小豬。支持的陣營則辯駁道，那根本沒影響，就如他們所說，只有非常少的童貞之女才是眞正處女。

修道院爲了排除紛爭，一個委員會將問題提交給一位公正博學的嘮叨之士，事前保證遵循他的裁決。

「這是個微妙問題，」嘮叨之士說。「你可以說有兩種童貞。有人堅持童貞必須保有那一小片組織。如果你有，就是處女；如果沒有，就不是處女。這種定義對我們的宗教基礎來說是個嚴重的威脅，因爲那就無法區別是上帝恩典從裡面將它敲破，還是人類邪惡從外面將它弄破。」他繼續說，「就另一方面而言，還有認定上的童貞，這個定義比第一種定義容許更多處女存在。但我們又會陷入難題。當我還是個年輕小伙子，晚上有時懷裡擁著一個女孩出去散步。每個曾經和我散步的女孩在我認定都是處女，如果你採用第二種定義，那麼你看，她們到現在都還被認定是處女。」

委員們滿意地離開。凱蒂毫無疑問被認定是處女。

在M郡的小禮拜堂裡，有一個鑲了金邊、用珠寶裝飾的聖骨盒，裡面深紅的綢緞襯墊上躺著這位聖徒的骨骸。人們從老遠過來親吻這小盒子，這麼做之後，他們離開時便能將煩惱拋諸身後。這神聖遺骨被發現可以消除婦女煩惱和皮癬，曾有一位女士到小禮拜堂去，結果兩方面的毛病都獲得解決。她信誓旦旦說自己用臉頰磨蹭聖骨盒，就在觸碰聖物時，她與生俱來的一顆長毛黑痣立刻消失不見，而且再也沒長回來。

小紅馬

1 禮物

破曉時分，比利·巴克走出工舍，在前廊站了一會兒仰望天空。他是體格寬闊、膝蓋外彎的矮個子，嘴上留著濃密鬍鬚，手掌方正結實多肉。他的灰眼睛深沉清澈，牛仔帽下露出針刺般的蒼白短髮。比利站在前廊，把襯衫下襬塞進藍色牛仔褲裡。他解開皮帶，然後再繫緊。從各個洞孔背面露出的磨光位置來看，這條皮帶顯示比利的腰圍在這些年來慢慢增長。爲了應付清晨天氣，比利用食指按住一邊鼻孔，朝另一邊用力猛擤來通鼻腔。接著他搓揉雙手走去畜棚，爲馬廄裡的兩匹騎用馬梳刷皮毛，整個過程都和牠們輕聲說話。就在他快做完時，牧場房屋那裡響起三角鐵的聲音。比利將馬梳和刷子對插在一起，擱在圍欄上，起身去吃早餐。他的動作如此從容，卻不浪費任何時間，在提夫林太太還在敲三角鐵時就來到屋前。頂著灰髮的她朝他點點頭，轉身回廚房去。比利坐在臺階上，因爲他是牧工，不適合搶先進入飯廳。他聽到提夫林先生在屋裡把腳踏進靴子的聲音。

三角鐵的刺耳響聲讓男孩喬迪開始動起來。他只是個十歲大的小男孩，頭髮像灰濛濛的黃牧草，灰色眼睛靦腆斯文，那張嘴巴在有心事時總會唸唸有辭。三角鐵把他從睡夢中喚醒。他從不違抗那刺耳響聲，一次都沒有，就他所知沒人違抗過。他撥開糾結在眼前的頭髮，脫掉睡衣，立刻換好服裝——它們是藍色格子紋襯衫和連身工作褲。現在是夏末時節，所以當然省掉穿鞋子的麻煩。他在廚房等母親從水槽前回到爐子那邊，才過去洗把臉，用手指將濕頭髮往後撥。他離開水槽時，母親突然轉身面對他。喬迪害羞地把視線移往他處。

「我得在你頭髮變長前幫你剪短，」母親說。「早餐在桌上，快去飯廳，好讓比利能夠進來。」

喬迪坐到桌邊，長桌上鋪著白色油布，有些地方已經洗舊到可以看見底下布料。煎蛋排在大圓盤上，喬迪拿了三個蛋到自己盤裡，接著是三片厚厚的香脆培根。他小心翼翼從一顆蛋黃上刮掉一絲血斑。

比利・巴克踱步進來。「那東西沒害，」比利解釋。「那只是公雞留下的記號。」

此時嚴肅的父親走進飯廳，喬迪從地板聲音就知道他穿了靴子，但不管怎樣，還是看看桌下以便確認。父親熄掉桌上油燈，因爲現在窗子透進的晨光足夠明亮。

喬迪沒問父親和比利・巴克那天要騎馬去哪裡，不過他希望自己能夠同行。父親是嚴格要求紀律的人，喬迪凡事都毫不質疑聽他的話。卡爾・提夫林這會兒坐下後，伸手去拿放煎蛋的圓盤。

「比利，牛隻準備好出發了嗎？」他問。

「在下面牧場圍欄裡，」比利說。「我也可以一個人趕牠們去。」

「你當然可以，但是人需要有伴。另外，你的喉嚨挺乾的。」卡爾．提夫林今天早上相當愉快。喬迪的母親把頭探進門裡。「你打算什麼時候回來，卡爾？」

「這說不準，我必須到薩利納斯鎮上見一些人。也許天黑以後回來。」

煎蛋、咖啡和大塊比司吉麵包很快就一掃而空。喬迪跟隨兩個大人來到屋外，他看他們騎上馬，將六頭老乳牛趕出牧場圍欄，走過山丘朝薩利納斯鎮出發。他們要把老牛賣給肉販。

當他們身影消失在山脊之後，喬迪走上房屋後面的山坡。狗兒們繞過屋角，興奮地咧嘴狂奔過來。喬迪拍拍牠們的腦袋——雜種狗達伯崔有著毛量膨厚的大尾巴和一對黃眼睛，牧羊犬史邁瑟曾殺死一匹土狼，打鬥時被咬掉一邊耳朵。史邁瑟留下的那隻耳朵豎得比一般可麗牧羊犬還高，比利．巴克說這情形經常發生。一陣瘋狂的問候完，狗兒們走在前方認真嗅著地面，不時回頭確認男孩有跟緊。他們朝山坡上走過雞欄，看見鵪鶉和雞群一起覓食。史邁瑟追趕雞群一會兒，好鍛鍊身手以備放牧之需。喬迪繼續穿過大片菜園，綠色玉米長得比他還高，大南瓜現在還又綠又小。他走向鼠尾草灌木叢邊，這裡有冷泉從輸送管流出，落進一個圓木桶裡。他俯身下去，在靠近木桶綠苔附近喝了一口，這裡的水味道最好。然後喬迪回頭俯看牧場，粉刷成白色的房屋被紅色天竺葵圍繞，柏樹旁是比利．巴克住的長條工舍。他看得見柏樹下的黑色大水鍋，那是拿來燙豬用的。現在太陽升過山脊，照在白色房屋和畜棚上，讓滿佈濕氣的牧草像在冉冉飄動。身後高處的灌木叢裡，鳥兒在地上雀躍，踩得落葉發出吵雜聲響，松鼠在山坡上尖聲嚷嚷。喬迪朝牧場建物望去，察覺到不確定的氣氛，一種關於改變、失落、獲得陌生新東西的感覺。兩隻大黑鷲低空掠過山坡，影子流暢地迅速滑過他們眼前。喬迪知道有某個動物死在附近，也許是一頭牛或一隻兔子的屍體。黑鷲不放過任何死屍，喬迪就像所有正派動物一樣討厭牠們，但不能傷害牠們，因為牠們能夠清除腐屍。

一會兒後，男孩漫步走下山坡。狗兒早就離他而去，到灌木叢裡幹牠們自己的事。回程穿過菜園，他停下片刻，用後腳跟踩破一顆綠甜瓜，但這麼做沒讓他開心。這不是好事，他完全明白，踢了一些泥土把踩爛的甜瓜掩埋起來。

回到屋前，母親彎腰看他弄得髒兮兮的雙手，檢查他的手指和指甲。不過要他清洗乾淨再去上學也沒用，因為路上可能會發生太多狀況。她發現這天早上他嘴裡一直在碎碎唸。她朝手指隙縫的黑垢嘆了口氣，然後把書本和午餐交給他，打發男孩走上一哩路去學校。

喬迪出發上路。他在口袋中塞滿從路上撿來的小塊白石英，不時朝遠方路面在曬太陽的鳥兒或兔子丟擲過去。他在過橋的十字路口遇上兩個朋友，三人一起踏著滑稽闊步走去學校，看來相當頑皮。學校兩週前才剛開學，孩童們仍充滿叛逆情緒。

那天下午四點鐘，喬迪又爬上山坡俯看牧場。他的視線在尋找騎用馬，但牧場圍欄裡是空的。父親還沒回來，於是他懶洋洋地去做午後牧場雜務。在屋子前，他發現母親坐在門廊縫補襪子。

「廚房裡有兩個甜甜圈給你。」她說。喬迪溜進廚房，出來時已經吃掉半個甜甜圈，嘴巴塞滿滿的。母親問他這天在學校裡學了什麼，但沒留心聽那滿嘴含糊的回答。她打斷說：「喬迪，今晚務必要將柴箱確實裝滿。昨晚你交疊樹枝，結果只有半滿。今天晚上要把樹枝擺平。還有，喬迪，有些母雞把蛋藏起來，或者狗把它們吃掉了。到草叢裡找一下，看能不能發現任何雞窩。」

喬迪一邊吃著甜甜圈，一邊去做他的雜務。他看到鵪鶉飛下來，和雞一起吃他灑出去的穀粒。因爲某種原因，父親很驕傲牠們會過來。他從不允許在房屋附近開槍，就怕嚇跑鵪鶉。

柴箱裝滿後，喬迪帶著他的點二二來福槍到灌木叢旁的冷泉這邊。他又喝了些泉水，然後拿槍瞄準各式各樣的東西，包括石頭、飛行的鳥、還有柏樹下燙豬的黑色大水鍋，但是他沒射擊，因爲沒有子彈，他要滿十二歲才能拿到子彈。如果父親看到他拿槍朝屋子方向瞄準，就要延後一年才給他子彈。喬迪謹記在心，沒再拿槍往山坡下瞄準，要等兩年已經夠久了。父親給的禮物幾乎都有所保留，限制了它們某些功能，這是很好的教養方式。

晚餐延到天黑後，爲了等父親回家。當他終於和比利．巴克進來時，喬迪從他們的呼氣聞到白蘭地香味。他內心頗感欣喜，因爲有時父親和他聊天就會聞到這氣味，有時甚至會跟他講起自已還是男孩時，在拓荒時期做了些什麼事。

晚餐過後，喬迪坐在壁爐邊，靦腆斯文的一雙眼睛朝屋子角落溜轉著，就等父親說出守在心裡的話，因爲喬迪知道他有某個消息。但他失望了，父親嚴格地伸手指向他。

「你最好去睡覺，喬迪。我明天早上需要你幫忙。」

那也不壞。喬迪喜歡被吩咐去做些事情，只要不是日常工作。他看著地板，嘴中喃喃提出疑問。

「我們早上要做什麼事？宰一頭豬？」他輕聲詢問。

「別多問，你最好去睡覺。」

他在身後關上門，喬迪聽見父親與比利．巴克咯咯發笑，他知道那是某種玩笑。一會兒之後，當他躺在床上，努力聽懂隔壁房間的叨叨絮語時，他聽到父親反駁說：「但是，蘿絲，我爲他付出的不多。」

喬迪聽見貓頭鷹飛到畜棚旁獵捕老鼠，也聽見果樹的枝葉輕輕拍打房屋。一頭牛在他睡著時正發出哞哞叫聲。

＊

三角鐵的聲音在早上響起，喬迪比平常更快穿好衣服。到了廚房，當他在洗臉和梳理頭髮時，母親急著對他說話。「不要出去，先把你的早餐好好吃完。」

他走進飯廳，坐在白色長桌前。他從圓盤上拿了一片熱騰騰的鬆餅，把兩個煎蛋排在上面，再蓋上另一片鬆餅，用叉子把它們壓緊。

父親和比利．巴克進到飯廳。喬迪從地板聲音知道他們都穿平底鞋，但依舊瞄了桌下以便確認。父親熄掉油燈，因爲天已經亮了，他看來規矩得一絲不苟，但比利．巴克完全不看喬迪。他避開男孩靦腆探詢的眼神，將一整片吐司浸到咖啡裡。

卡爾．提夫林故意嚴肅地說：「你早餐後跟我們過來。」此後喬迪吃得難以下嚥，因爲他有一種大難臨頭的感覺。比利斜拿碟子，把濺在裡面的咖啡喝掉，在牛仔褲上擦一擦雙手後，兩個大人從餐桌旁站起，一同走到屋外晨光中，喬迪恭恭敬敬隔一小段距離跟在後面。他盡量避免猜測，設法讓自己腦子完全不去多想。

母親喊道：「卡爾！你別讓這事耽擱他去上學。」

他們朝柏樹前進，那兒有一根橫木吊掛在樹枝下，那是用來屠宰豬隻的。他們走過黑色金屬水鍋，所以並不是要宰豬。太陽照在山坡上，將樹木和建築投射出又長又黑的影子。他們穿過收割後的田地，抄近路走到畜棚。喬迪的父親打開門鎖，三人走了進去。他們一路面對太陽走來，所以相較之下畜棚就像夜晚一樣漆黑，裡面因爲有乾草和牲口而顯得溫暖。父親往一處圍起來的欄廄移動，「來這邊！」他吩咐。喬迪的眼睛現在適應黑暗了，能夠看見東西。他往欄廄裡瞧，接著立刻倒退。

一匹紅色小馬正朝欄廄外面瞪他。緊繃的耳朵轉向前方，眼中帶著些許叛逆，皮毛蓬鬆濃密得就像㹴犬的軟毛，長長的鬃毛糾結雜亂。喬迪喉嚨哽得喘不過氣來。

「牠需要好好梳刷，」父親說，「只要讓我聽說你沒餵牠或沒清掃牠的馬廄，我會立刻把牠賣掉。」

喬迪不敢再看小馬的眼睛。他低頭盯著自己的手好一陣子，然後非常害羞地問：「給我的嗎？」

沒人回答。他把手伸向小馬，牠的灰色鼻頭靠過來，大聲嗅聞著，然後咧嘴露出大牙，銜住喬迪的手指。小馬上下點頭，似乎笑得很樂。喬迪看看自己紅腫的手指，「喔，」他得意地說——「呵，我想牠的咬合沒問題。」兩個大人露出笑容，稍微鬆了口氣。卡爾·提夫林離開畜棚，一個人走上山坡獨處，因爲他覺得怪彆扭的，但比利·巴克留下來了。跟比利·巴克講話比較輕鬆。喬迪又問——「給我的嗎？」

比利語調變得專業起來。「當然！也就是說，你得照料牠，並且把牠馴服好。我會教你怎麼做。牠只是一匹小馬，你還不能騎牠，得等上好一段時間。」

喬迪又伸出紅腫的手，這次小紅馬讓他撫摸自己鼻子。「我應該要拿根胡蘿蔔來，」喬迪說。「你們從哪兒弄到牠的，比利？」

「在警長辦的拍賣會上買來的。」比利解釋說。「薩利納斯鎮上有個馬戲團破產欠債，警長在拍賣他們的東西。」

小馬伸長鼻頭，搖晃著披蓋桀驁雙眼上的毛髮。喬迪拍一拍那鼻子，他輕聲說——「牠沒有——馬鞍？」

比利·巴克笑了。「我忘了，跟我來。」

在馬具室裡，他舉起一個摩洛哥山羊皮做的紅色小馬鞍。「這只不過是表演用的馬鞍，」比利·巴克輕蔑地說。「它不適合騎去灌木叢，不過拍賣價格很便宜。」

喬迪不可置信地瞧著馬鞍，完全說不出話來。他用手指撫摸閃亮的紅色皮革，停了很久之後說：「但披在牠身上會很漂亮。」他想到自己所知最雄偉和最美麗的東西。「如果牠還沒有名字，我想叫牠加比蘭山脈，」他說。

比利．巴克懂他的感受。「這是相當長的名字。何不就稱牠加比蘭？那是隼鷹的意思，對牠來說是個不錯的名字。」比利覺得很高興。「如果你收集馬尾毛，也許有天我可以幫你編一條馬尾繩，你就可以用它來馴馬。」

喬迪想回去欄廄那邊。「你認爲，我可不可以牽牠去學校——給其他人看看？」

比利．巴克搖搖頭。「牠甚至還不受轡繩控制。我們得讓牠待在這兒一段時間，必須慢慢訓練牠。不過你最好出發去上學了。」

「我今天下午會帶些朋友來這裡看牠。」喬迪說。

*

那天下午，六個男孩提早了半小時跑過山坡，他們低頭狂奔，揮舞手臂，跑得氣喘噓噓。他們像一陣風掃過牧場屋子前面，從收割後的田地抄捷徑跑到畜棚，害羞地站在小馬前，眼神帶著前所未有的羨慕與欽佩望向喬迪。今天以前，喬迪只是個普通男孩，身穿工作褲和一件藍襯衫——比大部分小孩安靜，甚至被懷疑有一點膽怯。現在他不一樣了。自古以來，騎馬的人總可以從走路的人那裡博得欽佩。他們憑直覺認爲，騎在馬上的人無論在精神上或體格上，都比用腳走路的人傑出。他們知道喬迪已經不可思議地超越他們的地位，置身於他們之上。加比蘭把頭探出馬廄嗅聞他們。

「你爲什麼不騎牠？」

「你爲什麼不把牠的尾巴編成像慶典上的緞帶？」

「你什麼時候要騎牠？」男孩們喊道。

喬迪的膽量提升不少，他也體會到騎馬人的優越感。「牠年紀不夠大，還有很長一段時間不能讓人騎上去。我會繫上長轠繩訓練牠打圈，比利．巴克要教我怎麼做。」

「我們不能牽牠到處走一會兒嗎？」

「牠甚至還不受轠繩控制，」喬迪說。他希望第一次帶小馬出去的時候是自己一個人。「來看馬鞍。」

他們不發一語看著紅色摩洛哥山羊皮馬鞍，完全震驚到無法評論。「它不適合騎在灌木叢裡，」喬迪解釋。「但是披在牠身上滿好看的。也許當我到灌木叢時會直接騎在馬背上。」

「如果沒有鞍頭，你要如何用繩索套住一頭牛？」

「也許我會得到另一個日常用的馬鞍。我父親希望我幫忙照料牲口。」他讓他們摸一摸紅色馬鞍，給他們看馬轡上黃銅鏈條的喉帶，還有穿過頰帶與額帶使用、安置在兩側太陽穴上的大銅扣。整件馬具實在嘆爲觀止。他們沒過多久就必須離開，每個男孩都在心中搜尋自己擁有的東西，有什麼值得拿來換取騎乘一次小紅馬的機會。

喬迪很高興他們走了。他從牆上拿來馬梳和刷子，搬開欄廄的柵門，小心走進去。小馬的雙眼閃爍，轉著圈做出準備踢腿的姿勢。但是喬迪觸碰牠肩膀，撫摸那高高拱起的脖子，就像他經常看比利·巴克做的那樣，用低沉嗓音輕輕哼著「乖孩子」，小馬緊張情緒漸漸放鬆。喬迪又梳又刷，直到地上積了一堆脫落的浮毛，小馬皮毛顯現出深紅光澤。他每刷完一趟，都覺得也許可以做得更好。他把鬃毛編出許多小豬尾巴，又編牠的瀏海，接著全部解開，再把它們梳直。

喬迪沒聽到母親走進畜棚。她進來時氣呼呼的，但是當她看到小馬，還有喬迪在為牠梳理，心中一股莫名驕傲油然而生。「你忘了柴箱嗎？」她輕聲問。「天快黑了，屋子裡沒一根木柴，雞也還沒有餵。」

喬迪馬上掛起他的工具。「我忘了，媽媽。」

「嗯，以後先做完你的雜務，這樣就不會忘了。現在如果不盯著你，我預料你會忘記做許多事。」

「我可不可以從菜園摘些胡蘿蔔給牠，媽媽？」

她得考慮一下。「喔——我想可以，但你只能摘又大又老的。」

「胡蘿蔔可以讓皮毛長得好。」他說。她又感到一股奇妙的驕傲。

*

小馬來了之後，喬迪從不等三角鐵把他喚醒，他已養成習慣，甚至在母親還沒醒來以前，自己就躡手躡腳起床，穿上衣服，不聲不響走去畜棚看加比蘭。在昏暗寧靜的清晨下，大地、灌木叢、房屋和森林都是灰黑色，像照相的負片一樣，他走過死寂的石塊和柏樹，悄悄步向畜棚。在樹上築巢躲避土狼的火雞發出惺忪的卡嗒聲。田地像覆一層霜那樣閃耀灰白色澤，兔子與田鼠在露水上留下的蹤跡十分醒目。忠實的狗兒從牠們小屋機警走出來，豎直頸毛，喉嚨發出低沉咆哮。牠們嗅出是喬迪的氣味，於是揚起尾巴搖擺著迎上前——那是粗尾巴雜種狗達伯崔和純種牧羊犬史邁瑟——隨後牠們又懶洋洋回去溫暖的狗窩。

對喬迪而言，這是一個奇特的時光和神秘的旅程——是夢境的延伸。擁有小馬之初，他喜歡在這路上折磨自己，想像加比蘭萬一不在欄廄裡，更糟的是牠永遠都不在那裡了。他還有另外有趣的自虐想法，他想像老鼠在紅色馬鞍上咬出小洞，牠們啃咬加比蘭的尾巴，直到那尾巴變得殘破稀疏。通常他在最後一小段路會用跑的去畜棚，打開生鏽的門鎖走進去。不論推門時有多安靜，加比蘭總是透過欄廄柵門看著他，牠會輕聲嘶叫，跺著前蹄，眼睛閃耀著如同柴火餘燼的紅色火花。

有時候，如果那天要用到工作馬，喬迪會發現比利・巴克在畜棚裡幫馬匹梳刷和套上挽具。比利陪喬迪站著，一直看著加比蘭，跟他講解許多關於馬的知識。他解釋說牠們的腳非常敏感，所以人必須練習抬起牠們的腿，輕拍馬蹄和腳踝，解除牠們的恐懼。他告訴喬迪馬兒有多愛聊天，他必須隨時跟小馬說話，告訴牠做每件事的理由。比利並不確定馬能聽懂對牠說的每一件事，但人是不可能判斷得出牠能聽懂多少的。如果馬喜歡的人願意對牠解釋事情，牠絕不會亂發脾氣，比利能據此舉出實例。比如說，他曾看過一匹精疲力竭的馬振作起來，因爲牠被告知目的地就快到了。他還見過一匹嚇得驚呆的馬回過神來，因爲騎士向牠解釋嚇到牠的是什麼東西。比利．巴克在早上侃侃而談的時候，他會把二十或三十根麥稈整齊切成三吋長，然後插進帽帶。在這一整天裡，如果他想剔牙或只想嚼個東西，伸手到頭上抽一根就好。

喬迪聽得很仔細，因爲他知道，而且整個地區的人都知道，比利．巴克駕馭馬匹很拿手。比利自己的馬是一匹邋遢魯鈍的小種馬，但他幾乎都能在牛仔競技中拿冠軍。比利可以套中小公牛，在鞍頭上打一個雙半結套索後下馬，他的馬能和小公牛對峙，就像垂釣者和魚僵持一樣，扯緊繩索直到小公牛被扳倒。

每天早上，喬迪梳刷小馬之後會打開欄廄柵門，加比蘭就擠過他身旁，衝出畜棚到牧場圍欄裡。牠一圈又一圈地奔馳，有時還會向前躍起，然後伸直了腿著地。牠站在那兒顫抖，往前豎起耳朵，雙眼溜轉著露出眼白，裝作被嚇到的樣子。最後牠噴著鼻息走向水槽，將鼻頭埋進水裡，只露出鼻孔。喬迪這時感到很驕傲，因爲他懂得如何判斷馬。蹩腳的馬只用舌頭舔水，但精神振奮的傢伙會把整個鼻頭和嘴巴伸進水裡，只留下足夠空間去呼吸。

喬迪站在那兒觀察小馬，他看的地方從沒在其他馬匹身上注意過。那光滑圓潤的側腹肌肉和後臀的肌腱，曲屈得像一個握緊的拳頭，還有紅色皮毛在太陽照射下的光澤。喬迪在生活中見過許多馬匹，以前從沒非常靠近看牠們。不過他現在注意到，耳朵的移動不但是一種表達，甚至還會影響臉部表情。小馬用牠的耳朵訴說，你可以經由牠耳朵的指向，明確分辨牠對每件事的感覺。有時它們豎得高高的，有時鬆弛下垂。牠生氣或害怕時耳朵朝後，焦急、好奇或高興時耳朵往前，明確的姿勢足以表達出牠的情緒。

比利．巴克遵守了他的諾言。早秋的時候訓練開始，首先要接受轡繩控制，這是最困難的部分，因爲它是第一關。喬迪拿了一根胡蘿蔔，又哄又騙還拉著轡繩。小馬感到緊張時，就像倔強的驢子一樣站定不動，但不用多久牠就學會了。喬迪牽牠走遍整個牧場，漸漸地放鬆索繩，直到小馬不用牽緊都會跟他到處走。

接著是打圈訓練，這是比較費事的功課。喬迪站在圓圈中心，手握長轡繩。他用舌頭彈出聲音，小馬被繫在長轡繩上，開始繞著大圓圈走。他又彈了一聲要牠小跑，然後再彈一聲要牠奔馳。加比蘭轟隆隆地跑了一圈又一圈，極爲享受。喬迪喊了一聲：「遏！」小馬停了下來。加比蘭沒花太多時間就做到完美。但從許多方面來看，牠是個壞蛋。牠會咬喬迪的褲子，還會踩他的腳。牠不時將耳朵轉向身後，瞄準男孩踹一腳。每次幹了這些壞事，加比蘭就會退後幾步，然後似乎在暗自偷笑。

比利．巴克晚上在壁爐前編馬尾繩。喬迪將馬尾毛收集在一個袋子裡，然後坐著看比利慢慢編織繩子。他先將小撮尾毛捻成細線，把兩條細線捲成細繩，再用幾串細繩編成粗繩。比利將編好的段落用腳踩在地上滾動，使它變得又圓又牢固。

打圈訓練就快完成了。喬迪的父親看小馬停下、起步、小跑和奔馳，心裡感到有一絲擔憂。

「牠快變成一匹耍把戲的小馬，」他抱怨。「我不喜歡耍把戲的馬。這剝奪了一匹馬所有的——

尊嚴。要牠去耍把戲，唉，耍把戲的馬就像演員——沒有尊嚴，沒有自己的個性。」父親接著說：「我認爲你最好盡快讓牠習慣馬鞍。」

喬迪衝向馬具室，他在鋸木臺上騎馬鞍已經有段時間了。他一遍又一遍修改腳蹬帶的長度，就是無法調整適當。有時在馬具室騎到鋸木臺上，頸軛和轠繩都掛在四周，喬迪想像自己騎出屋外，來福槍橫跨鞍橋，田野從眼前飛逝而過，耳中傳來奔馳的馬蹄聲。

*

第一次給小馬披上馬鞍是個棘手工作。加比蘭弓起背飛踢後腿，在肚帶還沒繫妥前就把馬鞍甩掉。這就得不斷重新放上去，直到最後小馬願意讓馬鞍放在背上。繫肚帶也是件難事，喬迪逐日將肚帶縮緊一些，直到最後小馬完全不在意馬鞍。

接著是套上馬轡。比利解釋如何拿一根甘草枝當做馬銜，直到加比蘭習慣嘴裡咬著東西。比利說：「當然，我們每件事都可以強迫牠做，但這不會使牠成爲一匹好馬。牠總會帶有一些畏懼，但牠對於自己願意做的事就不會在意。」

小馬第一次套上馬轡時，牠用力甩頭，舌頭抵著馬銜，直到嘴角滲血。牠試圖在飼料槽上把頰帶蹭掉，耳朵轉來轉去，眼睛嚇得變成紅色，一直躁動不止。喬迪很高興，因爲他知道平庸的馬才不會抗拒訓練。

喬迪一想到自己將要首次坐上馬鞍就渾身發抖。小馬可能把他拋下來，這沒什麼丟臉，丟臉的是他沒有立刻起來再騎上去。他有時候夢到自己躺在泥巴地上痛哭，沒辦法再騎上馬。夢中羞愧的感覺可以持續到中午。

加比蘭長得很快，已不再是削瘦長腿的小馬模樣，鬃毛也變得更長更黑。牠的皮毛在不斷梳刷下，就像橘紅亮光漆一樣平滑有光澤。喬迪爲牠的馬蹄塗上油膏，細心修剪，這樣才不會裂開。馬尾繩快編完了。喬迪的父親給他一對舊馬刺，把邊條折彎，剪掉皮帶，裝上鏈條讓它們合腳。然後有一天，卡爾·提夫林說：

「小馬長得比我預期的快，我認爲你在感恩節時就可以騎牠。你覺得自己可以坐定在上面嗎？」

「我不知道，」喬迪害羞地說。距離感恩節只剩三星期，他希望那天不要下雨，因爲雨水會弄髒紅馬鞍。

加比蘭現在熟悉而且喜歡喬迪。牠在喬迪穿過農田時會發出嘶聲，在牧草地上聽到主人吹口哨就跑過去，每次那裡都有一根胡蘿蔔等著給牠。

比利·巴克一再提示他如何騎乘。「當你坐上馬後，只需夾緊膝蓋，雙手放開馬鞍，如果被拋下來也別氣餒。一個人無論多優秀，總有被馬拋下來的時候。你只要再爬上去，別讓牠覺得自己幹得漂亮。很快地，牠就不會再把你拋掉，而且很快地，牠就再也無法把你拋掉。就是要這樣做。」

「我希望在那之前不要下雨。」喬迪說。

「爲什麼？不想摔在泥巴裡？」

那是原因之一，同時他也怕加比蘭在躍起的混亂中會滑倒，跌在他身上，壓斷他的腿或臀部。他曾見過人們發生這種事，也看到他們像被壓扁的蟲子般在地上痛苦扭動，而他怕的就是這回事。

他在鋸木臺上練習，如何用左手握住韁繩，右手扶著帽子。假如他要讓雙手各忙各的，那麼感覺自己快掉下去時就不能抓住鞍頭。他不願去想如果自己抓住鞍頭會發生什麼事，也許父親和比利·巴克永遠不再跟他說話，他們覺得太丟臉了。消息接著傳開，母親也覺得很丟臉。然後再傳到校園——實在可怕得難以想像。

當加比蘭披上馬鞍時，喬迪開始把自己重量踩在一邊馬蹬上，但他不能跨過小馬的背。在感恩節之前那是不允許的。

每天下午，他將紅馬鞍披在小馬身上，繫緊肚帶。小馬已經學會在肚帶套過時盡量撐起腹部，皮帶繫好後再放鬆開來。有時喬迪牽牠到那灌木叢邊，讓牠喝青苔圓木桶裡的水，有時牽牠穿過收割後的田地爬上山頂，從這裡可以看到白色的薩利納斯鎮和壯闊的山谷田野，還有羊群穿梭其間的橡樹林。他們不時穿過灌木叢，來到小塊空地上，這裡與世隔絕，只剩頭頂的天空和周圍的灌木叢。加比蘭喜歡這樣的行程，牠一直昂揚著頭，興致勃勃顫動鼻孔。當他們倆踏上歷險歸程時，一路聞著先前闖過鼠尾草時身上帶有的甜美香氣。

*

時間緩緩走向感恩節，冬天卻來得很快。烏雲鋪天蓋地，整天籠罩著大地、灌木叢和山頂，晚上還吹起颼颼強風。橡樹枯葉不斷從枝頭掉落，直到覆滿地面，不過樹木仍舊挺立。

喬迪本來希望感恩節前不要下雨，但雨還是來了。黃土顏色變深，濕葉閃閃發亮，收割後的殘株因爲發霉變黑。暴露在濕氣下的乾草堆顯得灰濛，屋頂上的苔蘚在整個夏天都像蜥蜴那般暗淡，這下變成鮮豔的黃綠色。下雨的那個星期，喬迪都讓小馬待在欄廄裡遠離濕氣，除了放學後帶牠出來運動一下，還有到上方圍欄裡的水槽喝水。加比蘭從沒被雨淋過。

潮濕天氣持續到地上長出了一些新草，喬迪走去學校都穿著雨衣和橡膠短雨靴。有一天早上，耀眼陽光終於出現。喬迪在欄廄裡幹活時對比利．巴克說：「我今天去上學時，也許會讓加比蘭待在牧場圍欄裡。」

「出去曬太陽對牠很好，」比利向他保證。「沒有動物願意被關太久。你父親和我要到後面山坡清除泉水裡的落葉。」比利點著頭，拿一小根麥稈剔牙齒。

「就怕雨又來了，還是——」喬迪在想。

「今天看樣子不會下雨。雨已經下完了。」

比利拉起袖子，拍著自己臂膀。「如果突然下雨——一點雨傷不了一匹馬。」

「喔，如果眞的突然下雨，你把牠牽進來好嗎，比利？我怕牠會著涼，到時就不能騎牠。」

「喔，當然！如果我們準時回來的話，我會照顧牠。但今天不會下雨。」

於是喬迪去上學後，便讓加比蘭待在外面的牧場圍欄。

比利・巴克在許多事情上都不會犯錯，他不可以犯錯。但那天他錯估了天氣，因爲中午過後不久，烏雲湧過山嶺，大雨開始傾盆而下。喬迪聽到雨滴打在學校屋頂上，他想舉手請求允許到教室外上廁所，一出去就立刻跑回家把小馬帶進屋。但是這樣在學校和家裡都會受到懲罰。他放棄這計畫，想到比利保證說淋雨傷不了一匹馬就安心了。終於等到放學，他在大雨中趕回家。兩旁路堤沖刷著滔滔泥流，雨水在陣陣冷風中傾瀉紛飛。喬迪踏著泥濘的碎石路狂奔回家。

他從山脊上就可以看見加蘭比可憐兮兮地站在圍欄裡，紅色皮毛幾乎變黑，上面滿佈水痕。牠低著頭，屁股頂著雨和風。喬迪跑回家，用力推開畜棚的門，揣著牠的毛髮，將濕淋淋的小馬牽進去。他找來一個麻布袋，搓揉小馬浸濕的皮毛，還擦拭牠的腿和腳踝。加比蘭默默站著，但牠就像那強風般一陣陣打起冷顫。

當喬迪盡可能把小馬擦乾後，他走去屋子，提了熱水到畜棚，把穀粒泡在裡面。加比蘭不是很餓，牠一點一點吃那熱糊飼料，但不太感興趣，而且還不時顫抖。牠淋濕的背上升起些許蒸氣。

比利・巴克和卡爾・提夫林回家時天快黑了。「雨開始下的時候，我們到班・赫契的家躲雨，雨勢整個下午都沒減緩。」卡爾・提夫林解釋。喬迪責備地看著比利・巴克，比利感到內疚。

「你說不會下雨。」喬迪指責他。

比利移開視線。「這很難說，尤其是一年裡的這個時節。」他說，但這辯解沒說服力。他無權犯錯，而且他也知道。

「小馬淋濕了，牠全身濕透。」

「你幫牠弄乾了嗎？」

「我用布袋把牠擦乾，給牠熱穀漿吃。」

比利點頭表示贊同。

「你認爲牠會感冒嗎，比利？」

「淋一點雨任誰都不會有事。」比利向他保證。

喬迪的父親此時加入對話，稍微訓斥男孩。他說：「馬絕不是寵物狗之類的東西。」卡爾·提夫林討厭虛弱和病懨懨的模樣，他對軟弱無助極爲不屑。

喬迪的母親將圓盤擺上桌，裡面裝有牛排、水煮馬鈴薯和南瓜，屋內飄著盤子冒出的蒸氣。他們坐下吃飯，卡爾·提夫林仍在批評人們把動物看得太嬌弱，太慣養牠們。

比利·巴克對自己犯錯感到難過。「你有幫牠披上毯子嗎？」他問。

「沒有，我找不到任何毯子。我披了一些布袋在牠背上。」

「我們吃完飯去幫牠找東西蓋上。」比利現在比較釋懷了。當喬迪的父親去壁爐旁取暖，母親在洗碗盤時，比利找出一盞提燈將它點亮。他和喬迪走過泥濘到畜棚去。畜棚裡一片漆黑，溫暖又舒適，馬匹們仍在咀嚼牠們晚上的乾草。「你拿著提燈！」比利吩咐。他觸摸小馬的腿，感覺側腹的體溫，將臉頰貼在小馬灰鼻頭，翻起牠的眼皮端詳眼球，撐開嘴唇觀察牙齦，又把手指伸進牠耳朵裡。「牠似乎沒那麼有活力，」比利說。「我要幫牠徹底揉擦。」

然後比利找來一個布袋，用力摩擦小馬的腿，又擦牠的胸膛和肩隆。加比蘭異常沒精神，耐心任人擦拭。最後比利從馬具室拿來一床舊棉被，拋到小馬背上，用繩子在脖子與胸膛的地方繫住。

「牠到早上就會沒事。」比利說。

*

喬迪的母親在他回到屋裡時抬頭看。「你這麼晚還沒睡，」她說，用結實的手扶住孩子的下巴，撥開糾纏在眼前的頭髮，說：「不要擔心小馬，牠會沒事。比利跟這附近任何一個馬醫生一樣在行。」

喬迪不知道她看得出自己在擔心。他輕輕從母親手中抽開，跪在壁爐前面，直到肚子被烤得發燙。他把身體烤暖和，然後上床，但實在很難入睡。他醒來時似乎已經睡了很久，房間仍是暗的，不過往窗子看去有些灰白，像是黎明前的天光。他起床找到工作褲，摸索著褲管，另一個房間裡的時鐘敲響兩聲。他放下衣服，回到床上，再醒來時已經大白天了，這是他第一次睡得連三角鐵都沒聽見。他跳了起來，急忙穿上衣服，跑出門時還在扣上襯衫。母親在他身後看了一會兒，默默回去做自己的工作。她的眼神顯得擔憂同情，雖然嘴角不時露出些許微笑，但眼神完全沒變。

喬迪一直跑向畜棚，半路上聽到自己擔心的聲音——一匹馬發出沉悶粗啞的咳嗽聲。他馬上全力衝刺，到畜棚時看見比利．巴克待在小馬旁邊，用強壯厚實的手幫小馬摩擦牠的腿。他抬頭時笑得燦爛，「牠只是輕微感冒，」比利說。「過幾天就會好。」

喬迪看看小馬的臉，牠的眼睛半開，眼皮顯得厚重乾燥，眼角沾著一些乾掉的黏液。加比蘭的耳朵垂掛在兩旁，把頭放低。喬迪伸出他的手，但小馬沒靠過來。牠又咳了一聲，全身肌肉跟著繃緊，鼻孔流出少許稀薄鼻涕。

喬迪回頭看向比利·巴克。「牠病得很厲害，比利。」

「就像我說的，只是一點感冒，」比利堅持。「你去吃些早餐，然後回去上學。我會照顧牠。」

「但你可能得做別的事，你可能會離開牠。」

「不，我不會，我完全不走開。明天是星期六，到時你就可以整天陪牠。」其實比利又說錯了，他覺得眞是糟糕，這下他必須要治好小馬。

喬迪走去屋子，無精打采坐到餐桌前自己座位上。煎蛋和培根已經變得又冷又油膩，但他不在意，吃完自己平常的份量，甚至沒開口要求想待在家裡不去上學。母親拿走盤子時將他頭髮往後撥，「比利會照顧小馬。」她保證。

他整天在學校悶悶不樂，沒辦法回答任何問題，或者朗讀任何課文。他甚至沒告訴任何人小馬生病了，因爲那樣可能使牠病得更重。最後終於到了放學時刻，他憂心忡忡開始走回家。他走得很慢，讓其他小孩都超過他，他希望自己可以一直走，永遠不要回到牧場。

比利如同他所承諾的待在畜棚裡。小馬情況變得更差了，現在眼睛幾乎闔上，些微睜開的眼珠還覆了一層薄膜。鼻塞讓呼吸發出尖銳噓聲，牠不時噴著鼻息，想要清通鼻子，這麼做似乎讓鼻子更塞了。喬迪氣餒地看著小馬的皮毛，牠的皮毛蓬鬆雜亂，看來已失去原本的所有光澤。比利靜靜站在欄廄旁，喬迪不想開口提問，但他必須知道。

「比利，牠——牠會好嗎？」

比利將手指放在小馬下巴的兩側齒齦間觸摸。「摸這裡，」他說，然後引導喬迪把手指放到下巴下面的一處腫塊。「當它變大時，我要把它切開，牠的情況就會改善。」

喬迪立刻把頭撇開，因爲他聽說過那腫塊。「牠生的是什麼病？」

比利不想回答，但他必須回答，他不能再犯第三次錯。「腺疫，」他立刻說，「但不用擔心，我會讓牠脫離險境。我曾看過那些比加比蘭病得更嚴重的馬都復原了。我要給牠做蒸氣治療，你可以幫忙。」

「好的，」喬迪難過地說。他跟隨比利到糧倉，看他做好蒸氣袋。那是一個長形鼻狀帆布袋，上面的皮帶可以套過馬耳朵。比利在裡面裝了三分滿的麥麩，然後加幾把乾啤酒花，在這些乾料上面倒一些石炭酸和松節油。「我要把它們混合在一起，你趕快去屋子提一壺滾水來。」比利說。

喬迪拿著直冒蒸氣的水壺回來。比利將皮帶套過加比蘭的頭，讓布袋緊密罩住牠鼻子，透過布袋旁的一個小洞把滾水淋在混料上。一股濃烈蒸氣升起，小馬猛然閃避，但那溫暖霧氣通過鼻子之後進到肺裡，濃烈蒸氣開始清理鼻腔。牠大聲呼吸，四腿顫慄發抖，閉起眼睛躲避那刺眼霧氣。比利倒進更多水，讓蒸氣冒了十五分鐘，最後他放下水壺，從加比蘭的鼻子上解開布袋。小馬看起來好多了，牠的呼吸順暢，眼睛睜得比之前更大。

「看這讓牠感覺怎樣，」比利說。「現在我們再用被毯把牠裹住，也許到了早上牠就快好了。」

「我今晚跟牠待在一起。」喬迪提議。

「不，你別做這事。我會把我的毯子帶來這裡，把它們鋪在乾草上。你可以明天過來待在這兒，如果需要的話幫牠做蒸氣治療。」

他們回去屋子吃飯時，天色已暗，喬迪甚至沒意會到有人餵了雞，還添滿了柴箱。他走過屋子到昏暗的灌木叢邊，喝了一口木桶裡的水，泉水冰得刺痛嘴巴，使他渾身打顫。山頭上方的天空仍是亮的，他看到一隻隼鷹在高空翱翔，胸前反射的陽光像火花一樣閃耀。兩隻黑鳥把牠從天空趕下來，牠們攻擊對手的模樣華麗奪目。西方的烏雲逼進，又要下雨了。

一家人用餐的時候，喬迪的父親沒說一句話，但是當比利．巴克帶著毯子去睡畜棚後，卡爾．提夫林在壁爐裡升起旺火，講起故事。他說到野蠻人光著身子跑過荒野，這些人有像馬一樣的尾巴

1莫洛葛赫（Moro Cojo）在現今加州境內，是墨西哥政府往年贈予移民者的一塊土地；名稱中的Moro在阿根廷、烏拉圭是指一種馬匹特有的藍灰色，Cojo是跛腳的意思，所以這地名有「跛腳馬」的涵義。

和耳朵，還說到莫洛葛赫[1]有像兔子般的貓會跳進樹林抓鳥。他回憶麥斯威爾兄弟著名的事蹟，他們發現一處金礦礦脈，因爲掩藏蹤跡太過周密，結果自己都無法再找到。

喬迪手托下巴，嘴中不安地唸唸有辭，父親漸漸察覺他沒有專心在聽。「故事不有趣嗎？」他問。

喬迪委婉笑笑說：「是的，爸爸。」父親當時覺得既生氣又受傷，於是不再講故事。一會兒之後，喬迪拿著提燈到畜棚，比利·巴克在乾草堆上睡著，小馬除了呼吸還有一些粗糙聲，牠看起來似乎好多了。喬迪待一陣子，用手指滑過那蓬鬆的紅色皮毛，然後拿起提燈回屋子去。當他上床後，母親進到房間。

「你被子蓋得夠嗎？冬天到了。」

「夠的，媽媽。」

「嗯，晚上好好休息。」她遲疑著沒走出去，猶豫站在那兒。「小馬會沒事。」她說。

*

喬迪累了，他很快就睡著，黎明前都沒醒過。三角鐵響起，喬迪還來不及走出屋外，比利·巴克就從畜棚來到房屋前。

「牠情況怎樣？」喬迪詢問。

比利總是大口吃他的早餐。「相當好。我早上要切開腫塊，也許牠就能更好。」

早餐後，比利取出自己最好的刀子，刀頭很尖的一把刀。他花很長時間在一小塊金鋼石上把閃亮刀刃磨利，不斷用自己結繭的拇指球去試刀尖和刀鋒，最後還用上唇去試。

走去畜棚的路上，喬迪注意到鮮嫩牧草已經長得多高，田裡殘株一天天自顧自地長成綠色作物。這是個寒冷的晴朗早晨。

一看到小馬，喬迪就知道牠病情加重。牠的雙眼緊閉，眼縫沾著乾掉的黏液，頭垂得實在很低，鼻頭都快碰到鋪在地上的麥稈。每次呼吸都會發出些許呻吟，一種發自深處、默默忍受的呻吟。

比利扶起那虛弱的馬頭，迅速劃了一刀。喬迪看到黃色膿汁流出來。他扶著馬頭，讓比利拿石炭酸藥膏擦拭傷口。

「現在牠會感覺比較好，」比利向他保證。「就是那黃色毒物導致牠生病。」

喬迪懷疑地看著比利．巴克。「牠病得很重。」

比利想了很久該說什麼。他差一點就草率提出保證，但即時救了自己。「沒錯，牠病得很重，」他最後說。「我看過病得更重的馬都復原了。如果牠沒染上肺炎，我們就能帶牠度過難關。你待在牠身邊，如果情況變壞就來叫我。」

比利離開後很長一段時間，喬迪都站在小馬旁邊，撫摸牠的耳朵後面。小馬沒像平常那樣輕輕擺頭，牠呼吸中的呻吟變得更沉重了。

達伯崔望向畜棚裡面，尾巴挑釁地搖來搖去，喬迪看牠那麼健康實在惱怒，他在地上找到一塊黑色硬土，瞄準牠丟了過去。達伯崔哀嚎跑掉，舔著受傷的腳爪。

早上過了一半，比利．巴克回來做了另一個蒸氣袋。喬迪仔細觀察小馬這次是否像之前一樣改善情況，牠的呼吸舒解了一點，但沒有抬起頭來。

星期六過得十分漫長。到了傍晚，喬迪從屋子帶來他的寢具，在乾草堆上鋪起睡覺的地方。他沒徵詢許可，他從母親的眼神可以看出，她會讓他做任何事。那天夜晚，他把提燈掛在欄廄鐵絲上，一直維持明亮。比利告訴他，每隔一陣子就要搓揉小馬的腿。

晚上九點鐘，強風吹起，畜棚周圍風聲呼嘯。雖然心裡擔憂，喬迪卻愈來愈覺得睏倦。他鑽進自己的被毯睡著了，但夢中仍響起小馬呼吸的呻吟。他在睡夢中不斷聽見撞擊聲，直到把他吵醒。強風灌進畜棚，他跳起來朝欄廄間的通道看去。畜棚門被吹開，小馬不見蹤影。

他拿起提燈衝進外面狂風中，看到加比蘭虛弱地垂著頭，緩慢呆板地踏著步伐，搖搖晃晃走向黑暗。當喬迪趕了上去，抓住牠的瀏海，牠讓自己被牽回馬廄裡。牠的呻吟變得更大聲，鼻子發出強烈咻咻聲，喬迪不敢再睡，小馬嘶啞的呼吸聲變得更響亮、更尖銳。

比利．巴克黎明時來到畜棚，喬迪感到好高興。比利一度盯著小馬，好像從沒見過牠一樣。他觸摸耳朵和側腹。「喬迪，」他說，「我必須做一件你不想看到的事。你回屋子一會兒。」

喬迪用手臂猛力抓住他。「你要開槍射牠？」

比利拍拍他的手。「不是。我要在牠氣管上開一個小洞，這樣牠才能呼吸。牠的鼻子塞住了，當牠復原後，我們會幫牠放個銅扣在小洞裡，以便正常呼吸。」

喬迪就算想走也不能離開。看那血淋淋地切開皮膚是很恐怖，但更可怕的是知道要動手術卻不緊盯著看。「我要留在這裡，」他苦澀地說，「你確定要這麼做？」

「是的，我很確定。如果你要留下，可以抓住牠的頭。假如不會讓你感到不舒服，那就這麼辦。」

刀子再度出現，而且如同第一次那樣被仔細磨利。喬迪抬高小馬的頭，讓牠喉嚨繃緊，同時比利來回觸摸尋找正確位置。當閃亮刀尖刺進喉嚨時，喬迪立刻啜泣起來。小馬虛弱地躍起，然後站定不動，顫抖得很厲害。血液湧過刀子，濺在比利的手和袖子上。穩健方正的手在肌肉上切出一個小孔，然後氣息從小孔冒出，噴出細微血泡。氧氣疾速流通，小馬突然有了力氣。牠踢著後腿，試圖舉起頭，但喬迪把頭拉下，同時比利拿石炭酸藥膏擦拭新傷口。手術很成功，血液不再流出，空氣陣陣通過孔洞，隨著一些啵啵聲規律地被吸進去。

晚風帶來的雨開始落在畜棚屋頂，代表早餐準備好的三角鐵隨之響起。「你過去吃，我在這裡等，」比利說。「我們得保持這個孔洞不要堵住。」

喬迪慢慢走出畜棚。他實在沮喪，沒告訴比利畜棚門被風吹開，讓小馬跑出去的事。他的身影出現在潮濕陰暗的早晨中，踩著泥水朝屋子走去，經過每個水坑都使壞地故意踏起水花。母親給他吃了早餐，換上乾衣服。她沒問他任何問題，似乎知道他回答不了。但當他準備回去畜棚時，母親拿給他一鍋熱食。「這個給牠吃。」她說。

不過喬迪沒拿鍋子，他說：「牠不會吃任何東西。」然後跑出屋子。在畜棚裡，比利教他如何把棉花球固定在棒子上，當呼吸孔被黏液堵住時，就用它來擦拭。

喬迪的父親走進畜棚，跟他們一起站在欄廄前。最後他轉向男孩，「你還是跟我來吧？我要趕車上山。」喬迪搖搖頭。「你最好跟我來，離開這裡。」父親堅持。

比利生氣轉向他。「別煩他。這是他的小馬，不是嗎？」

卡爾．提夫林沒再說話就走開，心裡頗感受傷。

喬迪整個早上都保持小馬的傷口暢通，空氣流通自如。到中午時，小馬疲倦地側躺下來，伸長鼻頭。

比利回來了。「如果你今晚要跟牠待在一起，最好先打個盹。」他說。喬迪心不在焉地走出畜棚。天空已經放晴成整片淡藍色，鳥兒忙著到處尋找鑽出潮濕地面的蠕蟲。

喬迪走到灌木叢邊，坐在生苔的木桶邊緣，看著下方的牧場房屋、老舊工舍和那棵深鬱柏樹。這地方是多麼地熟悉，卻難以理解地改變了。它不再是原本的地方，而是正發生種種事情的一個畫面。東邊吹來冷風，代表雨已經停了一陣子。就在腳邊，喬迪可以看到新生雜草從地上冒出嫩芽，冷泉周圍的泥地有數不清的鵪鶉足跡。

達伯崔斜著身子走來，忸怩不安地穿過菜園，喬迪想起自己是怎麼用土塊丟牠的，於是用手臂環繞牠脖子，吻那寬闊的黑鼻頭。達伯崔靜靜坐著，好像知道有件嚴肅的事正在發生，大尾巴沉重拍打地面。喬迪從牠脖子上扯下一隻壁蝨，用拇指指甲把牠壓爆，那是個討厭的東西。他在冷泉中將手洗乾淨。

除了持續的颼颼風聲，牧場非常安靜。喬迪知道母親不會介意他沒去吃中餐。一會兒之後，他慢慢走回畜棚。達伯崔緩緩鑽進自己的小屋，自個兒輕聲嗚咽了好一會兒。

*

比利·巴克從木箱上站起來，丟掉手中棉花棒。小馬仍側躺著，喉嚨傷口像風箱般一吹一吸。當喬迪看到那皮毛顯得多麼乾燥暗沉，就知道小馬終究沒救了。他在狗兒和牛隻身上都曾看過那暗沉的毛色，那是明確徵兆。他重重坐在木箱上，打開欄廄柵門，眼睛盯著傷口好長一段時間，最後他打起盹來，下午時間很快就過去。天快黑前，母親帶給他一盤燉菜後便離開，喬迪吃了一點。當天色全黑，他把提燈放在小馬頭邊地上，這樣就看得見傷口，才能保持它暢通。他又打起盹，直到夜晚寒氣把他凍醒。風吹得兇猛，帶來北方的冰冷。喬迪從乾草堆的床鋪拿了一條毛毯裹住自己。最後加比蘭的呼吸變得平靜，喉嚨孔洞輕微顫動。貓頭鷹飛過乾草棚，啾啾地搜尋老鼠。喬迪把手遮在頭上睡著了，他在半夢半醒間察覺風變大了，聽到畜棚附近發出砰的一聲。

他醒的時候天已經亮。畜棚門敞開擺盪，小馬不見了。他跳起來衝進晨光中。

小馬蹤跡眞是夠顯眼的。嫩草表面結了像霜一樣的露水，在兩條輪胎印間留下幾道馬蹄的小拖痕，它們走向半山腰的灌木叢。喬迪拔腿狂奔追了過去。陽光照亮突出地面、到處都是尖銳的白石英。當他跟隨這明顯蹤跡時，一道黑影穿過面前。他抬頭看到黑鷲在高空盤旋，那慢慢轉動的圓圈愈來愈低，冷峻飛鳥很快就消失在山脊後面。喬迪這時跑得更快，驚恐而憤怒地使勁全力。蹤跡最後進入灌木叢，沿著鼠尾草裡的一條蜿蜒路線而去。

喬迪跑到山頂上喘不過氣來。他停下腳步，大口呼吸，脈搏震得耳朵砰砰響。然後他看到要找的東西了。在下方灌木叢間的一小塊空地，小馬躺在那裡。喬迪從遠方可以看見牠的腿緩慢抽搐，黑鷲圍成一個圓圈站著，就等牠們熟悉的斷氣時刻。

喬迪往前一躍衝下山坡。潮濕地面拖慢了腳步，灌木叢阻擋了視線。當他抵達時，一切都太遲了。帶頭的黑鷲站在小馬頭上，舉起的鳥喙滴下深色眼液。喬迪像貓一樣衝進圓圈，黑鷲像烏雲般成群飛起，但在小馬頭上的那隻大鳥動作太慢。當牠往前跳躍起飛時，喬迪抓住翅膀尖端把牠拉下來。牠的個頭幾乎跟他一樣大，沒被抓住的翅膀就像木棍般砸在他臉上，但他就是不放手。鳥爪緊抓他的腿，翼角重擊他腦袋兩側。喬迪用空出來的那隻手盲目摸索，手指找到那掙扎的鳥頸。紅色鳥眼盯著他的臉，沉著、大膽而兇猛；光禿鳥頭左右扭動，張開的鳥喙吐出一股腐臭液體。喬迪抬起膝蓋壓住大鳥身軀，一隻手抓住牠脖子往地上按，另一隻手摸到一塊尖銳白石英。第一擊打破鳥喙側邊，暗紅血液從彎曲堅韌的嘴角噴出。他又重擊一次，但失手了。大膽紅眼仍盯著他，冷酷、無懼又超然。他一次又一次重擊，直到那黑鷲死去，鳥頭成了一灘紅色爛泥。他被比利．巴克拉起時還在重擊那死鳥，比利將他緊緊抱住，安撫他全身的顫抖。

卡爾・提夫林用一條紅手帕擦掉男孩臉上的血跡，喬迪現在虛弱平靜。父親用腳尖挪開黑鷲。「喬迪，」他解釋，「不是黑鷲殺死小馬的，你不知道嗎？」

「我知道。」喬迪疲倦地說。

生氣的是比利・巴克。他已經把喬迪抱進懷裡，轉身要帶他回家，但他回頭面對卡爾・提夫林。「他當然知道，」比利怒氣沖沖，「天啊！老兄，你看不出來他對這件事情的感受？」

2 大山

一個熱烘烘的仲夏午後，小男孩喬迪在牧場到處找事做。他去畜棚拿石頭砸屋簷下的燕巢，直到每個小泥窩都被打破，內層麥稈和髒污羽毛全掉下來為止。他又去屋子那邊，把走味的乳酪裝在捕鼠夾上，放到那隻好脾氣雜種大狗達伯崔會夾到鼻子的地方。喬迪並非出自惡意，他只是對漫長的下午感到無聊。達伯崔傻傻地把鼻子貼近捕鼠夾，接著啪的一聲，牠發出痛苦尖叫，鼻頭流血兼一跛一跛地走開。達伯崔不管身上何處受傷都會跛腳走路，這只是牠的習慣動作。當牠還小的時候，曾有一次被抓土狼的捕獸夾夾住，從此以後就算被罵也會跛腳走路。

當達伯崔哀嚎時，喬迪的母親在屋裡喊道：「喬迪！別再折磨那隻狗，找些事情做。」

喬迪覺得老大不爽，所以朝達伯崔丟一塊石頭。他從門廊拿來自己的彈弓，往山坡上的灌木叢走去，想嘗試打一隻鳥下來。這是一把很好的彈弓，上面綁著商店裡買來的橡皮筋，但喬迪雖然經常去打鳥，卻從沒打中一隻。他走過菜園，赤裸的腳趾踢進塵土裡，隨即在路上發現一顆完美的彈丸：圓形石頭稍微扁平，重量足夠飛越空中。他把石頭捏在彈弓皮兜裡，繼續走向灌木叢。他瞇著眼睛，嘴巴唸唸有辭，這是當天下午他第一次全神貫注。小鳥在鼠尾草綠蔭下活動，牠們在落葉上沙沙漫步，偶爾慌亂飛個幾呎，隨後又漫步起來。喬迪拉起彈弓，小心前進。一隻小鶇鳥停下看他，蹲伏身子準備起飛。喬迪悄悄靠近，一步比一步走得更慢。當他距離二十呎遠，謹慎舉起彈弓瞄準。石頭颼一聲出去，鶇鳥驚嚇竄起，正好飛向彈道。小鳥被打碎腦袋，掉落下來，喬迪於是跑過去撿起牠。

「喔，被我打中了。」他說。

這鳥死後看起來比活的時候還小。喬迪覺得有一點反胃，所以他拿出小刀把鳥頭切掉。然後他除去內臟，生火燒烤翅膀，最後把所有殘骸都丟進灌木叢。他不在乎那隻鳥或牠的生命，但知道大人看到他殺鳥會說些什麼；他因爲大人可能發表的看法而感到慚愧，決定盡可能趕快忘掉這整件事，並且絕口不提。

山丘在這季節十分乾燥，放眼盡是金黃野草，但冷泉注入圓木桶的那地方泉水四溢，周圍一片青蔥，長出鮮嫩多汁的綠草。喬迪從生苔的木桶喝了些水，在冰冷水中洗掉手上鳥血，然後躺在草地上，仰望夏日團團雲朵。他閉起一隻眼睛壓縮視覺，讓雲朵看來像是觸手可及，這樣就能伸出手指戳到它們。他幫忙微風將雲朵推過天空；就他看來，雲朵在他協助下跑得更快了。一大團白雲被他推過山頭，穩穩當當飛越過去，消失在視線外。喬迪想知道那雲朵看到什麼，他坐起身子，望向那層層堆疊的大山，愈高愈顯得隱晦荒涼，直到成爲矗立西邊的一道崢嶸山脊。令人好奇的神秘大山，他想到自己對它們認知不多。

「另一邊是什麼地方？」他有一次問父親。

「我想是更多的山。怎麼啦？」

「然後它們另一邊呢？」

「更多的山。爲什麼問？」

「不斷有更多的山？」

「喔，不。最後你會到達海洋。」

「但山裡面有什麼？」

「只有峭壁、灌木叢和岩石，極度乾燥。」

「你去過山裡嗎？」

「沒有。」

「有任何人去過山裡嗎？」

「我想有一些人去過。山裡的峭壁和那些東西很危險。嗯，我曾讀過，蒙特雷郡山區未開拓的荒野，比美國任何地區都還多。」他父親似乎驕傲地認為本該如此。

「最後是海洋？」

「最後是海洋。」

「但是，」男孩追問，「在那之間呢？沒人知道？」

「喔，我想有一些人知道。但那裡沒什麼可取的東西，而且沒多少水，只有岩石、峭壁和灌木叢。嗯？」

「如果能去就好了。」

「為什麼？那裡可沒東西。」

喬迪知道那裡有某種東西，非常奇妙的東西，因為它是不為人知的某樣神秘東西。他心裡可以感覺到。他對母親說：「你知道大山裡有什麼嗎？」

她看看他，轉身回到旺盛爐火前，說：「我想只有熊。」

「什麼熊？」

「那就是為什麼有人要上山看看他能見到什麼。」

喬迪去問牧工比利·巴克，山上是否可能有失落的古老城市，但比利同意喬迪父親的看法。

「不可能，」比利說，「那裡沒食物，除非有一種人可以靠吃岩石在那裡過活。」

那是喬迪曾經得到的所有資訊，也使得大山對他而言顯得既親切又可怕。他曾想像連綿數哩的山脊，最後抵達海洋。當山峰在一大清早呈現粉紅，它們邀請他前往探訪；當太陽在傍晚落到山脊後，紫紅的重重高山令人絕望，喬迪又覺得害怕起來。它們的沉靜是一種威脅，那麼拒人於千里之外。

現在他轉頭面向東邊的加比蘭山脈，它們是宜人的山群，丘陵谷地有牧場，山頂長滿松樹。人們都居住在此，山坡上曾發生抵禦墨西哥人的戰爭。他立刻回頭看看大山，那反差令他顫抖了一下。在他下方，家裡牧場所處的丘陵谷地陽光普照，高枕無憂。白色房屋熠熠生輝，褐色畜棚溫暖無比。遠處山坡上的成群紅牛緩緩北移吃著牧草。甚至工舍旁的那棵深鬱柏樹也一如往常，而且令人心安。雞群在庭院裡踏著輕快步伐，四處走動。

*

後來一個移動的人影吸引喬迪目光。那人慢慢越過山頭，走在從薩利納斯鎮過來的路上，朝向牧場房屋前進。喬迪起身也往山下屋子走去，因爲若有人來到，他想在現場目睹。當男孩到達房屋時，走路的人還在半途上，那是個瘦削的男人，肩膀挺得直直的。喬迪看出他是個老人，因爲他的腳跟拖過地上，走得顚簸艱辛。更接近時，喬迪看到他穿藍色牛仔褲，還有一件相同布料的外套，腳上穿一雙笨重鞋子，頭戴一頂陳舊的平帽簷牛仔帽。他肩上背著一個粗麻布袋，裡面塞得凹凸鼓脹。沒過多久，他已經步履艱辛地走到夠近的距離，所以能看清他的臉。那張臉像乾牛肉一樣黑，嘴上那道斑白鬍鬚和黑皮膚形成對比，他的頭髮也是白的，從脖子上就看得出來。他臉上皮膚緊緊綳住頭骨，頭型分明，沒有肌肉，使得鼻子與下巴似乎顯得特別突出脆弱。那對大眼深邃烏黑，眼皮服貼在眼珠子上，虹膜和瞳孔合爲一體，而且非常的黑，但眼球是黃褐色的。那張臉上完全沒有皺紋。這老人藍色牛仔外套的銅扣一直扣到喉頭，就像所有不穿襯衫的人那樣的穿法。袖口露出枯瘦強健的手腕，雙手粗糙，關節腫大，如同桃子樹枝那般結實，指甲長得平鈍光亮。

老人走近圍牆柵門，當他遇上喬迪時將麻布袋甩下肩頭。他的嘴唇微微振動，發出輕柔冷淡的嗓音。

「你住在這兒？」

喬迪害羞起來。他回頭看看屋子，再轉頭望向父親和比利·巴克所在的畜棚。「是的，」他說，因爲這兩個方向都沒人來相助。

「我回來了，」老人說。「我是吉塔諾，我回來了。」

這會兒喬迪沒辦法承擔眼前的責任，於是唐突地轉身跑向屋子求助，紗門在他身後砰一聲關上。母親在廚房裡正咬著下唇集中精神，用一根髮夾清通漏勺上面堵住的孔洞。

「有一個老人，」喬迪激動地喊。「有一個老鄉下人，他說他回來了。」

母親放下漏勺，將髮夾插在水槽擋板後面。「這會兒又怎麼啦？」她耐心地問。

「有個老人在外面。快出來。」

「喔，他想要什麼？」她解開圍裙綁帶，用手指撥理頭髮。

「我不知道。他走路來的。」

母親撫平自己衣服後出去，喬迪跟在後面。吉塔諾仍待在原地。

「請問有何貴幹？」提夫林太太詢問。

吉塔諾脫下他陳舊的黑帽，用兩手握在身前。他重複說：「我是吉塔諾，我回來了。」

「回來？回到哪兒？」

吉塔諾站得直挺的身子稍微前傾，右手繞著周圍坡地、農田和山丘指了一圈，最後握回帽子。

「回到牧場。我出生在這兒，我父親也是。」

「這裡？」她盤問。「這裡不是什麼老地方。」

「不，是那兒，」他說，同時指向西邊山脊。「在另一邊的那裡，有一棟已經不存在的屋子。」

最後她懂了。「你是指那棟幾乎被沖蝕殆盡的泥磚屋，是嗎？」

「是的，夫人。當牧場破產後，他們不再給泥磚屋補石灰，雨水就把屋子沖蝕掉了。」

喬迪的母親沉默一陣，一股莫名的思鄉情緒湧上心頭，但她很快就擺脫掉。「那你現在來這兒想做什麼，吉塔諾？」

「我要待在這裡，」他悄悄地說，「直到我死掉。」

「可是我們這裡不需要額外人力。」

「我做不動粗活了，夫人。我可以幫忙擠牛奶、餵雞、砍一些木柴，除此之外就沒辦法。我會待在這裡。」他指著身旁地上的痲布袋。「這些是我的東西。」

她轉向喬迪。「快去畜棚叫你父親。」

喬迪匆匆離開，回來時卡爾・提夫林和比利・巴克跟在後面。老人就像先前一樣站著，但現在他在休息，整個身子放鬆不動。

「怎麼回事？」卡爾・提夫林問。「為什麼喬迪那麼激動？」

提夫林太太指向老人。「他要留在這裡。他想做一些工作，並且待下來。」

「喔，我們不能雇他，我們不需要更多人力。他太老了，比利可以做我們需要的所有工作。」

他們就在他面前討論，彷彿他並不存在。接著，他們突然都支吾起來，尷尬地看著吉塔諾。

他清一清喉嚨。「我老到不能工作了，所以回來我出生的地方。」

「你不是出生在這裡。」卡爾明白說。

「沒錯，我出生在山頭後面的泥磚屋。這裡在你們來以前是一整個牧場。」

「在那全都崩壞的泥磚屋？」

「是的，我和我父親。現在我要留在牧場上。」

「我告訴你，你不能待下來，」卡爾生氣地說。「我不需要一個老人。這裡不是大牧場，我沒辦法提供食物和醫療支出給一個老人。你一定有親戚和朋友，去找他們。你現在就像在乞求投靠陌生人。」

「我出生在這裡。」吉塔諾耐心固執地說。

卡爾・提夫林不喜歡表現得冷漠無情，但他覺得有這必要。「你今晚可以在這裡用餐，」他說。「你可以睡舊工舍的小房間，我們早上會提供你早餐，然後你必須離開。去找你朋友，別死在陌生人身邊。」

吉塔諾戴上他的黑帽，彎腰撿起麻布袋。「這些是我的東西。」他說。

卡爾轉身離開。「來吧，比利，我們得做完畜棚的工作。喬迪，帶他去工舍的小房間。」

他和比利朝畜棚走回去。提夫林太太走進屋裡，同時撇頭說：「我會送些毛毯過去。」

吉塔諾面帶疑惑看著喬迪。「我帶你去房間。」喬迪說。

在工舍小房間裡，有一張鋪了簡陋床墊的帆布床，一個蘋果箱上擺著一盞馬口鐵提燈，還有一張沒椅背的搖椅。吉塔諾將自己的帆布袋小心放在地上，然後坐到床上。喬迪怯怯地站在房間裡，猶豫著沒有離開。最後他說：「你從大山過來的嗎？」

吉塔諾緩緩搖頭。「不，我從薩利納斯山谷一路走來。」

下午的思緒讓喬迪不願走開。「你有沒有去過後面那邊的大山？」

年邁黑眼逐漸定住，目光轉往藏在吉塔諾腦海裡的那些歲月。「有一次——當我還是小孩時，我和父親去過。」

「朝後面走去，完全進入山區？」

「是的。」

「那裡有什麼?」喬迪喊道。「你有看到任何人或房子嗎?」

「沒有。」

「噢,那麼,那裡有什麼?」

吉塔諾的目光依然注視著內心,額頭稍微使勁皺了一下。

「你在山裡看見什麼?」喬迪又問。

「我不知道,」吉塔諾說。「我不記得了。」

「是不是既可怕又乾燥?」

「我不記得。」

喬迪在興奮下拋開羞澀。「你還記得任何關於大山的事嗎?」

吉塔諾要開口說話,但嘴巴一直張著等待腦海找到說辭。「我認爲它很安靜——我認爲它還不錯。」

吉塔諾的目光似乎在過去歲月裡找到某樣東西,因爲他的眼神變得柔和,似乎還閃過一絲微笑。

「你沒有再去過大山?」喬迪追問。

「沒有。」

「你沒想過要再回去？」

然而吉塔諾的表情變得不耐煩了。「不，」他說話的語調告訴喬迪，他不願意再談下去。男孩被一種古怪的魅力所迷惑，他不想離開吉塔諾。他的羞怯又回來了。

「你願意到畜棚看看牲口嗎？」他問。

吉塔諾起身戴上帽子，準備跟過去。

現在快到傍晚，他們站在裝滿水的飲水槽附近，馬匹正從山坡那兒過來喝水。吉塔諾把自己那雙變形的大手靠在柵欄上。五匹馬過來喝水，然後站在附近啃咬泥土，或用牠們側腹磨蹭變得光滑的柵欄木桿。牠們喝完水後過了很久，一匹老馬出現在山頭，吃力地走下來。牠有長長的黃牙，馬蹄像鐵鍬般又平滑尖利，肋骨和髖骨在皮膚下清晰可見。牠蹣跚走向飲水槽，喝水時發出響亮的咂聲。

「牠是老馬伊斯特，」喬迪解釋。「那是我父親擁有的第一匹馬，牠有三十歲了。」他望著吉塔諾那雙老邁眼睛等待回應。

「沒用處了。」吉塔諾說。

喬迪的父親和比利・巴克離開畜棚走過來。

「老到不能工作，」吉塔諾又說。「只會吃，很快就要死了。」

卡爾・提夫林聽到最後幾個字，他自己都討厭對待老吉塔諾的冷漠無情，所以他又再次變得冷酷。

「可惜沒射死伊斯特，」卡爾說。「那會幫牠省掉許多病痛和風濕痛的折磨。」他偷偷瞄著吉塔諾，看他是否注意到這比喻，但那瘦骨如柴的大手動也不動，黑眼目光也沒從老馬身上移開。「老傢伙應該要擺脫他們的苦難，」喬迪的父親繼續說。「只要一槍，一聲巨響，也許腦袋上一陣劇烈疼痛，一切就結束。那比全身僵硬和牙齒酸痛要來得好。」

比利．巴克插話進來，「經過一生的工作後，牠們有權休養。也許牠們就喜歡到處走走。」

卡爾打從剛才就一直盯著那皮包骨的老馬。「你現在無法想像伊斯特過去的模樣，」他溫柔地說。「挺直的脖子、豐厚的胸膛、健美的身軀，牠能跨過五條橫桿的柵門。我十五歲時騎牠贏過一場平地賽，其實我任何時候都能為牠贏得兩百元，你絕對想不到牠以前有多漂亮。」他克制自己，因為他嫌棄溫柔。「但牠現在應該被射死。」他說。

「牠有權休養。」比利．巴克堅持。

喬迪的父親有個幽默的想法，他轉向吉塔諾。「如果山坡長得出火腿肉和雞蛋，我也能牽你去放牧，」他說。「但我家廚房不能提供你放牧。」

兩人往房屋走去時，他為此笑著對比利．巴克說：「如果山坡長得出火腿肉和雞蛋，對我們大家都是好事。」

喬迪知道父親在試探吉塔諾的痛處，他以前就經常在試探。父親知道男孩身上的每個痛處，用簡短一句話就能狠狠刺痛他。

「他只是說說而已，」喬迪說。「他不是眞的有意要射殺伊斯特。他喜歡伊斯特，那是他至今擁有的第一匹馬。」

太陽落到矗立在西邊的大山後面，牧場沉靜下來。吉塔諾似乎顯得比下午時更自在。他用嘴唇發出一聲奇特的尖銳聲響，將一隻手伸過柵欄。老伊斯特僵硬地走向他，吉塔諾摸摸鬃毛下枯瘦的馬頸。

「你喜歡牠嗎？」喬迪輕聲問。

「是啊——但牠狀況糟透了。」

三角鐵在屋子那邊響起。「晚餐好了，」喬迪喊道。「過來吃晚餐。」

當他們走向房屋時，喬迪再次注意到吉塔諾的身子就像年輕人一樣直挺，只有從他顚簸的動作和腳跟拖地看得出他老了。

火雞吃力飛到工舍旁那棵柏樹的低矮樹枝上。一隻肥嘟嘟的牧場貓穿過馬路，抓了一隻體型大到尾巴都拖在地上的老鼠。山坡上有隻鵪鶉還在發出清澈鳴叫。

喬迪和吉塔諾來到後面臺階，提夫林太太透過紗門看著他們。

「動作快，喬迪。進來吃飯，吉塔諾。」

卡爾和比利・巴克在鋪油布的長桌上已經開始吃飯。喬迪沒搬開椅子就溜上自己座位，但吉塔諾手握帽子站著，直到卡爾抬頭說：「坐下，坐下，你該塡飽肚子再上路。」卡爾就怕自己心軟，讓這老人留下，所以他繼續提醒自己別這樣做。

吉塔諾把帽子放在地板上，客客氣氣坐下。他搆不到放食物的盤子，卡爾必須遞過去給他。「拿去，塡飽自己。」吉塔諾吃得非常慢，把肉切成很小塊，將馬鈴薯泥在盤中分成小團。這狀況仍不會讓卡爾・提夫林停止發愁。「你在這兒附近沒有任何親戚嗎？」他問。

吉塔諾帶著些許自豪說：「我的妻舅住在蒙特雷鎭，我也有表親住在那兒。」

「喔，你接下來可以去那裡過活。」

「我出生在這裡。」吉塔諾以溫和責難的口氣說。

喬迪的母親從廚房進來，捧著一大碗西米布丁。

卡爾對她咯咯地笑。「我有沒有告訴你，我對他說了什麼？我說如果山坡長出火腿肉和雞蛋，我會牽他去放牧，就像老伊斯特一樣。」

吉塔諾動也不動盯著自己盤子。

「他不能留下的話就太遺憾了。」提夫林太太說。

「你現在什麼都別提。」卡爾不高興地說。

用完餐後，卡爾、比利・巴克和喬迪去客廳坐一會兒，但吉塔諾沒說一聲告辭或謝謝，就穿過廚房從後門出去。喬迪坐著偷偷看他父親，他知道父親有多生氣。

「這地區到處都有這種老鄉下人。」卡爾對比利・巴克說。

「他們是很有用的人，」比利爲他們辯護。「他們可以比白人工作到更老。我曾看過他們其中一個是一百零五歲，還能騎一匹馬。你不會看到一個白人像吉塔諾那樣老時，還能走上二十或三十哩。」

「喔，他們是很硬朗，沒錯，」卡爾同意。「喂，你也站在他那一邊？聽著，比利，」他解釋，「我的日子過得夠辛苦了，才能維持這牧場沒被義大利銀行收走，所以不能再負擔其他任何人的伙食。你知道的，比利。」

「我當然知道，」比利說。「如果你有錢，那又另當別論。」

「這就對了，而且他不像沒有親戚可以投靠。他有妻舅和表親們住在蒙特雷鎭，爲什麼我該爲他擔心？」

喬迪靜靜坐著聽，他似乎聽到吉塔諾溫和的嗓音不容置疑說著：「但我出生在這裡。」吉塔諾神秘得就像大山一樣。那裡放眼望去都是層層山脊，但在天際線上堆積起來的最後一道山脊背後，是一個全然未知的龐大國度。吉塔諾是個老人，但你注視那暗沉的黑眼，會發現在它們深處有某樣未知的東西。他的話不多，讓你猜不透那眼睛底下藏了什麼。喬迪覺得自己無法抗拒地被吸引前往工舍，他在父親說話時從椅子上溜開，一聲不響走出門。

這天夜色十分黑暗，遠方聲響清晰可聞，山頭後方郡道上傳來伐木工班的馬軛鈴聲。喬迪選擇穿過漆黑的庭院，他能看見工舍小房間的窗子透出燈光。因為黑夜相當隱密，他悄悄走向窗子往裡面瞧。吉塔諾坐在搖椅上，背對窗子，右手臂在自己面前緩緩來回擺動。喬迪推開門走進去，吉塔諾驟然挺直上身，抓起一塊鹿皮想丟到膝上遮住一件東西，但鹿皮滑掉了。喬迪看到吉塔諾手中的東西，驚呆站著，那是一支細長漂亮的刺劍，它有金色的籠手握柄，劍身就像一道薄薄的黑光，握柄雕刻細膩複雜。

「那是什麼？」喬迪追問。

吉塔諾只是忿恨地瞪他，撿起滑落的鹿皮，緊緊裹住那把漂亮的劍。

喬迪伸出手。「我能看看嗎？」

吉塔諾的眼睛藏著怒火，他搖搖頭。

「你從哪裡得到的？它從哪裡來的？」

吉塔諾現在仔細瞧著他，似乎正在考慮。

「我父親給我的。」

「哦，他從哪裡得到的？」

吉塔諾低頭看著手中長長的鹿皮包裹。

「我不知道。」

「他從沒告訴你？」

「沒有。」

「你用它做什麼？」

吉塔諾看來有一點驚訝。「沒做什麼，只是收藏著。」

老人慢慢揭開那閃亮的劍身，讓燈光在上面躍動一會兒，然後又將它裹住。「你走吧，我想睡覺。」

「能不能讓我再看一眼？」

他幾乎在喬迪還沒關上門前就吹熄油燈。

當喬迪走回屋子時，他明白了一件事，比他以前所知的任何事都還要明確。他一定不能告訴任何人吉塔諾有這把劍，將它說出來是件可怕的事，因爲那會摧毀眞相的脆弱結構，眞相會因此四分五裂。

穿過黑暗的庭院時，喬迪遇見比利・巴克。「他們正納悶你上哪裡去了。」比利說。

喬迪溜進客廳，父親轉向他。「你剛才去哪裡？」

「我只是出去看看新放的捕鼠器有沒有抓到老鼠。」

「該上床睡覺了。」他的父親說。

*

喬迪在早上是第一個上餐桌的人，然後父親進來，最後是比利・巴克。提夫林太太從廚房望過來。

「老人在哪兒，比利？」她問。

「我想他是出去散步，」比利說。「我看了看他房間，人不在裡面。」

「也許他是提早出發去蒙特雷鎮，」卡爾說。「有很長一段路要走囉。」

「不，」比利解釋。「他的帆布袋還在小房間裡。」

早餐後，喬迪走去工舍。蒼蠅在陽光下飛來飛去，牧場在這天早上似乎顯得特別安靜。確定沒人在盯著他之後，喬迪走進小房間，查看吉塔諾的袋子。裡面有替換用的一件棉布長內衣，一套牛仔工作服，還有三雙磨損的襪子，除此之外就沒別的東西。強烈的孤獨感襲向喬迪。他慢慢走回牧場房屋，父親站在門廊跟母親講話。

「我想老伊斯特終究死了，」他說。「我沒看到牠跟其他馬匹過來喝水。」

早上過半的時候，傑西·泰勒從山脊上的牧場騎馬過來。

「卡爾，你沒把自己那匹老灰馬給賣了吧？」

「當然沒有，為什麼這樣問？」

「嗯，」傑西說。「今天早上我很早出門，看到一件有趣的事。我看見一個老人騎一匹老馬，沒綁馬鞍，只用一條繩索當馬轡。他完全沒騎在路上，而是直接穿過灌木叢。我想他帶了一把槍，因為我最後看見他手裡拿著一樣閃亮亮的東西。」

「那是老吉塔諾，」卡爾·提夫林說。「我查查看有沒有遺失任何槍。」他走進屋裡一會兒。

「不，所有的槍都在。他朝哪個方向走，傑西？」

「哦，那就有趣了。他直條條地走進後面山區。」

卡爾笑了。「他們做小偷都不嫌老，」他說。「我想他只是偷走了老伊斯特。」

「要去追他嗎，卡爾？」

「當然不要，還幫我省了埋葬那匹馬的功夫。想不出他從哪裡弄到槍的。我不明白他回那裡要幹什麼。」

喬迪穿過山坡上的菜園，走向灌木叢邊。他的目光搜索著高聳群山——一道接一道的山脊，直到最後是海洋。片刻間，他認爲自己看到一個黑點爬上最遠的那道山脊。喬迪想到長劍和吉塔諾，然後想到大山。一種渴望觸動了他，激動得讓他想要從胸口吶喊出來。他躺到灌木叢旁，木桶附近的草地上，手臂交叉遮住眼睛，在那裡躺了很長一段時間，內心充滿莫名的遺憾。

3 承諾

一個春天下午的三點多鐘，小男孩喬迪雄糾糾地穿過夾道的灌木叢，一路走回家裡牧場。他用膝蓋撞擊盛裝午餐的提桶，把它當成絕佳的大鼓，舌頭抵住牙齒激烈振動，用它代替小鼓聲響，偶爾模擬幾聲喇叭吹奏。這一班學生瀟灑走出學校，其他人傳回的合奏聲轉往不同小山谷，分別走向通往自家牧場的道路。現在喬迪看似一個人獨自行進，高舉膝蓋用力踏步，但他身後跟著一支幽靈軍團，手上揮舞旗幟刀劍，雖然默不吭聲，卻是殺氣騰騰。

春天的午後盡是一片金黃翠綠，橡樹繁茂枝葉下的植物長得尖細高挺，山坡上的牧草平坦濃密。鼠尾草葉閃耀銀亮光輝，橡樹林梢披上黃綠冠頂。山丘洋溢著綠草芳香，馬兒在平地上瘋狂奔馳，接著停下腳步，一臉驚奇；甚至老羊跟小羊一樣，出乎預料地跳躍起來，挺直了腿著地，開始埋頭吃草；年輕魯莽的犢牛互相抵撞牛角，退後幾步再度交鋒。

當那沉默的幽靈軍團在喬迪帶領下列隊通過時，動物們停止吃草和嬉戲，目送他們走過身旁。

喬迪突然停下，幽靈軍團跟著止步，顯得困惑緊張。喬迪跪了下去，冗長不安的隊伍站了一會兒，遺憾地輕聲嘆息，升空化為一團薄霧消失無蹤。喬迪看見一隻猶如棘冠、滿身凸疣的蟾蜍在馬路陰影下移動，他伸出髒兮兮的手，從凸疣下方牢牢抓起那掙扎的小動物。喬迪接著把牠翻過身，露出淺黃肚子。他用食指輕輕撫摸喉嚨和胸部，直到蟾蜍放鬆下來，閉上眼睛，垂軟地靜止不動。

喬迪打開他的午餐桶，把第一個獵物放進去。現在他繼續前進，膝蓋微曲，縮起肩膀，赤裸光腳走得機靈無聲。他幻想右手握著一把來福槍，路旁激烈晃動的灌木叢現在突如其來聚集著幽靈猛虎和野熊。這趟狩獵相當豐盛，喬迪來到信箱杆所在的叉路口之前，已經又多捉到兩隻蟾蜍、四隻小草蜥、一條藍蛇、十六隻綠翅蚱蜢，還從石塊下翻出一隻濕漉漉的褐色蠑螈。各式各樣的獵物在裡面不開心地扒抓午餐錫桶。

在叉路口上，來福槍煙消雲散，山坡上的猛虎和野熊化爲烏有，甚至午餐桶裡那些濕黏不安的獵物也都不復存在，因爲信箱的紅色小旗桿升起，代表裡面有郵件。喬迪將提桶放到地上，打開信箱。裡面有蒙哥馬利・沃德公司的郵購目錄，還有一本《薩利納斯週刊》。他啪地關上信箱，拿起午餐桶，越過山脊，奔向農場所在的山谷。他跑過畜棚、用完的乾草堆、工舍和柏樹，砰一聲衝進房屋前的紗門，喊道：「媽媽！媽媽！有一本目錄寄來！」

提夫林太太在廚房裡，正在將凝固的牛奶舀進棉布袋。她擱下手邊工作，在水龍頭下沖洗雙手。「在廚房，喬迪。我在這兒。」

他跑進廚房，把午餐提桶鏗鏘放在水槽上。「你瞧。媽媽，我可以打開目錄嗎？」

提夫林太太又拿起杓子，回去做她的茅屋乳酪。「別弄不見，喬迪，你爸爸會想看它。」她刮起最後的牛奶倒進袋子。「喔，喬迪，爸爸要你做雜務前先去找他。」她揮手趕走乳酪袋上亂飛的蒼蠅。

喬迪擔心地合上那本新目錄。「媽媽？」

「你沒聽見嗎？我說你爸爸要找你。」

男孩將目錄輕輕放到水槽邊。「請問——我是不是惹了什麼麻煩？」

提夫林太太笑了。「你總會心虛。你幹了什麼好事？」

「沒有，媽媽。」他說得不太確定。但他想不起來，此外也不可能知道什麼舉動後來會鑄成錯誤。

母親把裝滿的袋子掛到一個釘子上，好讓水能滴進水槽。「他只說你回家時要見你。他應該在畜棚那邊。」

喬迪轉身走出後門。聽到母親打開午餐桶，憤怒得喘不過氣來的反應，一個回憶刺痛了他，於是他跑去畜棚，故意當作沒聽見那從屋裡傳來怒喊他的聲音。

卡爾・提夫林和牧工比利・巴克站在山坡下方的牧草地圍欄邊，他們都把一隻腳踏到最下面一條橫桿，手肘撐在最高的橫桿上，兩人漫無目的地輕鬆交談。幾匹馬心滿意足地在啃咬香甜牧草，母馬奈莉背對柵門站著，用屁股磨蹭粗重木樁。

喬迪不安地從側面靠近。他拖著一隻腳走路，刻意表現沒幹壞事、一派輕鬆的模樣。來到兩人身邊後，他把一隻腳踏到最下面的橫桿，手肘撐在第二根橫桿上，然後也往牧草地裡瞧。兩人撇頭看了他一眼。

「我要找你。」卡爾以專門對付小孩和動物的嚴厲口吻說。

「是的，爸爸。」喬迪自認有錯地開口。

「喂，比利說你在小紅馬死前有好好照顧牠。」

沒有責罵的語氣。喬迪變得大膽些。「是的，爸爸，的確如此。」

「比利說你對馬很有耐心。」

喬迪突然對這位牧工倍感溫馨。

比利插話說：「他訓練小紅馬跟我見過的任何人一樣拿手。」

卡爾·提夫林漸漸說到重點。「如果能再擁有一匹馬，你願意為這事幹活？」

喬迪顫抖起來。「是的，爸爸。」

「好，那麼注意聽著。比利說讓你成為馴馬好手的最佳方法，就是去養育一匹小馬。」

「這是唯一的方法。」比利插嘴。

「現在聽著，喬迪，」卡爾繼續說。「上面山脊牧場的傑西·泰勒有一匹漂亮的種馬，不過代價是五塊錢。我會先出這筆錢，你必須工作整個夏天來償還。你做得到嗎？」

喬迪內心感到畏縮。「是的，爸爸。」他輕聲說。

「不能抱怨？不能忘記你被吩咐去做的事？」

「是的，爸爸。」

「嗯，那就這樣。你明天早上帶奈莉到上面的山脊牧場讓她受孕，同時你也得照顧她，直到她生出小馬。」

「是的，爸爸。」

「你現在最好去餵雞和撿木柴。」

喬迪悄悄離開。走過比利·巴克身後時，他貼近過去伸手，摸一下那雙穿藍色牛仔褲的腿。男孩微微擺晃肩膀，充滿了我長大了的驕傲。

他以前所未見的認眞態度去做自己的工作。這天晚上，他沒把整罐穀粒倒下去，害得雞群得互相交疊爭搶；他沒這麼做，而是仔細把穀粒灑得老遠，反倒讓母雞們遍尋不著。他回到屋裡，聽過母親教訓，質問是誰把黏乎乎、快窒息的爬蟲與昆蟲裝滿午餐桶，那些小孩眞令人失望，他則保證絕不再犯。實際上，喬迪覺得過去這些愚蠢行爲都已被拋棄，自己成熟到不會再把蟾蜍放到午餐桶裡。他撿來的橡木枝堆得實在太高，母親走進來時都怕弄塌。當他做完雜務，將好幾星期沒找出來的雞蛋都收集到後，他又走過柏樹和工舍，朝著牧草地過去。一隻滿身凸疣的胖蟾蜍透過水底望著他，那也絲毫不影響他的心情。

沒看見卡爾．提夫林和比利．巴克，但從畜棚另一邊傳來金屬牛鈴聲，可以知道比利．巴克正要開始擠牛奶。

其他馬匹往牧草地上方盡頭走，正要過去吃草，但奈莉繼續焦躁地磨蹭木樁。喬迪慢慢走近，說著：「乖女孩，乖，奈莉。」母馬耳朵頑皮地往後轉，咧嘴露出口中黃牙，她轉過頭來，眼神失焦且狂熱。喬迪爬到柵欄上，用腳勾住橫桿，像一個父親看孩子一般地看著母馬。

他坐在那兒時夜色降臨，蝙蝠和夜鷹到處飛舞。比利．巴克提著滿滿一桶牛奶走向房屋，他看見喬迪時停下腳步。「還要等好長一段時間，」他溫和地說。「你會等到非常不耐煩。」

「不，我不會。比利，那要等多久？」

「將近一年。」

「喔，我不會不耐煩。」

三角鐵在屋子那邊刺耳響起。喬迪從柵欄上爬下來，跟比利·巴克一起走去吃晚餐，他甚至伸手幫忙提牛奶桶。

隔天早上用餐後，卡爾·提夫林將一張五元鈔票用報紙包住，拿別針別在喬迪的工作褲口袋裡。比利·巴克給奈莉套上轡繩，牽出圍欄。

「現在小心了，」他提醒。「牽在這邊靠上面的地方，她就沒辦法咬到你。她像個黑鴨一樣瘋瘋癲癲。」

喬迪直接牽住籠頭，往山脊上的牧場出發，奈莉輕佻地一擺一扭跟在後面。沿途牧草地上，野生燕麥的穗頭才剛冒出葉鞘。溫暖的早晨陽光照在喬迪背上是如此愜意，他情不自禁伸直了腿單腳跳躍，拋開自己長大了這回事。柵欄上閃亮的紅肩黑鳥發出卡嗒卡嗒的乾澀鳴叫，草地鷚的吟唱此起彼落，野鴿藏身在茂密橡樹葉中，發出一種有所節制的悲鳴。兔子蹲伏在牧場裡曬太陽，只剩分叉的耳朵露在牧草上方。

經過一個小時不斷往山上走，喬迪轉入一條小徑，通向山脊牧場的陡峭山丘。他能看到矗立在橡樹林上的紅色畜棚屋頂，聽見屋子附近一隻狗的冷漠吠叫。

奈莉突然猛向後扯，差一點被她逃脫。喬迪聽到畜棚那方向傳來刺耳的尖銳嘶吼，還有木頭碎裂聲響，然後是一個男人的嗓音在呼喊。奈莉用後腿站立嘶叫起來。喬迪拉住韁繩時，她咧嘴衝向男孩。他趕緊鬆手跑離小徑，躲進灌木叢裡。橡樹林後面再度傳來高聲嘶吼，奈莉回應那聲音。伴隨一陣激烈蹄聲，種馬出現眼前，拖著一條斷裂韁繩衝下山坡。牠的眼睛散發狂熱，剛烈豎直的鼻孔像火焰般透紅，光滑的黑色皮毛在陽光下閃耀。種馬跑得實在太快，來到母馬前停不下來。奈莉的耳朵朝後，在種馬經過時轉身踢牠。種馬圍著繞圈，不時後腿站立起來。牠用前蹄撞擊母馬，當母馬被撞得腳步蹣跚時，牠用牙齒劃過母馬脖子，咬到滲出血來。

奈莉的情緒立刻改變。她變得風情萬種，用嘴唇小口含咬種馬拱起的脖子，在牠周圍慢慢移動，互相磨蹭肩膀。喬迪站在半掩的灌木叢裡觀看。他聽到身後有一匹馬的腳步聲，但還來不及轉身，就被一隻手從工作褲背帶將他提離地面。傑西・泰勒把他安置到自己身後馬背上。

「你有可能丟了性命，」他說。「桑多格有時候是個難以控制的惡魔，牠剛才拉斷韁繩，衝破一道柵門。」

喬迪靜靜坐著，但立刻喊道：「他會傷害她，他會殺了她。把他趕走！」

傑西咯咯笑了。「她不會有事。也許你最好下馬，去上面屋子待一會兒。你到上面或許可以拿到一塊派餅吃。」

但喬迪搖頭。「她是我的馬，而且生下的小馬將屬於我，我要把牠養大。」

傑西點點頭。「是啊，那是好事。有時卡爾的觀念還不錯。」

沒過多久，危險解除。傑西把喬迪放下去，抓起種馬拉斷的韁繩騎在前頭，喬迪牽著奈莉跟在後面。

他拔掉別針，遞出五元鈔票，還吃了兩塊派餅，這才出發回家。奈莉溫順地跟在後面。她平靜得讓喬迪爬上一根樹樁騎到背上，回家的路程大部分都這樣被騎著走。

因爲父親預支了五塊錢，喬迪從春末到整個夏天都得付出勞力償還。收割牧草時，他牽一匹馬拖起草叉幫忙耙草；打包乾草時，他趕著馬匹帶動壓捆機，將乾草捆紮起來。此外，卡爾．提夫林教他擠牛奶，將一頭乳牛交給他負責，所以早上與晚上都增加一項新的雜務工作。

棗紅母馬奈莉很快就變得怡然自得。當她走在焦黃的山坡上，或是做著輕鬆工作時，總是翻起嘴唇露出愚蠢笑容。她動作緩慢，帶著女皇似的沉靜尊榮。加入工作隊伍時，她平穩鎮定地一同拖拉。喬迪每天都去看她，以挑剔的眼光研究她，但看不出有任何改變。

一天下午，比利．巴克將多齒的廄糞叉斜靠在畜棚牆上。他解開皮帶，把襯衫下襬塞進褲腰，再將皮帶繫緊。他從帽帶上取下一小根麥稈塞進嘴角。喬迪正幫那認眞的雜種大狗達伯崔挖一隻地鼠，當牧工漫步走出畜棚時，他挺起身子。

「我們到山坡上去看看奈莉。」比利提議。

喬迪立刻跟上他腳步。達伯崔轉頭看他們，然後牠拚命挖掘，咆哮著，發出些許尖銳叫聲，表示快抓到地鼠了。當牠再次轉頭，看見喬迪和比利都沒興趣，於是不甘願地爬出地洞，跟他們走上山坡。

野生燕麥將近成熟，每個穗頭被穀粒重量拉得明顯彎曲，牧草地已經十分乾燥，使得喬迪和比利走在上面能發出沙沙聲。他們在半山腰上可以看見奈莉和鐵灰色的閹馬皮特，牠們在小口啃咬野生燕麥穗頭。兩人接近時，奈莉看著他們，耳朵往後轉，倔強地上下擺頭。比利走向她，把手伸進鬃毛下面撫拍脖子，直到她把耳朵轉回前面，優雅地啃咬起他的襯衫。

喬迪問：「你覺得她眞的會生小馬？」

比利用食指和拇指翻開母馬的眼皮，觸摸她的下唇和硬質的黑色乳頭。「我不會因此感到意外。」他說。

「嗯，她一點都沒變，已經過了三個月。」

比利用拇指球搓揉母馬扁平的前額，她愉悅地發出呼嚕聲。「我就說你會等到不耐煩。你要看出徵兆就得再等五個多月，生出小馬至少再等八個多月，大約是明年一月。」

喬迪深深嘆口氣。「要等好久，不是嗎？」

「而且還要再過兩年多，你才能騎小馬。」

喬迪絕望喊道：「我都已經長大了。」

「是啊，到時你都是個大人了。」比利說。

「你認爲小馬會是什麼顏色？」

「哎，你沒辦法預料。種馬是黑色，母馬是棗紅色。小馬也許是黑色、棗紅色、灰色或有斑點。你沒辦法預料。有時候黑色母馬會生出白色小馬。」

「喔，我希望牠是黑色，而且是一匹公馬。」

「如果是一匹公馬，我們就得把牠閹割掉。你父親不會讓你擁有一匹種馬。」

「也許他會，」喬迪說。「我能把牠訓練到不會發狂。」

比利噘起嘴，原本在嘴角的那一小根麥稈滾到嘴巴中間。「你絕不能信任一匹種馬，」他用批評的口吻說。「牠們只會打鬥和製造麻煩，有時候瘋癲起來就不願工作。牠們使得母馬心神不寧，還會狠狠休理閹馬。你父親不會讓你養一匹種馬。」

奈莉漫步走開，啃咬起乾牧草。喬迪從一根草莖上剝下種粒，灑到空中，於是每顆帶絨毛的種子像飛鏢一樣飄出去。「告訴我小馬出生的情形，比利。是不是跟母牛生小牛一樣？」

「幾乎一樣。母馬稍微比較容易受傷，有時你需要在那兒幫助母馬，有時如果出了亂子，你必須——」他停住。

「必須怎樣，比利？」

「必須將小馬肢解取出，不然母馬會死。」

「但這次不會發生那樣的事，對吧，比利？」

「喔，不會。奈莉會順利生下小馬。」

「我能待在現場嗎，比利？你確定會叫我吧？那是我的小馬。」

「我一定會叫你。我當然會。」

「告訴我到時候的情形。」

「哎，你已經看過母牛生產，兩者幾乎相同啊。母馬開始呻吟和撐開，如果是一次順利的生產，小馬的頭和前腳會先出來，然後像小牛一樣用前蹄踢出一個破洞，接著小馬開始呼吸。最好要有人在那裡，因爲腳的位置如果不對，牠就不能踢破囊膜，那就會窒息。」

喬迪拿一束牧草拍打自己的腿。「我們到時必須在那裡，是吧？」

「喔，我們會在那裡，沒有問題。」

他們回頭朝山坡下的畜棚慢慢走去。喬迪被一件事折磨得必須講出來，雖然他並不想講。「比利，」他痛苦地說，「你不會讓小馬發生任何事，對吧？」

比利知道他想到小紅馬加比蘭，以及牠如何死於腺疫。比利知道自己在那之前絕對可靠，現在則有可能失手，這使他比以前少了許多自信。「我無法預料，」他沒好氣地說。「任何事都可能發生，那不是我的錯。我並非無所不能。」他對於自己失去信譽感覺很糟，所以保守地說：「我會就我所知盡力而爲，但我不承諾任何事。奈莉是一匹健康的母馬，以前已經生過健康的小馬，這次應該也一樣。」然後他離開喬迪身邊，走進畜棚旁的馬具室，因爲他覺得受到傷害。

*

喬迪經常走去房屋後面的灌木叢邊。一根生鏽的水管流出涓涓冷泉，落到生苔的老舊木桶裡。泉水溢出木桶滲入地面，這裡有一塊常保鮮綠的草地。甚至山坡在夏天被烘烤得枯黃時，那一小塊草地仍是翠綠的。泉水一年四季都咕嚕咕嚕緩緩流進水槽，這地方成爲喬迪活動的中心點。當他遭受處罰，潺潺流水能讓他獲得安慰；心情低落時，他待在灌木叢旁就能擺脫心裡的酸澀。當他坐在綠草地上，聽著潺潺水聲，逆境在他心靈設下的障礙都會消失。

另一方面，相較於泉水木桶的親切宜人，工舍旁的深鬱柏樹就令人反感，因爲所有豬隻遲早都會被帶到這裡宰殺。屠宰時伴隨尖叫與鮮血的場面令人震懾，喬迪的心跳如此快速，讓他覺得很不舒服。豬被放進三腳架上的大鐵鍋裡燙過，豬皮被刮洗乾淨後，喬迪就得去泉水木桶那邊坐在草地上，直到心跳平緩下來。泉水木桶和深鬱柏樹是互相對立的敵人。

比利氣呼呼離開身旁之後，喬迪轉身往上走向牧場房屋。他邊走邊想到奈莉和小馬，接著赫然發現自己走在深鬱柏樹下，就在那根吊掛豬隻的橫木下方。他撥開額頭前像乾草般的頭髮，趕緊加快腳步。對他而言，在這屠宰地點並不適合想到小馬，尤其比利剛才說了那些話。爲了消除那討厭的聯想可能帶來的任何不幸結果，他盡快走過屋子，穿越雞欄和菜園，最後來到灌木叢邊。

他坐在綠草地上，淙淙水聲傳到耳裡。他俯視牧場建築，遠眺長滿金黃穀物的圓弧山丘，看見奈莉在山坡上吃草。一如往常，水源地讓他穿越了時空隔閡。喬迪看見一匹細腿的小黑馬，緊貼在奈莉腹側央求吃奶。然後他又看見自己在訓練長大的小馬，才一會兒功夫，小馬長成胸膛厚實的壯碩駿馬，脖子高挺，拱得像海馬身軀一樣，尾巴揮舞搖擺得如同黑色火焰。這匹馬令所有人感到敬畏，只有喬迪除外。在校園裡，每個小孩都向他央求騎上馬的機會，喬迪欣然同意，但他們一騎上去就被黑神駒給拋下來。喔，是的，那是牠的名字，黑神駒！水聲、綠草和陽光瞬間回到眼前，然後……

有時在夜晚，牧場人們安穩躺在床上，聽到一陣蹄響呼嘯而過。他們會說：「那是喬迪，騎在神駒背上。他又要出動去協助警長解決麻煩。」然後……

金黃塵土瀰漫在薩利納斯競技會場上，主持人宣佈套牛比賽開始。當喬迪騎著黑馬來到起跑線，其他參賽者聳聳肩就讓出第一個欄位。因爲大家都知道，喬迪與神駒套住公牛的速度，遠比其他任何雙人團隊要快上許多。喬迪不再是個男孩，黑神駒不再是一匹馬，兩者結合成耀眼的一體。然後……

總統寫來一封信，要求他們協助逮捕一名華盛頓州的盜匪。喬迪舒服地坐在草地上，細水咕嚕咕嚕注入生苔木桶。

那年的日子過得很慢，一次次的落空讓喬迪不再期待他的小馬。奈莉身上沒發生變化，卡爾．提夫林仍駕著她拉著一輛輕馬車。當乾草要儲存到畜棚時，她還幫忙拖拉耙子和草叉。

夏天結束，接著是溫暖晴朗的秋日。早晨強風開始席捲地面，空氣中注入一股冷意，野葛也變紅了。九月某天早上，喬迪吃完早餐後，母親將他叫進廚房。她正把滾水倒進裝滿粗小麥粉的提桶，攪拌成熱呼呼的麥漿。

「什麼事，媽媽？」喬迪問。

「看我怎麼做。你明天開始每天早上都得做。」

「咦，這是什麼？」

「喔，這是給奈莉的熱麥漿，可以讓她保持健康。」

喬迪用拇指球搓揉額頭。「她還好嗎？」他小心翼翼地問。

提夫林太太放下水壺，用一根木製攪拌棒攪動麥漿。「她當然很好，只是你現在得更妥善照顧她。來，把這早餐拿給她！」

喬迪抓起提桶快跑，經過下方的工舍和畜棚，沉重的提桶砰砰地撞在膝蓋上。他發現奈莉在玩水槽裡的水，擺動著頭推出波浪，使得水都潑濺到外面。

喬迪爬過柵欄，將那桶熱麥漿放到她旁邊，接著後退盯著她看。她變了，肚子鼓脹起來，走動時腳蹄只是輕觸地面。她把鼻頭埋進提桶，大口吃著熱騰騰的早餐。吃完後，她用鼻子把提桶頂開一些，靜靜走向喬迪，用腮幫子往他身上蹭。

比利．巴克從馬具室走來。「一旦開始就變得很快，對吧？」

「她突然變成這樣？」

「喔，不，你只是有一段時間沒注意她了。」他將馬頭拉過來對著喬迪。「她脾氣也變好了，瞧她的眼睛有多溫馴！有些母馬脾氣很壞，但當牠們變溫馴的時候，什麼人牠們都愛。」奈莉把頭伸到比利的胳膊下，用脖子在他手臂和側腰間上下磨蹭。「你現在最好要非常細心對待她。」

「還要多久才出生？」喬迪屏息問。

比利竊竊數著手指。「大概還要三個月，」他出聲說。「你沒辦法準確預測。這過程有時得等上十一個月，但可能會提早兩星期，或者晚一個月，不會有任何麻煩。」

喬迪直瞪地上。「比利，」他開始擔心起來，「當牠出生時，你會叫我吧？你會讓我待在那裡，是吧？」

比利用門牙咬住奈莉的耳尖。「卡爾說他希望你從頭學起，那是學習的唯一方法。沒人能告訴你所有的事，像我老爸在馬鞍毯這件事上是怎麼對付我的。他在我還是你這年紀時爲政府趕牲口運貨，我會幫他一些忙。有一天我弄皺了馬鞍毯，讓他騎在上面很不舒服。他完全不罵我，但第二天早上要我背起一個四十磅的備用馬鞍。我得牽自己的馬，扛著那馬鞍，在太陽下走過整整一座山。那幾乎要了我的命，但我絕不再弄皺毯子。我不能再犯錯。從那時候開始我自己都不鋪毯子，但總覺得那馬鞍在我背上。」

喬迪伸一隻手抓住奈莉的鬃毛。「你會告訴我每件事該怎麼做，是吧？我認爲你懂得馬的一切，不是嗎？」

比利笑了。「當然，我自己就是半匹馬，你瞧，」他說。「我媽在我出生時死了，老爸是個政府派在山區的送貨員，大部分時間附近都沒乳牛，所以他幾乎都餵我喝馬奶長大。」他認眞繼續說，「所有馬都認得出我。你認得出我嗎，奈莉？」

母馬轉過頭，深深望著他的眼睛一會兒，這幾乎是馬不會做的一件事。比利覺得很驕傲，現在又有自信了，他自吹自擂一番。「你會得到一匹健康的小馬。我會讓你有好的開始，如果照我說的去做，你將會擁有郡上最好的一匹馬。」

這番話使得喬迪覺得既溫暖又驕傲，驕傲到走回屋子時彎著兩腿，晃著肩膀，一副騎馬人的模樣。他輕聲說：「遏！黑神駒，就是你！冷靜下來，站好。」

*

冬天明顯到了。起初先來一些陣雨，接著就是持續大雨。山丘不再是麥稈色，在雨水澆淋下整片變黑，冬天激流澎湃地湧下峽谷。蘑菇和馬勃菌紛紛冒出頭來，牧草在聖誕節前就長出嫩芽。但這年的聖誕節不是喬迪最關心的日子，在一月十日，某個不確定的時間點成了前後幾個月的變化主軸。當雨開始下起，他把奈莉安置在一處欄廄裡，每天早上餵她吃熱食，幫她梳刷皮毛。

母馬肚子大到讓喬迪開始警覺。「她到時得撐得很開。」他對比利說。

比利將他強壯的方手掌抵在奈莉隆起的腹部。「摸這裡，」他輕聲說。「你可以感覺到它在動。我猜如果是雙胞胎的話會讓你嚇一跳。」

「你不這麼認爲嗎？」喬迪喊道。「你不認爲那是雙胞胎，是嗎？比利？」

「不，我不認爲，但有時候就會發生。」

一月的頭兩週，雨下個不停，喬迪沒在學校的大部分時間都陪奈莉待在欄廄。他一天二十次將手放在奈莉肚子上，去感覺小馬的胎動。奈莉對他變得愈來愈溫馴友善。她用鼻子磨蹭他，當他來到畜棚時會輕聲嘶叫。

有一天，卡爾·提夫林陪喬迪來到畜棚。他佩服地看著那梳理漂亮的棗紅皮毛，摸一摸肋骨和肩膀上結實的肌肉。「你做得很好。」他對喬迪說。這是他所能想到最佳的讚美，喬迪事後爲此自豪了好幾小時。

到了一月十五日，小馬還沒出生；到了二十日，喬迪開始擔心得胃都揪成一團。「情況還好嗎？」他問比利。

「喔，當然。」

接著他又問，「你確定她會順利生產？」

比利摸著母馬脖子，她不自在地搖擺著頭。「我告訴過你，喬迪，生產不會都很準時。你只需要等待。」

到了月底還是沒有生產，喬迪變得心急如焚。奈莉胖到呼吸都顯得沉重，耳朵也豎直併攏，好像是在頭痛一樣。喬迪睡得愈來愈不安穩，夢境十分混亂。

二月的第二天晚上，他在半夢半醒間呼喊起來。母親對他喊說：「喬迪，你在作夢。醒過來，重新好好入睡。」

但喬迪心中充滿恐懼和憂傷。他靜靜躺了一會兒，等母親回去睡覺，然後悄悄穿上衣服，沒穿鞋子就躡手躡腳走出去。

這天夜色非常黑暗，天空下著毛毛細雨。柏樹和工舍隱約出現眼前，接著消失在迷霧裡。畜棚大門被他推開時發出尖銳聲響，白天都不會這麼刺耳。喬迪走去架子那邊，找到提燈和一盒火柴。他點亮燈芯，走過鋪著麥稈的長通道去奈莉的欄廄。她站在那兒，整個身體左搖右晃。喬迪叫她：「乖，奈莉，乖——，奈莉。」但她沒停止搖晃，也沒抬頭張望。當他走進欄廄摸她肩膀時，感覺得到她在發抖。這時比利・巴克的聲音從欄廄正上方的乾草棚傳來。

「喬迪，你在做什麼？」

喬迪嚇到後退，傷心的眼睛轉向比利躺在乾草堆裡的隱蔽處。「你覺得她還好嗎？」

「當然，我是這麼認為。」

「你不會讓任何意外發生，比利，你確定不會？」

比利朝他咆哮：「我說過會叫你，就是會叫你。你回去睡覺，別再擔心母馬。她已經夠受了，不要打擾她。」

喬迪畏縮了，因為他從沒聽過比利用這種口氣說話。「我只是覺得自己得過來看看，」他說。「我醒了。」

這時比利變得稍微溫和一些。「那麼，你去睡覺。我不要你去打擾她。我說過會幫你接生出一匹健康小馬。現在離開。」

喬迪慢慢走出畜棚。他吹熄提燈，把它放回架上。黑暗夜色和寒冷霧氣向他襲來，將他團團圍住。他希望能像小紅馬死掉以前那樣相信比利說的每句話。因爲剛才提燈的微弱火光，眼睛等了一會兒才適應黑暗。潮濕地面讓他赤裸雙腳感到冰冷。柏樹上棲息的火雞警覺地嘮叨幾聲，兩隻好狗出來克盡己職，用吠叫聲斥退牠們認爲藏匿在樹下的土狼。

穿過廚房時，喬迪絆到一張椅子。卡爾從他臥室喊說：「誰在那兒？發生什麼事？」

提夫林太太昏昏沉沉地說：「什麼事，卡爾？」

卡爾立刻拿了根蠟燭走出臥室，在回去睡覺前找到喬迪。「你在外面做什麼？」

喬迪畏縮地把頭轉開。「我去看母馬。」

一時之間，父親被吵醒的怒氣和心中的認同感彼此交戰著。「聽著，」最後他說，「這地方沒一個人像比利那樣懂小馬，你把這件事交給他。」

喬迪脫口而出，「但小紅馬死了——」

「那事不能怪他，」卡爾厲聲說。「若是比利救不活的馬，牠鐵定是沒救了。」

提夫林太太喊著：「卡爾，要他把腳弄乾淨後去睡覺。否則他明天一整天都會想睡覺。」

*

喬迪似乎才閉上眼睛試著入睡，肩膀就被人用力搖晃。比利・巴克站在他床邊，手上拿了一盞提燈。「起來，」他說，「動作快。」他轉身迅速走出房間。

提夫林太太喊說：「怎麼回事？比利，是你嗎？」

「是的，夫人。」

「奈莉要生了？」

「是啊，夫人。」

「好的，我起床去燒些熱水，以備你們萬一要用。」

喬迪火速穿上衣服，當他走出後門時，比利搖晃的提燈還沒到前往畜棚一半的距離。山頭邊緣透出些許曙光，但牧場山谷仍是一片漆黑。喬迪拚命跟著提燈跑，在比利剛到畜棚時追上了他。比利把提燈掛在欄廄旁的釘子上，脫掉他的藍色牛仔外套。喬迪看到他裡面只穿了一件無袖汗衫。

奈莉僵直站著，當他們注視的時候蹲伏下去，整個身體痙攣絞動。後來痙攣停止，但過了一會兒又開始，接著又停止。

比利焦急嘀咕說：「有一點不對勁。」他徒手伸進去。「喔，老天，」他說。「出差錯了。」

痙攣又開始，這次比利使勁拉，手臂和肩膀筋肉都鼓脹起來。他拉得非常用力，額頭滿是汗水，奈莉痛得大吼。比利咕噥著，「出差錯了，我沒辦法把牠轉過來。牠的方向不對，頭尾完全顛倒。」

他氣急敗壞看著喬迪，接著用手指仔細摸索。他的臉頰緊繃發白，探詢的眼神朝向站在欄廄後面的喬迪注視許久。然後比利走去廄糞送出口下方的架子，濕漉漉的右手撿起一把釘馬蹄鐵的鎚子。

「出去，喬迪。」他說。

男孩依然站著，不明就裡盯著他看。

「我叫你出去，不然會太遲了。」

喬迪沒動。

然後比利迅速走向奈莉的頭。他喊道：「把臉轉過去，該死的，把臉轉過去！」

這次喬迪聽話了，他把頭轉向側邊。欄廄裡傳來比利的沙啞低語，然後聽見一聲骨頭碎裂的悶響。奈莉低聲尖叫。喬迪回頭時正好看到鎚子再度舉起，落在扁平前額上。接著奈莉重重側倒下去，顫抖了一會兒。

比利跳向腫脹的肚子，手上拿著他的大折刀。他提起皮膚，將刀子刺進去，對那堅韌的腹部又切又撕。空氣中充滿溫暖內臟的噁心氣味，其他馬匹都倒退拉扯韁繩，嘶吼亂踢。

比利扔下刀子，兩隻手臂伸進那恐怖參差的洞口，拖出一大團濕淋淋的白色東西。他用牙齒在囊膜上撕開一個洞，一顆黑色小腦袋從破洞冒出，伸出滑溜潮濕的小耳朵。牠咕嚕地吸了一口氣，接著繼續呼吸。比利剝開囊膜，拿起他的刀子割斷臍帶。他抱起小黑馬看了一會兒，然後慢慢走去喬迪腳邊，將牠放在麥稈堆上。

比利的臉龐、兩臂和胸膛都滴著鮮血。他全身顫抖，牙齒打顫，嗓音也啞了，只能從喉頭發出低語。「這是你的小馬，我承諾過，而牠在這裡了。我必須這麼做——沒得選擇。」他停下來，撇頭望向欄廄。「去拿熱水和海綿，」他低聲說。「像當牠母親那樣幫牠擦拭乾淨。你得動手餵牠，你的小馬終究在這裡了，就像我所承諾的。」

喬迪傻乎乎地盯著幼馬。牠渾身濕答答的，仍在直喘氣，伸直了下巴，想設法抬起頭，那茫茫然的眼睛是灰藍色的。

「該死的，」比利喊著，「你現在可以去拿水嗎？可以嗎？」

於是喬迪轉身跑出畜棚，置身黎明之中。他從喉嚨到胃都在燒灼，兩腿僵硬沉重。他很想因爲得到小馬而感到開心，但比利滿是血跡的臉龐和咒怨疲累的兩眼一直出現在眼前。

人們的領袖

1

星期六的下午，牧工比利·巴克將去年剩餘的乾草耙在一起，用草叉一點一點拋過鐵絲網，給幾頭稍感興趣的牲口吃。高空中幾朵小雲就像大砲轟出的煙霧，被三月的風往東邊吹去。山脊上的灌木叢被吹得呼呼作響，但牧場山谷裡卻一點風也沒有。

小男孩喬迪走出屋子，吃著一片塗奶油的厚麵包。他看到比利在處理僅剩的乾草。喬迪用力拖著鞋跟走過去，他早被告誡這種走路方式會弄壞鞋子。經過那棵深鬱柏樹時，一群白鴿從樹上飛起來，繞行幾圈又停回去。一隻還沒長大的玳瑁貓從前廊跳出來，伸直腿衝過馬路，轉個頭又狂奔回去。喬迪撿起一顆石頭想加入戰局，但他動作太慢，因爲石頭還沒來得及扔出去，小貓已經躲到門廊下。他把石頭扔向柏樹，嚇得白鴿又起來飛了幾圈。

走到用盡的乾草堆，男孩倚在帶刺鐵絲網上。「你覺得，就剩那些了嗎？」他問。

細心耙草的中年牧工停下手中工作，將草叉插在地上。他脫掉自己的黑帽，抹平頭髮。「除了靠近地面受潮的以外，都用完了。」他說，把帽子戴回去，搓揉乾燥粗糙的雙手。

「應該有很多老鼠。」喬迪提醒道。

「多得是，」比利說。「成群的老鼠。」

「好吧，也許你做完後，我可以叫狗過來獵捕老鼠。」

「當然，我想你可以。」比利．巴克說。他鏟起一堆潮濕墊底的乾草，將它們往空中一拋，三隻老鼠立刻蹦出來，拚命鑽回乾草堆下。

喬迪發出一聲讚嘆，那些肥胖油亮、神氣活現的老鼠死定了。八個月來，牠們在乾草堆裡生活繁殖，躲過貓咪、捕鼠器、毒藥和喬迪，在安樂圈裡過得不亦樂乎，既蠻橫又肥滋滋的。現在災難時刻已然降臨，牠們活不到明天了。

比利抬頭眺望牧場周圍的山丘。「也許你動手前最好先問你父親。」他建議。

「哦，他在哪裡？我現在就去問他。」

「他吃過飯後騎馬去山脊牧場，應該很快就回來。」

喬迪癱靠在柵欄柱子上。「我不認爲他會在意。」

比利回去工作，同時警告說：「反正最好先問他，你知道他的脾氣。」

1本篇故事首次以單獨篇章形式收錄，實爲《小紅馬》第四章，並納入一九四五年發行之《小紅馬》單行本中。

喬迪當然知道。他的父親，卡爾·提夫林，堅持農場上的事無論重要與否，在做之前都要經過他允許。喬迪抵著柱子往下滑，直到坐在地上。他抬頭看看被風吹動的一小朵雲。「好像快下雨了，比利？」

「也許。這風看起來是，但還不夠強。」

「唉，希望在我宰了那些該死的老鼠前不要下雨。」他撇頭看看比利有沒有注意到他講大人的粗話。比利繼續工作，不予置評。

喬迪回頭望著山坡上通往外面世界的道路。三月的斜陽普照在山坡上，銀薊、藍羽扇豆和一些罌粟在鼠尾草叢間開了花。喬迪看見黑色雜種狗達伯崔在半山腰上挖掘一個松鼠洞，牠扒了一陣暫停下來，從後腿間踢出一堆泥土，認眞到完全不顧牠必然明白的一件事，那就是——從來沒有一隻狗能刨洞抓到松鼠。

喬迪凝視的時候，黑狗突然定住，然後退出洞口，朝馬路穿過的山頂隘口望去。喬迪也往山頭看，一會兒之後，卡爾·提夫林騎在馬背上的身影出現在灰藍天空前，沿著道路往牧場房屋移動，手上拿著一樣白色東西。

男孩立刻站起來。「他拿了一封信！」喬迪喊道。他往屋子跑去，因爲他希望信唸出來時人在現場。他比父親更早到達，然後跑進屋裡。他聽到卡爾爬下馬鞍的嘎吱聲，拍打馬的側腹要牠往畜棚過去，比利會在那裡卸下馬鞍再放牠出來。

喬迪跑進廚房。「我們收到一封信！」他喊。

在煮豆子的母親從鍋子裡抬起頭。「誰拿來的？」

「爸爸拿的，我看到在他手上。」

此時卡爾大步走進廚房，喬迪的母親問：「卡爾，誰寄來的信？」

他立刻皺起眉。「你怎麼知道有一封信？」

她朝男孩的方向點點頭。「了不起的喬迪告訴我的。」

喬迪覺得尷尬。

他父親低頭輕蔑地看他。「他變成了不起的傢伙，」卡爾說。「每個人的事他都管，就是不管自己的事，到處探聽事情。」

提夫林太太口吻轉爲溫和，「嗯，他沒太多事可忙呀。誰寄來的信？」

卡爾仍對喬迪皺眉頭。「如果他再不注意的話，我會讓他忙得沒完。」他遞出沒拆封的信。「我想是你父親寄來的。」

提夫林太太從頭上取下一根髮夾來撕開信封，謹愼地噘起嘴唇。喬迪看她眼睛來回在字裡行間。「他說，」她解釋，「他星期六要過來待一陣子。哦，今天是星期六，這封信一定延誤了。」她看看郵戳。「信是昨天以前寄出的，應該昨天就要收到。」她疑惑地看著丈夫，然後生氣地拉下臉。「你現在是什麼表情？他又沒常來。」

卡爾把眼睛轉開，閃避她的怒氣。大部分時間他是對她嚴厲，不過一旦她發起脾氣，他毫無招架之力。

「你到底是怎樣？」她繼續追問。

他解釋的口吻就像以前喬迪在辯解時一樣。「他就是愛講話，」卡爾說得有氣無力。「一直講個不停。」

「喂，那有什麼關係？你自己也愛講話。」

「我當然是，但你父親只講一件事。」

「印第安人！」喬迪興奮地插話。「印第安人和橫越平原！」

卡爾兇巴巴地轉向他。「你出去，了不起先生！馬上出去，出去！」

喬迪可憐兮兮地從後門出去，特地將紗門輕輕關上。在廚房窗子外面，他黯然沮喪的目光落在一顆奇形怪狀的石頭上，吸引他蹲下去，把它撿起來拿在手中把玩。

廚房窗子傳來清晰說話聲。「喬迪講得沒錯，」他聽到父親說。「只有印第安人和橫越平原，我大概已經聽過一千遍馬怎麼被趕走的故事。他說了一遍又一遍，講的內容隻字未改。」

提夫林太太回覆時的語氣改變了，在窗外研究石頭的喬迪抬起頭。她用溫柔的嗓音解釋，喬迪知道她如何改變表情來配合語氣。她輕聲說：「你要這樣看，卡爾。那是我父親生命中的大事，他領導一支馬車隊橫越平原到海岸，當這件事完成後，他的生命就告一段落。這是一件大事，但持續得不夠久。」她繼續說，「瞧！他好像生來就爲了做那件事，完成之後就沒別的事可做了，只能去回憶它、談論它。如果西邊還有地方可去，他早就去了。這是他自己告訴我的。但最後那邊是海洋，他只好停下來住在海邊。」

她迷惑住卡爾，用輕柔的語調將他迷惑住、糾纏住。

「我曾見過，」他輕聲附和。「他走去海邊朝西方的海洋凝視。」接著嗓音提高一些，「然後回來跑去太平洋叢林鎮的馬蹄俱樂部，告訴大家印第安人如何趕走馬匹。」

她試著再次迷惑住他。「對啊，這是他的一切。你可以對他有耐心一點，假裝在聽。」

卡爾不耐煩地轉過身，「好吧，如果實在受不了，我總可以去工舍跟比利待在一起。」他煩躁地說，穿過屋子，在身後砰一聲關上前門。

喬迪跑去做他的雜務。他把穀粒倒給雞群，沒去追逐牠們，再從雞窩裡收集出雞蛋。他帶著木柴跑進屋，將它們細心交疊在柴箱裡，兩手合抱住的木柴分量幾乎能把柴箱堆得要滿出來。

母親現在煮好豆子了。她挑旺爐火，用火雞羽毛刷一刷爐盤。喬迪謹慎盯著她看，想知道她還有沒有對他心懷不滿。「他今天會來嗎？」喬迪問。

「他的信裡是這麼說。」

「也許我去路上接他比較好。」

提夫林太太鏗鏘一聲關上爐蓋。「那很好，」她說。「他應該喜歡有人迎接他。」

「我想我這就去做。」

在屋子外面，喬迪對狗兒尖聲吹響口哨。「到山上去，」他命令道，兩隻狗搖著尾巴走到前面。路旁鼠尾草長出嫩葉，喬迪扯下幾片用雙手搓揉，直到空氣中充滿濃烈刺鼻的味道。狗兒突然衝出馬路，吠叫著鑽進灌木叢追一隻兔子。那是喬迪看到牠們的最後身影，因爲牠倆沒抓到兔子就回家了。

喬迪朝山脊慢慢走上去。當他來到馬路通過的小隘口時，午後的風吹襲而來，他的頭髮和襯衫都被吹亂。他俯視下方的小山和山脊，遠眺廣闊的綠色薩利納斯山谷。他能看見遠方平原上白色的薩利納斯鎮，以及鎮上窗子被西下的太陽照得閃閃發亮。就在下方一棵橡樹上，成群烏鴉召開會議，在黑壓壓的樹梢上一起呱呱噪啼。

喬迪站在山脊，眼睛沿著山下馬路看去，這條路消失在一座山後，又從另一邊出現。路上遙遠的那端，他看見一輛馬車被棗紅馬匹拉著慢慢走，消失在山後。喬迪坐到地上，留意馬車會重新出現的地方。風在山頭呼呼地吹，朵朵雲彩往東邊快速飛去。

這時馬車出現在眼前，然後停下。一個穿黑衣的男人爬下座位，走去馬頭那邊。雖然距離很遠，喬迪知道他解開勒馬轡繩，因爲馬頭往前垂下。馬兒繼續前進，男人跟在旁邊慢慢走上山。喬迪高興得大喊，一路朝馬車跑去。松鼠在路旁衝得跌跌撞撞，一隻走鵑擺動尾巴，快速奔過山脊，像一架滑翔機似的飛行出去。

喬迪每步都想跳進自己影子中央。一顆石子在腳下滾動，他跌了一跤，拚命跑過小彎道，他的外祖父和馬車就在前方不遠處。男孩停止不得體的奔跑，改以穩重的步伐走過去。

馬兒蹣跚踱步上山，老人走在牠旁邊。在沉落的太陽照射下，他們身後拖著長長黑影。外祖父身著一套平織布料黑西裝，腳穿小羊皮鬆緊帶短靴，襯衫短硬領上打了黑色領結，寬邊黑軟帽拿在手上。他的白鬍鬚剪得很短，白眉毛掛在眼睛上像八字鬍，藍色眼睛堅定而愉悅。整張臉龐和體態有一種硬梆梆的威儀，一舉一動似乎都辛苦萬分，只要停歇下來，老人就像石頭一樣永遠不會再動。他的步伐緩慢而堅決，一跨出去絕不回頭；一旦方向確定，路徑就絕不偏移，走得不急不徐。

當喬迪出現在轉彎處，外祖父慢慢揮動帽子表示歡迎，並且喊道：「嘿，喬迪！你來接我的，是吧？」

喬迪怯生生靠過去，轉個方向配合老人的步伐，挺直了身子，稍微拖著腳跟走路。「是啊，外公，」他說。「我們今天才收到你的信。」

「應該昨天就要寄到，」外祖父說。「應該要如此。家裡的人怎樣？」

「他們都很好，外公。」他遲疑一會兒，怯怯地建議道：「你明天要一起來打老鼠嗎，外公？」

「你是說，獵捕老鼠？」外祖父咯咯笑了。「這一代的人已經落魄到獵捕老鼠？新世代的這些人，他們不是非常強壯，但我難以想像老鼠成了他們的獵物。」

「不是，外公，這只是好玩而已。乾草堆用完了，我要把老鼠趕出來給狗追。你可以觀看，甚至拍打幾下乾草。」

嚴肅愉悅的眼睛往下看他。「我明白了，你們抓到之後不會拿來吃。你們還沒到那地步。」

喬迪解釋：「老鼠給狗吃，外公。我想這和打印第安人不太一樣。」

「是不太一樣——但後來騎兵隊追捕印第安人，射殺小孩，焚燒帳篷，就跟你們打老鼠沒多大差別。」

他們到達山頂，開始往牧場山谷下走去，這時太陽已經曬不到肩頭。「你長高了，」外祖父說。「可說將近高了一吋。」

「更多，」喬迪洋洋得意，「他們在門上幫我做記號，我從感恩節以後就長高超過一吋。」

外祖父用圓潤低沉的嗓音說：「也許你攝取太多水份，都跑到骨架子去了。等你長大的時候，我們再看看。」

喬迪迅速觀察老人的臉，想知道他有沒有心情不好，但在熱切的藍眼睛裡看不出要損人的意圖，也沒有責備或叫你安分一點的神色。「我們也許可以殺一頭豬。」喬迪提議。

「喔，不要！我不能讓你們那麼做。你們只是在討我歡心，你知道現在不是殺豬的時候。」

「你記得那頭大公豬萊利嗎？」

「是啊，我記得很清楚。」

「唉，萊利往乾草堆裡啃出一個洞，結果草堆塌下來把牠悶死了。」

「豬就是能做出那種事。」外祖父說。

「就公豬來說，萊利是頭好豬，外公。我有時會騎到牠身上，牠也不在乎。」

在他們下方，房屋的一扇門發出砰的聲音，他們看見喬迪母親站在門廊，揮舞圍裙表示歡迎。然後他們看到卡爾·提夫林從畜棚往上走，要到屋子那邊準備迎接。

現在太陽消失在山頭後面，煙囪冒出的青煙一層層飄浮在染上紫色的牧場谷地裡。風勢減弱，團團雲朵無精打采掛在天上。

比利·巴克走出工舍，將一臉盆的肥皂水潑到地上。他在週間就開始刮鬍子，因爲比利對外祖父抱持敬意，而外祖父說比利是新世代中少數沒變軟弱的人之一。雖然比利是個中年人，外祖父仍當他是個孩子。現在比利也趕去屋子那邊了。

當喬迪和外祖父抵達時，三人在庭院大門前等他們。

卡爾說：「你好，我們一直期盼你的到來。」

提夫林太太親吻外祖父鬍鬚旁的臉頰，靜靜站著讓他的大手拍撫她肩膀。比利一本正經上前握手，在那淺黃鬍鬚下咧嘴微笑。「我會照顧你的馬。」比利說，然後把馬車牽走。

外祖父看他離開，接著回頭面對這三人，就像以前講過上百遍那樣說：「他是個好孩子。我認識他父親，那位趕騾人老巴克。我從不明白人們爲什麼叫他趕騾人，除非他用騾子馱貨。」

提夫林太太轉身帶路走進屋裡。「爸爸，你要待多久？你的信裡沒講。」

「喔，我不知道。我打算待兩星期左右，但我從沒待到像我預計的時間那麼久。」

過了一會兒，他們就坐在鋪白色油布的餐桌上吃晚飯。錫燈罩的油燈掛在桌子上方，大飛蛾在飯廳窗外輕聲拍打玻璃。

外祖父將他的牛排切成小塊，慢慢咀嚼。「我餓了，」他說。「趕到這裡讓我胃口大開。這就像我們橫越過平原時那樣，大家每天晚上都餓得等不及把肉煮熟。我每天都能吃下大約五磅野牛肉。」

「到處奔波就會這樣，」比利說。「我父親為政府趕牲口運貨，我小時候曾幫他的忙，我們倆可以吃掉一條鹿腿。」

「我認識你父親，比利，」外祖父說。「他是個好人。大家都叫他趕騾人，我不明白為什麼這樣稱呼，除非他用騾子馱貨。」

「正是如此，」比利附和。「他用騾子馱貨。」

外祖父放下刀叉，打量桌子一圈。「我記得我們有一次把肉吃光了——」他的嗓音變得出奇低沉平淡，如同故事本身一說再說的枯燥乏味。「沒有水牛，沒有羚羊，連兔子也沒有。獵人甚至打不到一隻土狼。我是領導者，必須隨時留意。知道為什麼嗎？哎，人們只要挨餓，他們就開始宰殺隊伍裡的公牛。你相信嗎？我還聽過有些隊伍把工作的牲口都吃光了。他們從牲群中間開始吃，接著往兩端吃，最後把領頭的那對也吃了，然後是拉車的牲口。一個隊伍的領袖不能讓這種事發生。」

一隻大蛾不知怎麼的飛進屋裡，繞著高掛的油燈打轉。比利站起來，設法用兩手拍打它。卡爾曲起手掌，抓住飛蛾把它弄死。他走去窗邊，把牠仍出窗外。

「就像剛才說的，」外祖父又開始了，但卡爾打斷他的話。「你最好再吃一些肉。我們其他人都準備吃布丁了。」

喬迪看到母親眼中閃過一陣怒意。外祖父拿起他的刀叉。「好吧，我很餓，」他說。「以後再告訴你們那故事。」

吃完飯後，一家人和比利．巴克到另一個房間坐在壁爐前。喬迪擔心地觀察外祖父，他看到自己熟悉的跡象。一臉鬍鬚的腦袋往前傾，不再嚴肅的雙眼困惑地望著爐火，瘦長手指交握在一起，擱在黑褲子的膝頭上。「我在想，」他開始說，「我只是在想是否曾告訴過你們，那些偷東西的派尤特人如何趕走我們三十五匹馬。」

「我想你說過了，」卡爾插話。「不就是你們快到塔荷那地方之前？」

外祖父立刻轉向他女婿。「沒錯。我想我一定告訴過你那故事。」

「講很多遍了，」卡爾冷冷地說，同時避開妻子的眼神。但他覺得憤怒的目光落在身上，於是說：「當然，我願意再聽一遍。」

外祖父回去望著爐火，他鬆開交握的手指，然後再度握緊。喬迪知道他的感受，他的內心消沉空虛。正好那天下午喬迪不是被說了不起嗎？他鼓起勇氣，再次做個了不起的人，「談談印第安人的故事。」他輕聲說。

外祖父的眼睛又嚴肅起來。「孩子們總想聽印第安人的故事。這是大人的事，但孩子們想聽。好吧，讓我想想。我有沒有告訴過你，我如何要求每輛馬車要帶一塊長鐵板？」

除了喬迪，其他人都保持沉默。喬迪說：「沒有，你沒說過。」

「嗯，當印第安人襲擊時，我們把馬車圍成一個圓圈，人們從輪子間反擊。我認爲如果每輛馬車都帶一塊有射擊孔的長鐵板，人們把馬車圍成圓圈時可以將板子立在輪子外面，他們就能得到防護。這麼一來可以保命，攜帶額外重量的鐵板相較之下就很合理。人們當然不願這麼做，以前沒人這樣做，他們不懂爲什麼要大費周章。他們最後也後悔了。」

喬迪看看母親，從那表情知道她根本沒在聽。卡爾在摳拇指上的一個老繭，比利看著一隻蜘蛛往牆上爬。

外祖父又開始那老掉牙的敘述，喬迪根本已經預知到會講什麼。故事單調進行著，講到襲擊時速度加快，講到受傷時變得哀戚，大草原上舉行葬禮時顯得悲涼。喬迪靜靜坐著看外祖父，那嚴肅的藍眼睛冷漠超然，他看起來似乎自己對故事也不太感興趣。

故事說完，大家禮貌性地沉默一陣，對故事裡的拓荒者表示敬意，然後比利起來伸一伸腿，繫好褲帶。「我想我該去睡覺了。」他說。接著他轉向外祖父，「我有一個老舊的牛角火藥筒、一根雷管、一把彈丸手槍放在工舍，我拿給你看過嗎？」

外祖父緩緩點頭。「有的，我想你曾給我看過，比利。這讓我想到帶領人們橫越平原時擁有的那支手槍。」比利客氣站著等那一小段故事講完，說了聲「晚安」便走出屋子。

此時卡爾・提夫林試圖改變話題。「從這裡到蒙特雷鎮之間的地區怎樣？我聽說相當乾旱。」

「是很乾，」祖父說。「拉古納塞卡一滴雨都沒有。不過距離一八八七年也有好長一段時間，當時那地方乾到全是塵土，我記得一八六一年時土狼全餓死了。今年我們反倒下過十五吋雨量。」

「對啊，但下得太早，雨現在下還有一點用。」卡爾的目光落在喬迪身上。「你不是該去睡覺了？」

喬迪聽話地站起來。「爸爸，我可以宰掉乾草堆裡的老鼠嗎？」

「老鼠？喔！當然，把它們全殺光。比利說沒有可用的乾草了。」

喬迪和外祖父私下交換一個滿意的眼神。「我明天會殺得一隻不留。」他保證。

喬迪躺在自己床上，想像印第安人和野牛的虛幻世界，一個不復存在的世界。他希望自己活在英雄時代，但也知道自己不是當英雄的料。活在現在的人，也許除了比利・巴克之外，都配不上過往那些豐功偉業。活在那時的是一群卓越的人，他們無所畏懼，擁有當今缺乏的堅毅性格。喬迪想到開闊的平原，想到像蜈蚣般前進的馬車隊。他想像外祖父騎在白色駿馬上引領眾人，龐大的幽靈隊伍在他腦海中邁進，走過大地，消失在盡頭。

在這片刻，他回到牧場現實世界。耳中響起沉寂空間發出的枯燥聲響，他聽見外面狗屋裡有隻狗在刨抓跳蚤，每撲一下就敲得木板砰砰響。風勢又起，深鬱柏樹嘎吱作響，喬迪睡著了。

他在早餐三角鐵響起前半小時起床。喬迪穿過廚房時，母親正在煽旺爐火。「你起得好早，」她說。「要去哪裡？」

「出去找根好木棍，我們今天要打老鼠。」

「『我們』是指誰？」

「喔，外公和我。」

「所以你把他算進去了。你總喜歡拉個人跟你一塊兒，萬一挨罵就有人分擔。」

「我很快就回來，」喬迪說。「我只是想吃完早餐時就有木棍可用。」

他關上身後紗門，走進外面冰冷湛藍的早晨。鳥兒在曙光下十分喧鬧，牧場貓像鈍頭蛇般溜下山坡。牠們在黑夜裡獵捕囊鼠，雖然四隻貓已經飽餐鼠肉，仍舊圍著後門喵喵叫，要討牛奶喝。達伯崔和史邁瑟這兩隻狗沿著灌木叢邊走邊嗅，煞有其事地履行職責，但喬迪吹一聲口哨，牠們便猛然抬頭，搖著尾巴衝到他身旁，磨蹭著打起哈欠。喬迪慎重拍拍牠們的頭，然後走向飽經日曬雨淋的廢料堆。他撿了一根舊掃帚柄，還有一吋平方粗的小段廢木條。他從口袋拿出一條鞋帶，分別繫住兩根木棍尾端，做成一把連枷。他在空中揮舞這新武器，敲打地面測試一下，嚇得狗兒跳到旁邊，害怕得汪汪吠叫。

喬迪轉身走過牧場房屋，往舊乾草堆走去，想檢查一下獵殺場地。不過耐心坐在後門臺階的比利・巴克對他喊：「你最好回來，沒幾分鐘就要吃早餐了。」

喬迪改變方向，朝屋子過來。他把連枷斜靠在臺階上。「那是用來趕老鼠的，」他說。「我敢說牠們都很肥。牠們絕不知道自己今天會發生什麼事。」

「對，你也不知道，」比利頗富哲理地說，「我也不知道，任何人都不知道。」

喬迪被這一說猶豫起來，他知道這話說得沒錯。他的思緒突然抽離打老鼠這回事。這時母親出來站在後門廊，敲響三角鐵，所有思緒就被拋到一旁。

他們坐到餐桌邊時，外祖父沒有出現。比利朝他的空位點點頭。「他還好嗎？沒有不舒服吧？」

「他花很多時間在著裝，」提夫林太太說。「他要梳理鬍鬚，擦亮鞋子，還要刷一刷衣服。」

卡爾把糖撒到自己的玉米粥裡。「一個率領馬車隊橫越平原的人，一定非常講究自己的穿著。」

提夫林太太轉向他。「別這麼說，卡爾！不要這樣！」她語氣中的威脅更甚於請求，而這威脅惹惱了卡爾。

「哦，我得聽多少次關於鐵板的故事，還有三十五匹馬的故事？那時代已經結束了。既然結束了，爲什麼他就不能忘掉？」他愈講愈生氣，嗓音提高起來。「他爲什麼就是要講了一遍又一遍？他橫越了平原，好吧！現在這事結束了，沒人想一聽再聽。」

通往廚房的門輕輕闔上。坐在桌邊的四個人呆住了。卡爾把吃粥的湯匙擱到桌上，手指摸著下巴。

接著廚房門打開，外祖父走進來。他的嘴角掛著僵硬笑容，視線轉往他處。

「早安，」他說，坐下看著自己盛粥的盤子。

卡爾不能當沒這回事。「你——聽到我剛才說的？」

外祖父點點頭。

「我不知道我心裡在想什麼，爸爸。我不是認真的，只是在開玩笑。」

喬迪畏怯地瞥了母親一眼，看到她正屏住呼吸盯著他父親。卡爾在做一件很難受的事，他這麼說等於在譴責自己。要他收回自己講的話就夠可怕了，何況要愧疚地收回就更是糟糕。

外祖父望著別的地方。「我在設法過正常日子，」他輕聲說。「我沒生氣。我不介意你說的話，不過也許你說的對，我在意的是這個。」

「這不是我的本意，」卡爾說。「我早上不太舒服，很抱歉說了這些話。」

「別覺得抱歉，卡爾。老人有時看不清事實。也許你是對的，橫越平原已經結束，也許應該忘掉這件事，它結束了。」

卡爾從餐桌站起來。「我吃飽了，我要去幹活。你慢吃，比利！」他匆匆走出飯廳。比利大口吃完他剩下的早餐，趕緊跟了過去。但喬迪不願離開自己座位。

「你不再講故事了嗎？」喬迪問。

「哎，我當然會講，只是會挑——我確定人們想聽的時候。」

「我想聽故事，外公。」

「喔！你當然想聽，但你是個小孩。這是大人的事，卻只有小孩喜歡聽。」

喬迪從座位上站起來。「我在外面等你，外公。我找了一根好棍子來對付那些老鼠。」

他在大門口等著，直到老人出現在門廊。「讓我們過去宰了那些老鼠！」喬迪喊道。

「我想我就曬個太陽，喬迪。你去打老鼠。」

「如果你想的話可以用我的棍子。」

「不了，我只要在這兒坐一會兒。」

喬迪悶悶不樂轉身離開，往舊乾草堆走去。他想像著肥滋滋的老鼠，試圖提起自己興致。他拿連枷敲打地面，狗兒在身旁汪汪起鬨，但他沒辦法離開。回到屋子那邊，他見到外祖父坐在門廊上，模樣看來瘦小黝黑。

他放棄打老鼠，跑去坐在老人腳邊的臺階上。

「已經回來了？打死老鼠了嗎？」

「沒有，外公。我改天再去打老鼠。」

早晨的蒼蠅在地面附近嗡嗡飛行，螞蟻在臺階前忙碌穿梭。鼠尾草的濃重氣味從山上飄來，門廊木板被太陽曬得愈來愈熱。

外祖父開口說話時，喬迪幾乎沒注意到。「就我現在感覺，我不應該待在這裡。」他端詳自己堅韌老邁的雙手。「我彷彿覺得横越平原沒什麼意義。」他的目光移向山坡上，凝視一隻停在枯枝上的老鷹。「我講那些陳年往事，但它們不是我要表達的東西。我只知道自己講故事時多希望人們有所感觸。

「重要的不是印第安人，也不是冒險經歷，甚至不是老遠遷徙到這裡。重要的是一大群人組合成一個緩緩前進的巨獸，而我是帶頭的人。隊伍一直往西前進，每個人都有自己的目標，但這巨獸裡的所有人都只想西進。我是那個領導者，假使當初我沒在那兒，別的人也會出來領導。這事總得有人帶頭。

「正午豔陽曬得灌木叢下的影子濃得發黑。當我們終於看到山脈時，我們大聲吶喊——全都喊了出來。要緊的不是到達這裡，而是遷徙和西進。

「我們就像那些螞蟻扛著蛋一樣，跑到這裡定居下來謀生。我是領導者。西進就像上帝一樣偉大，踏著緩慢步伐日積月累地前進，直到我們横越大陸。

「然後我們到達海洋，事情就結束了。」他停下來擦拭眼睛，擦到眼眶都泛紅。「那才是我要表達的東西，不是那些故事。」

喬迪開口時，外祖父吃了一驚低頭看他。「也許有一天我也可以領導人們。」喬迪說。

老人笑了。「沒地方可去，海洋擋住你的去路啦。那兒有一長排痛恨大海的老人住在岸邊，因爲它擋住他們的去路。」

「我可以坐船，外公。」

「無處可去，喬迪。每個地方都被人佔領了。但那還不是最糟的——不，不是最糟。西進已經從人們心中逐漸消退，它不再是一種渴望。全都結束了。你父親講的對，它結束了。」他交握手指擱在膝蓋上，眼睛看著它們。

喬迪覺得很難過。「如果你想來一杯檸檬水，我可以做給你喝。」

外祖父正想說不，這時他看著喬迪的臉。「好啊，」他說。「喝檸檬水也不錯。」

喬迪跑進廚房，母親正好快洗完早餐的碟盤。「我能拿一顆檸檬做檸檬水給外公嗎？」

母親模仿他說——「然後再拿一顆做檸檬水給你。」

「不，媽媽，我不想喝。」

「喬迪？你很反常喔！」她突然閉上嘴。「到冰箱拿一顆檸檬，」她輕聲說。「來吧，我把榨汁器拿下來給你。」

人鼠之間

1

距離索萊達[1]幾公里外的南方，薩利納斯河向下流進山腳，水深且綠。河水流經陽光照耀過的黃沙，再注入狹窄的深潭裡，讓水潭一片溫暖。河的一邊，金色的山坡蜿蜒而上，一路連綿至山岩嶙峋的加比蘭山脈，山勢十分壯闊。河流的另一邊，柳樹和梧桐樹排列佇立。每到春天，柳樹便一片青綠，只有低垂的柳葉還沾著碎屑，那是冬季時河水氾濫而留下的；梧桐樹的枝幹斑駁泛白，在潭面上形成彎曲的姿態。大樹下，掉落的葉片在沙岸上深深堆疊，酥脆得連蜥蜴跑過去，都可能會重心不穩地絆一跤。傍晚，成群的兔子會從灌木叢裡跑出來，坐在沙地上。潮濕的岸上則佈滿浣熊於夜晚留下的足跡，還有從農場跑來的狗兒，拓下牠們腳趾分明的掌印；裂成兩半呈尖指狀的腳印，則屬於晚間來河邊喝水的鹿。

柳樹和梧桐樹之間有條小徑，農場來的男孩們總是沿著小徑全力奔跑，跑進深潭裡游泳。到了傍晚時分，疲憊的流浪漢會沿著公路走下來，在河邊紮營。小徑已被踩踏得一片平坦。一棵巨大的梧桐樹底下，延伸出一條樹根橫躺在地面上，樹根前有堆灰燼，而樹根表面則已被坐在上頭生火的人們磨得平滑。

這是個炙熱的一天。日落時分，微風輕拂，樹葉隨風搖曳。隨著陽光消逝，陰影順著山嶺往上爬，逐漸蓋住山頂。成群的兔子靜悄悄地坐在沙灘上，像是一座座灰色小石雕。這時，公路的方向傳來腳步聲，踩過地上的脆梧桐葉。兔子立刻悄無聲息地四散躲避，一隻蒼鷺使出全力飛上空中，往河流下游俯衝。這一瞬間，河邊一片死寂，毫無生氣。接著，小徑上出現兩名男子，他們來到綠潭邊的空地上。

他們沿著小徑一前一後走來，就連到了空地上也是一人在前，一人在後。兩人都穿著牛仔長褲和黃銅色鈕扣的牛仔外套，頭戴黑色牛仔帽，肩上則扛著毛毯綑成的鋪蓋捲[2]。站在前頭的男子個子矮小、動作靈敏、膚色黝黑、五官分明，銳利的眼神正躁動不安。他全身上下的特徵鮮明：矮小、雙掌有力、手臂纖細、鼻子細窄。走在後頭的則恰恰相反，他身材魁梧，五官扁平，有雙眼神黯淡的大眼睛，肩膀寬厚卻向下垂。他的腳步沉重，像熊一樣拖著腳掌；走路時，兩條手臂沒有跟隨擺

1 索萊達（Soledad）在西文中也有「孤獨」的意思。
2 鋪蓋捲（Bindle），指流浪漢扛在肩上的家當。通常是一根木棍，上面綁一個袋子，裝私人物品使用。

動，反而鬆垮垮垂在兩側。

前頭的男子走到空地後忽然停下來，後頭的男子差點撞上他。他摘下帽子，用食指擦了擦裡頭的止汗帶，再甩掉汗水。他的大塊頭同伴扔下毛毯，猛地趴到潭邊，大口大口飲用潭水，鼻孔一邊對著水裡噴氣，像極了一匹正在喝水的馬。矮小的男子走到他身旁，神情擔憂。

「雷尼！」他的語氣嚴厲。「雷尼，拜託你不要喝那麼多。」雷尼還是繼續咕嚕咕嚕地猛灌水。矮小的男子走向前搖了搖雷尼的肩膀。「雷尼，你再這樣喝，會像昨晚一樣不舒服的。」

雷尼把整顆頭埋進水中，連帽子也是，最後他終於走到岸邊坐下。帽子的水滴落在藍色外套上，再從他的背上滑落。「很好喝，」他說，「喬治，你也喝一些，大口喝。」他笑得歡喜。

喬治解開他的鋪蓋捲，輕輕放在地上。「我不知道這水乾不乾淨，」他說，「上面好像浮著髒東西。」

雷尼把大手伸進水中撥弄，水面濺起一點水花，泛起了漣漪，向外散開直達對岸，又折返回來。雷尼看著水流，「喬治，快看，這是我弄出來的。」

喬治跪在潭邊，用手快速盛了幾口水。「味道還行，」他承認。「但是水看起來沒在流動。雷尼，你絕對別喝沒有流動的水。」喬治一臉無奈，繼續說道：「你只要口渴，連水溝的水都能喝光。」喬治捧起水往臉上潑，用手抹抹臉和下巴、擦擦後頸，然後戴上帽子，往後一坐遠離河邊，再縮回雙腳，兩手環抱膝蓋。雷尼在一旁看著，模仿喬治的動作。他也往後一坐，收起雙腳，環抱膝蓋，再看看喬治，確認自己是否做對了。雷尼將帽子往下拉，遮住一半的眼睛，和喬治一模一樣。

喬治盯著水面，眼神陰沉。在陽光的照射下，他的眼眶紅紅的。他生氣地說：「那個混蛋公車司機根本胡說八道，我們本來可以直接搭到農場那裡。『下公路一下子就到了，』他竟然這樣說：『一小段路而已。』他媽的根本就還有六公里！我看他就是不想開到農場大門口，他媽的懶得停車而已，還能有什麼原因。我倒要看看他是不是真那麼厲害，連索萊達都不停。他不只把我們踢下車，還說：『沿著這條路一下子就到了。』我賭這一定不止六公里。他媽的快熱死了。」

雷尼畏懼地看著他。「喬治？」

「嗯，你要幹嘛？」

「喬治，我們要去哪裡？」

喬治猛然把帽子扯下來，怒視著雷尼。「你又忘記了是嗎？又要我再跟你說一次是嗎？老天，你這個混蛋瘋子！」

「我忘了，」雷尼小聲地說。「我有努力記住。喬治，我發誓我有努力記住。」

「算了——算了！我再告訴你一次。反正你覺得我很閒，我乾脆都把時間花在同樣的事情上好了，告訴你一次，你又忘記，然後又要再跟你講一次。」

「我一直很努力了，」雷尼說，「但就是記不住。可是喬治，我記得兔子。」

「又是兔子，見鬼了！你就只記得兔子。好了！你聽清楚，這次你一定給我牢牢記住，不要再給我們惹麻煩了。你記得霍華德街那個鬼地方嗎？我們有在那裡看到一面黑板。」

雷尼的臉綻開歡喜的笑容。「當然啊，喬治……我記得……可是……後來我們做了什麼？我記得有幾個女生走過來，然後你說……你說……」

「你管我說了什麼。你記得我們去了『莫瑞和雷迪就業處』，他們給我們工作證和公車票嗎？」

「噢，對，喬治。我現在想起來了。」他趕忙伸手進外套口袋，接著小聲地說：「喬治……我的不在我身上，我一定是弄丟了。」他低下頭，情緒低落。

「你這個混蛋瘋子，兩張都在我這，根本沒有拿給你。你以為我會讓你自己拿你的工作證嗎？」

雷尼放心了，咧嘴傻笑起來。「我……我還以為我放在口袋裡。」他的手又伸進口袋。

喬治眼神犀利地盯著他。「你從口袋裡拿了什麼？」

「口袋裡沒有東西呀。」雷尼機伶地回應。

「我知道口袋裡沒有，你已經拿在手上了。你手上拿什麼——藏了什麼？」

「喬治，我什麼都沒拿，眞的。」

「快點，拿出來。」

雷尼把握拳的手藏起來。「喬治，只是一隻老鼠而已。」

「老鼠？活的？」

「不是，只是一隻死老鼠，喬治。不是我殺死的，眞的！是我發現的，老鼠本來就死掉了。」

「拿來！」喬治說。

「噢，喬治，讓我留著牠嘛。」

「拿過來！」

雷尼慢慢把手伸過去，喬治一把抓過老鼠，丟到小潭對岸的灌木叢裡。「你到底要一隻死老鼠幹嘛？」

「我想說在路上我可以用大拇指摸摸牠。」雷尼說。

「但你和我一起走就不能摸老鼠。你還記得我們現在要去哪裡嗎？」

雷尼一臉驚嚇，而後窘迫地將臉埋進膝蓋。「我又忘記了。」

「老天，」喬治感到無奈，嘆了口氣。「唉——你聽著，我們要去農場工作，就跟北方的那個農場一樣，我們從那裡離開了。」

「北方？」

「在威德。」

「噢，當然啊，我記得，在威德。」

「我們要去的農場，從這裡過去大概還有四百公尺。我們要去見農場老闆。好了，你現在聽好——我會把工作證給他，你絕對不能開口說話，只要在旁邊站好，一句話都不要說。萬一他發現你是個蠢蛋，我們就沒辦法工作了；但如果他沒聽見你說話，而是先看到你工作的樣子，那就沒問題。聽懂了嗎？」

「當然啊，喬治。我聽懂了。」

「好，你說說我們去見農場老闆的時候，你要怎麼做？」

「我……我……」雷尼用力思考，整張臉用力得皺成一團。「我……一句話都不說，只要站著就好了。」

「好孩子，表現很棒。你再多講個兩三遍，這樣你就不會忘記了。」

雷尼開始低聲自言自語。「我一句話都不說……我一句話都不說……我一句話都不說。」

「很好，」喬治說。「你也不要像在威德一樣，再做壞事了。」

雷尼滿臉困惑。「像在威德一樣？」

「啊，看來你也忘記這件事了，對吧？那好，我才不要提醒你，省得你又再犯。」

雷尼露出恍然大悟的表情。「我們被趕出威德了。」他想起來了，表情得意洋洋。

「我們被趕出來？見鬼了，」喬治感到厭煩。「是我們自己逃跑的，他們想抓我們，但是沒有抓到。」

雷尼高興地傻笑。「這個我可沒忘記。」

喬治向後仰躺在沙地上，兩手交叉墊在腦後，雷尼模仿他的動作，並抬頭看看自己是不是做對了。「天啊，你真是一個大麻煩，」喬治說。「要是沒有你跟著，我一個人可以過得多逍遙自在啊。

我的生活就變得輕鬆多了，說不定還能交個女朋友。」

雷尼靜靜躺著，沒有出聲，一會兒後滿懷希望地說：「喬治，我們要去農場工作了。」

「很好，你終於記住了。但是今晚我們要睡在這兒，我有我的原因。」

天色暗得愈來愈快，山谷裡已經沒有半分陽光，只剩加比蘭嶺的頂峰仍被太陽照射得火紅。一條水蛇在潭裡悠游，頭抬出水面，像是一台小小的潛望鏡。蘆葦在水流中輕輕搖曳，從公路的方向遠遠傳來一名男子的大喊聲，另一名男子喊了回去。一陣微風吹得梧桐樹沙沙作響，隨即又平息下來。

「喬治——我們爲什麼不到農場裡吃晚飯？農場都有供晚飯。」

喬治翻身側躺。「沒有爲什麼，我就是喜歡這裡。明天我們就要工作了，我看到前面那邊有打穀機，這表示我們接下來要去扛很多穀袋，會累得要死。今天晚上我只想要躺在這裡看天空。我喜歡這樣。」

雷尼爬起來跪著，低頭看向喬治。「我們不吃晚餐嗎？」

「當然要吃啊，我的袋子裡有三罐豆子，你去撿些柳樹枝，然後生火。等你把樹枝都堆好，我就拿一根火柴給你。我們把豆子熱一熱，當晚餐吃。」

雷尼說：「我喜歡在豆子上加番茄醬。」

「嗯，很可惜我們沒有番茄醬。你去找樹枝吧，不准給我鬼混閒逛，天馬上就要黑了。」

雷尼笨重地站起來，消失在灌木叢裡。喬治躺在原地，輕輕吹起口哨。雷尼走去的方向傳來河水濺起的聲音，喬治停下口哨，仔細聆聽。「這蠢蛋沒救了。」他嘀咕著，繼續吹他的口哨。

不久後，雷尼從灌木叢裡衝出來，手上拿著一根細小的柳樹枝。喬治坐起身，「夠了，」他劈頭就說。「把老鼠給我！」

雷尼亂七八糟地比劃，擺出全然無辜的模樣。「什麼老鼠？喬治，我沒有老鼠呀。」

喬治伸出手。「快點。拿給我，你騙不了我的。」

雷尼猶豫了一陣，向後退幾步，神情急切地盯著灌木叢，像是在思考逃生路線。喬治冷酷地說：「你是要把老鼠給我，還是要我揍你一頓？」

「喬治，你要我給你什麼？」

「你他媽的知道我在說什麼。我要那隻老鼠。」

雷尼的手向口袋伸去，一臉不情願。他的聲音有些哽咽。「我不知道爲什麼我不能留這隻老鼠。這又不是別人的。我沒有偷別人的。我是在路邊發現牠的。」

喬治依然強硬地伸著手。雷尼慢吞吞走向前，就像一隻小狗不願意把球交給主人一般，退後一步，又往前一步。喬治大力彈一下手指，雷尼一聽，嚇得立刻把老鼠交到他手裡。

「喬治，我沒有做什麼壞事，我只有摸摸牠而已。」

喬治站起來，用力把老鼠遠遠拋向愈來愈暗的灌木叢裡，然後走到潭邊洗手。「你這個大蠢蛋。

跑去對面撿老鼠，腳弄得溼答答的，以爲我看不到嗎？」他聽見雷尼嗚咽，馬上轉過身。「哭哭啼啼，像嬰兒一樣！老天！這麼大一個人了。」雷尼的嘴唇不停顫抖，淚水在眼眶裡打轉。「拜託，雷尼！」喬治把手搭在雷尼的肩膀上。「我把老鼠丟掉，不是故意爲難你。那隻老鼠已經死了，不乾淨，而且你已經把牠摸爛了。只要你找到別隻活老鼠，我就讓你把牠留著一段時間。」

雷尼一屁股坐到地上，垂頭喪氣的。「我不知道哪裡還有老鼠。我記得以前有位太太每次抓到老鼠，都會給我，但是那位太太不在這裡。」

喬治冷笑。「哼，太太？你連她是誰都不記得。她是你的親姨母卡瑞拉。後來她不給你老鼠了，因爲你每次都把牠們弄死。」

雷尼抬頭看著喬治，神情哀傷。「牠們好小，」他十分愧疚。「我只是摸摸牠們，可是後來牠們開始咬我的手指頭，我就輕輕捏一下牠們的頭，然後牠們就死掉了——因爲牠們太小隻了。

「喬治，希望我們可以趕快養兔子。兔子就沒那麼小隻了。」

「見鬼了，還想養兔子。連活老鼠都沒有一隻能放心交給你。你的卡瑞拉姨母給過你一隻橡膠老鼠，但是你根本不摸。」

「那個不好摸嘛。」雷尼說。

火紅的餘暉從山峰撤退，薄暮降臨山谷，半邊的柳樹和梧桐樹被黑暗籠罩。一條大鯉魚游上水面，吸取幾口氧氣後，又神神祕祕潛進陰暗的潭中，留下一圈圈向外擴散的漣漪。上頭的樹葉又開始窸窸窣窣，柳絮隨風飄揚，落到潭面上。

「你到底要不要去撿木柴？」喬治質問。「梧桐樹後面就有很多，都是飄流木。你快去撿吧。」

雷尼走到樹後面撿了一些枯葉和枯木回來，丟在那堆灰燼上，再回到樹後面繼續撿。此刻已經要入夜了，一隻鴿子拍打雙翅，飛掠過水面。喬治走到火堆前，在枯葉上點火，火苗劈劈啪啪爬上樹枝，燃燒起來。喬治解下袋子，從裡頭拿出三罐豆子，把豆子放在火堆旁，靠近火焰，又不致於燒起來。

「這些豆子夠四個人吃了。」喬治說。

雷尼隔著火堆看他，小小聲地說：「我喜歡在上面加番茄醬。」

「但我們就是沒有，」喬治受不了了。「我們沒有的東西，你就偏偏想要。老天，要是只有我一個人，我可以過得多輕鬆啊。我可以找一份工作，不會出什麼亂子。什麼麻煩也不會有，一到月底我就拿著五十塊錢進城去，想買什麼就買什麼。我還可以去妓院裡過夜，想吃什麼就去大吃一頓，大酒館或其他什麼地方都可以，想到什麼菜就點什麼菜，每個月都他媽的來上一回。喝上一大桶威士忌，在撞球間裡打幾手牌或敲幾桿。」雷尼跪下來，隔過火堆瞧著滿臉怒氣的喬治，表情裡充滿了畏懼。「可是我得到什麼？」喬治怒氣沖沖，繼續說道：「就只有你！什麼工作都幹不久，害我也一起丟工作，逼得我一直四處奔忙。這還不是最糟的，你一天到晚惹禍，做了壞事我還得替你善後！」他的嗓門大得接近吼叫，「你這個狗娘養的瘋子！害得我沒一天好日子過！」他忽然學起小女生互相戲弄時的模樣，扭捏了起來。「只是想摸一下那女生的裙子——像摸老鼠一樣——拜託，他媽的她怎麼可能知道你只想摸她的裙子？她向後縮了，但你又一把抓住她，像在抓老鼠一樣。她開始大聲尖叫，那些人四處追捕我們，我們只好躲進灌溉溝渠裡一整天，夜裡才能溜出去，從那個地方逃跑。一天到晚這樣惹麻煩——一天到晚！我眞希望可以把你關進籠子裡，在裡面放一百萬隻老鼠，就讓你自己玩個過癮！」喬治的怒氣一時間全消了，他隔著火堆看著雷尼苦惱的臉，不禁愧疚地低頭望向火堆。

*

夜色已經深了，然而火光仍把一旁的樹幹和頭頂上彎彎繞繞的樹枝照得明亮。雷尼沿著火堆邊緣，緩慢且小心翼翼地爬到喬治旁邊，跪坐著。喬治將豆子罐頭轉了一個方向，好讓另一邊也能加熱。他假裝沒注意到雷尼靠得很近。

「喬治，」雷尼喊得非常小聲。喬治沒回應。「喬治！」

「你想幹嘛？」

「喬治，我只是在開玩笑。我不要吃番茄醬。就算現在這裡有番茄醬，我也不會吃的。」

「要是這裡有，你就吃。」

「喬治，我不會吃的。全部都留給你吃。你可以加在你的豆子上面，我全都不要。」

喬治依然陰沉地盯著火堆。「每次我一想到要是沒有你跟著，我的日子有多爽快，我就快瘋了。

我從來沒有一天安寧。」

雷尼還繼續跪著，視線轉向一片黑暗的河流彼端。「喬治，你想要我走開，讓你自己一個人嗎？」

「你是能去什麼鬼地方？」

「嗯，有啊。我可以去那邊山裡。我可以在那裡找個山洞。」

「是嗎？那你要吃什麼？你根本沒有辦法自己找吃的。」

「喬治，我會找到食物的。我不用吃好吃的，也不要加番茄醬。我還可以隨便躺在太陽底下，沒有人會傷害我。而且如果我找到老鼠，我可以留著。沒有人會把牠搶走。」

喬治迅速打量他幾眼。「你覺得我很兇是不是？」

「如果你不要我了，我可以去山裡找個山洞。我隨時可以走開。」

「不用——你聽著！雷尼，我只是在開玩笑。我當然希望你跟我待在一起。我拿走老鼠是因爲你每次都把牠們弄死。」他停頓了一下。「雷尼，我跟你說我的打算。只要一有機會，我就送你一隻小狗。這樣你應該就不會把牠弄死，比養老鼠好。你也可以更用力一點摸牠。」

雷尼忍住誘惑，他察覺到自己佔了優勢。「如果你不要我，你就直說，我會去那邊的山裡——就在那邊上面，自己一個人生活。沒有人會搶走我的老鼠。」

喬治說：「雷尼，我想要你跟我待在一起。我的天啊，要是你只有自己一個人，可能會被別人當成土狼一槍射死。不行，你得跟著我。雖然你的卡瑞拉姨母已經死了，但是她也不希望你自己一個人亂跑。」

雷尼狡猾地說：「那你跟我說說——像以前那樣。」

「說什麼？」

「關於兔子的事。」

喬治斥責他：「你別想威脅我。」

雷尼哀求他：「喬治，快點嘛。說給我聽。喬治，拜託。像以前那樣。」

「你現在很得意是不是？好吧，我就說給你聽，然後我們就吃晚飯……」

喬治的聲音變得低沉。他有條不紊地重述，像已經說過了無數次一樣。「像我們這種在農場工作的人，在這世界上是最孤獨的。這類人沒有家人，從不屬於任何地方。他們到農場賺了點錢，就進城裡去揮霍，等你反應過來時，他們已經在別的農場工作了。他們對未來沒有期盼。」

雷尼聽得歡喜。「就是這個——就是這個。接著說我們以後會怎樣。」

喬治繼續說道：「但是我們不一樣。我們有未來。我們有彼此可以說話，互相關心。我們不用因爲沒有地方可去，就跑到酒吧裡亂花錢。若是他們任何人進了監獄，屍體都腐爛了，也不會有人在意。但是我們不一樣。」

雷尼插嘴說：「我們不一樣！爲什麼呢？因爲……因爲我有你照顧我，你也有我照顧你，這就是原因。」他開心地笑。「喬治，繼續說吧！」

「你記得很熟嘛。你可以自己講啊。」

「不要，你說嘛。我有一些忘記了。你跟我說接下來會怎樣。」

「好吧。有一天——我們會把錢湊齊，我們會有一棟小房子，有一小塊土地，養一頭牛和幾隻豬，然後——」

「靠這塊地過活，」雷尼大喊。「還要養幾隻兔子。喬治，繼續說！快說我們要在菜園裡面種什麼，還有把兔子養在籠子裡，還有冬天下雨的時候有火爐可以用，還有牛奶上面會浮一層厚厚的奶油，撈都撈不完。喬治，快說來聽聽。」

「你怎麼不自己說？你全都知道啊。」

「才沒有……你說啦。我說的就不一樣了。喬治……你繼續說。說我要怎麼照顧兔子。」

「嗯，」喬治說，「我們會有一塊大大的菜田，還有兔籠和雞舍。冬天下雨時，我們就說一句他媽的不工作了，然後用火爐生火，圍在一旁取暖，一邊聽著雨打在屋頂的聲音——要瘋了！」他從口袋掏出一把小刀。「沒有時間繼續說了。」他拿刀插進其中一罐豆子，割開蓋子後遞給雷尼，再打開第二罐。他從一側口袋拿出兩支湯匙，其中一支遞給雷尼。

他們坐在火堆旁，用力咀嚼滿口豆子，還有幾顆從雷尼的嘴角掉出來。喬治拿著湯匙對雷尼比劃。「明天農場老闆問你問題要怎麼回答？」

雷尼停下咀嚼，把嘴裡的東西吞下去。他的表情專注，「我……我不……說話。」

「好孩子！雷尼，表現很好！可能你進步了。等我們買到一小塊地的時候，我可以讓你照顧兔子一整晚。只要你像現在一樣，能牢牢記住就好。」

雷尼噎了一下，但表情是滿滿的驕傲。「我能記住。」他說。

喬治又拿湯匙比劃一番。「雷尼，你聽著。我要你好好看看這四周。你可以記住這地方吧？農場在那邊大概四百公尺遠的地方，順著河流走就到了，你知道嗎？」

「那當然，」雷尼說。「這個我記得住。我不是就記住你叫我不能說話了嗎？」

「對啊，你已經記住了。好，聽著。雷尼——要是你又像以前一樣，惹上了麻煩，我要你到這裡來，躲在灌木叢裡。」

「躲在灌木叢裡。」雷尼慢慢重複一遍。

「躲在灌木叢裡，等到我來找你。你能記住嗎？」

「喬治，我當然能記住。躲在灌木叢裡，等到你來。」

「但你不會惹上麻煩的，因為啊，要是你惹麻煩，我就不讓你照顧兔子了。」他把空罐頭丟進灌木叢。

「喬治，我不會惹麻煩的。我不說話。」

「很好。把你的鋪蓋捲拿來火堆這邊。在這裡睡很舒服的。抬頭就能看到這些樹葉。不要再生火了，讓它自己熄滅就好。」

他們在沙地上鋪床，火焰逐漸減弱，周圍的火光也跟著變小；彎彎曲曲的樹枝消失在黑暗中，只剩下微光讓樹幹現出蹤跡。在一片黑暗裡，雷尼喊道：「喬治——你睡著了嗎？」

「還沒。你要幹嘛？」

「喬治，我們養顏色不同的兔子吧。」

「當然可以，」喬治昏昏欲睡。「雷尼，養紅的、藍的、綠的兔子。養個幾百萬隻。」

「喬治，養毛絨絨的兔子，像我在沙加緬度的市集裡看到的那種。」

「好啊，養毛絨絨的。」

「喬治，我還是可以走開，去住在山洞裡。」

「你也可以直接下地獄，」喬治說。「給我閉上嘴了。」

木炭上的餘火漸漸熄滅。河流上方的山裡有隻土狼在嚎叫，河流另一端有隻狗也跟著回應。梧桐樹葉在夜晚的微風中沙沙作響。

2

農場的工人宿舍是一棟長方形建築，蓋得很長。裡頭的牆壁刷上白色油漆，地板則沒有上漆。

三面牆上都有方形小窗戶，第四面牆上則是一扇堅固的門，上頭有木頭門閂。牆邊擺了八個鋪位，其中五個床鋪上鋪著毛毯，另外三個床鋪則露出了粗麻布被套。每個鋪位都釘著一個裝蘋果的箱子，開口面向前方，變成一個雙層櫃，給那張床的使用者擺放私人用品。櫃子上擺放各種小物品，像是肥皂、爽身粉、刮鬍刀和幾本西部雜誌[3]——農場的男人對這些雜誌是愛看又愛罵，但是心裡又偷偷相信著上面刊載的內容——櫃子上還有藥品、藥水瓶、梳子，櫃子兩側的釘子上還掛著幾條領帶。其中一面牆邊放著一個黑色鐵爐，鐵爐的煙管直直向上，穿過天花板。房間正中央擺了一張大大的正方形桌子，桌面上散亂著撲克牌，桌邊則圍繞著幾個木箱，給玩牌的人當椅子坐。

早上大約十點鐘，陽光透過一扇窗照射進來，光束中滿是灰塵，蒼蠅在光束中飛過來又飛過去的，看起來就像流星一樣。

門上的木門被往上拉。門打開了，一個高大的駝背老頭走進來。他身穿藍色的牛仔工作褲，左手握著一支大大的長柄刷。喬治跟在他後面，然後才是雷尼。

「老闆昨天晚上就在等你們了，」老頭說。「今天早上你們沒有上工，他快氣死了。」他用右臂指了指，但袖口只露出圓圓的手腕，像是一根棍棒，沒有手掌。「你們可以睡那兩張床。」他指

3廉價小說雜誌（紙漿雜誌）的類型之一，刊載內容多以美國西部拓荒時代爲題材，風行於十九世紀末至二十世紀中葉的美國。

著鐵爐旁的兩個鋪位。

喬治走過去，一把將毛毯丟上床墊。床墊是用裝滿稻草的粗麻布袋做成的，喬治朝櫃子上看了看，伸手拿起一個黃色小罐子。「喂，這什麼鬼東西？」

「我不知道。」老頭說。

「上面寫說一定能除掉蝨子、蟑螂和其他害蟲。你給的這是什麼鬼床鋪，我們可不想要身上長蟲。」

清潔工老頭用手肘夾住刷子，伸出手去拿罐子，仔細研究罐子上的標籤。「我告訴你——」他終於開口說話：「上一個睡這張床的人是個鐵匠——那傢伙是個好人，很愛乾淨。連吃完飯都會用這個洗手。」

「那他怎麼還會長蝨子？」喬治開始發火。雷尼把他的袋子放在一旁的鋪位上，然後坐下來。他張大嘴巴，看著喬治。

「我告訴你，」清潔工老頭說。「這個鐵匠啊——他名叫懷特——他是那種身上就算沒長蝨子，也會把藥放在身邊的人——只是為了以防萬一，懂嗎？我告訴你，他之前啊——吃飯的時候會把馬鈴薯皮剝掉，還會把每個小斑點都弄掉才肯吃，不管是什麼斑點都一樣。要是雞蛋上有一點點紅色污漬，他也會刮掉。後來他因為伙食的問題不幹了，他就是那樣的人——愛乾淨。他每個星期天啊，就算沒有要去哪裡，還是都會著裝打扮，連領帶都打上，然後就坐在宿舍裡面一整天。」

「我不太相信，」喬治一臉懷疑。「你說他爲什麼不幹了？」

老頭把黃色罐子放進口袋，用指節順了順如鬃毛般的白鬍子。「爲什麼啊……他……就是不幹了，很多人都這樣。他說是因爲伙食的問題，說就是想搬走。除了伙食，沒有說其他原因，某天晚上就突然說『把我的工錢給我』。很多人都是這樣。」

喬治把床墊掀起來察看底下，又彎下腰湊近，把麻布袋檢查一遍。雷尼馬上站起來，和他做一模一樣的動作。喬治總算滿意了。他解下鋪蓋捲，把東西擺到櫃子上，包括刮鬍刀、肥皀、梳子、一罐藥丸、止痛藥油和皮革腕帶。接著他拿起毛毯鋪床，把床鋪弄得整整齊齊。老頭說：「我想老闆等一下就會過來這裡了。你們今天早上沒來他很生氣，我們在吃早餐的時候他還跑過來，問說：『他媽的，新的工人跑哪裡去了？』他還把馬夫痛罵了一頓。」喬治把床鋪的皺褶拍平後坐下，「把馬夫痛罵一頓？」他問。

「對啊。因爲那個負責馬房的是個黑鬼。」

「黑鬼啊？」

「對啊，也是個好人，他的背之前被一匹馬踢歪了。老闆只要不高興就會臭罵他，但是那個馬夫根本當作耳邊風。他很愛看書，房間裡有好幾本書。」

「老闆人怎麼樣？」喬治問。

「唔，他人不錯，只是有時候會大發脾氣，但人很不錯。我告訴你——知道他之前聖誕節怎樣嗎？他竟然帶了一大桶威士忌進來宿舍裡，說：『大伙兒，痛快喝！一年只有一次聖誕節。』」

「有這種事！一大桶？」

「是真的。天啊，那時可真痛快。那天晚上他們讓那黑鬼進來宿舍。個子矮矮的馬夫史密提跟他打了一架，很精彩。大伙兒不讓他用腳，所以黑鬼贏了。史密提說要是他能用腳，肯定能把黑鬼殺死。主要還是因為黑鬼的背歪掉了，大伙兒才不讓他用腳。」他停頓了一會兒，細細回味一番。「後來大伙兒跑到索萊達去狂歡，我就沒跟去了。我的下半身已經用不了了。」

雷尼這會兒才鋪好床。木門再一次被往上拉，門開了。一個矮胖的男人站在門口，他身上穿著藍色牛仔長褲、法蘭絨襯衫、黑色背心，鈕扣沒扣上，外面套一件黑色外套。他的兩隻大拇指分別插在皮帶的鋼製扣環兩側，頭戴著髒髒的棕色牛仔帽，腳踩著裝有馬刺的高跟靴，證明他不是工人。

清潔工老頭飛快瞥了一眼，拖著腳步走到門邊，一邊用指節撫摸他的鬍鬚。「他們剛到。」他說完，穿過老闆身旁，緩慢地走出去了。

老闆的腳雖短，卻踩著小而快的步伐踏進屋內。「我寫信給莫瑞和雷迪就業處說我今天早上就需要兩個工人。你們有工作證嗎？」喬治從口袋裡拿出工作證，交給老闆。「不是就業處的問題。工作證上寫你們早上就應該開始工作了。」

喬治低頭看著雙腳。「我們被公車司機耍了，」他說。「害我們得多走十六公里。司機騙我們說已經到了，但是離這兒根本還差得遠，早上又搭不到車。」

老闆瞇起眼。「害我派出的穀糧隊少了兩個工人。不過現在也來不及了，晚飯以後再過去吧。」他從口袋拿出記錄本，翻到夾著鉛筆的那一頁。喬治意味深長地對雷尼皺眉，雷尼點點頭，表示懂了。老闆舔了下鉛筆，「你叫什麼名字？」

「喬治．米爾頓。」

「那你呢？」

喬治說：「他叫雷尼．斯莫。」

老闆把名字寫進本子。「我看看，今天是二十號，二十號的中午。」他闔上記錄本。「你們之前在哪裡工作？」

「威德那邊。」喬治說。

「你也是嗎？」他問雷尼。

「對，他也是。」喬治說。

老闆戲謔地用手指了指雷尼：「他不太愛說話是嗎？」

「對，但他絕對是個好工人。他壯得像頭牛。」

雷尼默默笑了笑。「壯得像頭牛。」他重複。

喬治對他皺眉，雷尼忘了自己不能說話，羞愧地低下頭。

老闆突然說：「斯莫，聽著！」雷尼抬起頭。「你會做些什麼？」

雷尼慌張不已，用眼神向喬治求救。「你要求的他全都能做。」喬治說。「他很擅長馬夫的工作。他也會扛穀袋、開耕耘機，他什麼都能做，就讓他試試吧。」

老闆轉身看著喬治。「那你爲什麼不讓他自己回答？你在隱瞞什麼？」

喬治有些驚慌，趕緊大聲回應：「噢！但我沒說他聰明，他有點笨，可我說的是眞的，他眞的很能工作。他可以舉起四百磅的穀袋。」

老闆不疾不徐地把記錄本放進口袋，兩隻大拇指勾住皮帶，然後瞇起眼，其中一隻眼瞇得幾乎只剩一條縫了。「喂——你到底在推銷什麼？」

「哈？」

「我說你能從他身上拿到什麼好處嗎？你要把他的工資拿走嗎？」

「不是，當然沒有。你怎麼會覺得我在出賣他？」

「我從沒見過有人願意替別人處理這麼多麻煩。我只是想知道你的目的而已。」

喬治說：「他是我……表弟。我跟他母親說過我會照顧他。他小的時候被馬踢到頭，人沒事，只是不太聰明，但你要他做啥他都能做。」

老闆半轉過身。「好吧，天曉得他扛大麥袋需不需要腦袋。可是米爾頓，你別想瞞我任何事，我會好好盯著你們。你們爲什麼離開威德？」

「工作做完了。」喬治快速回應。

「什麼樣的工作？」

「我們……我們負責挖糞坑。」

「好吧，但你別想瞞我任何事，這樣你得不到什麼好處的。要小聰明的傢伙我也見過不少。晚飯後跟著穀糧隊一起出去，他們要去打穀機那裡把打好的大麥搬回來。你跟著斯林的隊伍。」

「斯林？」

「對，那個很高很壯的車夫，晚餐時間你就會看到他了。」他一說完，突然轉身走向門口，但在出去前又回過頭來，盯著他們兩人許久。

直到他的腳步聲漸遠，喬治開始對雷尼發脾氣。「不是說好了你不講半句話嗎？你應該要閉緊你的大嘴巴，讓我來說話就好。馬的差點害我們丟掉工作。」

雷尼萬分沮喪地看著雙手。「喬治，我忘記了。」

「對，你忘記了。你每次都忘記，然後我還得替你善後。」喬治往床鋪用力坐下。「現在他盯上我們了。我們必須小心，不能出錯。你以後都把你的大嘴巴給我閉緊了。」他鬱悶地陷入沉默。

「喬治。」

「你又要幹嘛？」

「喬治，我沒有被馬踢啊，我有嗎？」

「如果有就太好了。」喬治故意說。「大家就不用這麼麻煩了。」

「喬治，你說我是你的表弟。」

「對，那是假的，我眞他媽的慶幸。如果我是你親戚，我乾脆拿槍把自己射死。」他突然閉上嘴，走到還敞開的門口往外看。「喂，你是在偷聽什麼鬼？」

老頭慢慢走進屋裡，他手上拿著長柄刷，腳後邊跟著一隻瘸腿的牧羊犬。牧羊犬的嘴毛一片灰白，白濁的老眼睛已經看不見東西了。老狗一跛一跛走到屋子角落趴下，微微發出哼聲，一邊舔舐牠那身被蛀蟲咬過的灰白皮毛。清潔工老頭的視線一直跟著牠，一直到牠平靜下來，才說：「我沒有在偷聽。我只是站在陰涼處，幫我的狗搔搔癢。我剛打掃完廁所而已。」

「你明明在偷聽我們說話，」喬治說。「我不喜歡有人多管閒事。」

老頭眼神難安地來回看著喬治和雷尼。「我剛剛才走過來而已，」他說。「你們說什麼我沒聽見，我對你們說的話也不感興趣。在農場裡的人，從來不會多聽也不會多問。」

「最好是這樣，」喬治說，他稍微緩和下來了。「要是想工作得長長久久的話。」其實經過清潔工的解釋後，他已經放心了。「進來坐吧，」他說。「那隻狗也太老了。」

「對啊，牠還是小狗的時候我就養牠了。老天，牠年輕的時候可眞是一隻好牧羊犬。」他把長柄刷靠在牆上，然後用指節搓搓下巴那團白鬍鬚。「你覺得老闆怎麼樣？」他問。

「不錯啊，感覺還行。」

「他人滿好的，」清潔工老頭也同意。「只要你好好遵守規矩。」

這時，一名年輕男子走進宿舍，他的身材削瘦，皮膚和眼睛都是棕色的，頭頂上的捲髮十分濃密。他的左手戴著工作手套，腳下則跟老闆一樣，都穿著高跟靴。「有看見我父親嗎？」

清潔工說：「他才剛離開而已，科里。我猜他可能去廚房了吧。」

「我去找找看。」科里說。他眼神飄過新來的兩人，然後停住視線，兩眼冰冷，直視著喬治和雷尼。他的手臂逐漸彎曲，雙手緊握成拳頭，渾身僵硬戒備，身體微蹲。他的眼神兇狠，帶著算計。雷尼被他盯得坐立難安，雙腳緊張地動來動去。科里十分謹慎地走近他，「你們就是父親在等的人？」

「我們剛到。」喬治說。

「讓那個大塊頭說話。」

雷尼不安地扭動身體。

喬治說：「要是他不想講話呢？」

科里猛然轉身，「馬的，有人跟他說話，他就要回答！到底干你屁事啊？」

「我們是一起來的。」喬治語氣冷漠。

「噢！原來是這樣啊。」

喬治渾身緊繃，沒有動作。「對，就是這樣。」

雷尼手足無措，用眼神向喬治求助。

「你不讓大塊頭說話，是這樣嗎？」

「如果他有想說的就會說。」他對雷尼輕輕點頭。

「我們剛來。」雷尼小聲地說。

科里直直盯著雷尼。「好吧，下次有人跟你說話你就要回答。」他轉身向門口走出去，手臂仍些微彎曲著。

喬治看著他離開後，轉身看向清潔工。「喂，他到底是怎麼一回事？雷尼又沒有得罪他。」

老人謹慎地察看門口，確保沒有人偷聽。「他是老闆的兒子。」他小聲地說。「科里的身手很不錯，打過很多場拳擊賽。他是輕量級的選手，很有兩下子。」

「有兩下子又怎樣，」喬治說。「他沒必要這樣逼迫雷尼。雷尼可沒對他做什麼，他幹嘛要針對雷尼？」

清潔工想了一下，「嗯……我告訴你。科里就是個子小的人，他討厭大塊頭。每次看到個子高的人，都忍不住找碴。大概是因爲他自己個子不夠大，所以就討厭人家。你見過像他這種矮矮的人吧？都很愛找人吵架？」

「當然啊，」喬治說。「我見過很多個子小的硬漢。但是那個科里最好不要小看雷尼。雷尼的身手雖然不好，但科里如果欺負他，他一定會自討苦吃。」

「不過科里眞的滿厲害的，」清潔工對喬治的話半信半疑。「可我怎麼想都覺得不對。假如科里直接撲到一個大塊頭的臉上揍他，大家就會說科里好會打架。但如果沒打贏，被人揍了，大家反而會說對方塊頭那麼大，應該要找個身材差不多的對手，也許他們還會聯合起來對付那個大塊頭。我怎麼想都覺得不太對，這樣看來科里沒打算給任何人機會贏他。」

喬治盯著門口。他提出警告：「哼，他最好小心雷尼。雷尼不是拳擊手，但他很強壯，速度又快，而且他可不懂什麼規則。」他走到方桌旁的木箱坐下，把撲克牌收拾起來洗牌。

老頭在另一個木箱坐下。「別跟科里說我講過這些話，他會扒了我的皮。他沒在怕的，反正他的老爸是老闆，不怕被開除。」

喬治切完牌，就把撲克牌全部翻開，仔細研究每一張牌，然後丟到桌上，疊成一堆。他說：「這個科里聽起來真是個狗娘養的，我可不喜歡惡毒的小伙子。」

「我看他最近有惡化的趨勢，」清潔工說。「他幾個星期前才剛結婚，老婆也住老闆家裡。科里打從結婚後，就比之前更加狂妄自大了。」

喬治哼了一聲。「他可能是想在老婆面前裝英勇。」

清潔工開始喜歡上他的碎語。「你有看到他左手戴著手套嗎？」

「有啊，看到了。」

「嗯，那手套裡面塗滿了凡士林。」

「凡士林？幹嘛要這樣？」

「嗯，我跟你講吧——科里說他爲了老婆，要把那隻手保持得滑滑嫩嫩。」喬治全神貫注研究著撲克牌。「到處講這個也太噁心。」他開口。

老頭放心了，他讓喬治也說出貶低科里的話了。他終於安心下來，於是他說得更加自信。「等你看到科里的老婆就知道了。」

喬治又切了一次牌，動作很緩慢又很仔細，排出一局接龍[4]。「正點嗎？」他問得漫不經心。

「是正點……但是——」

喬治研究他的牌局。「但是怎樣？」

「嗯——她很風騷。」

「哦？才結婚兩星期就這樣？難怪科里那麼坐立不安。」

「我看過她對斯林拋媚眼。斯林是那個領頭的車夫，是個大好人。他啊，連高跟靴都不用穿，在穀糧隊就威風得很。我看到那女人對斯林拋媚眼，科里都不知道。而且，我也有看過她對卡爾森拋媚眼。」

喬治假裝對這話題不感興趣。「看來我們之後有好戲看了。」

清潔工從木箱上站起來。「你知道我是怎麼想的嗎？」喬治沒有回答。「我覺得啊，科里娶了個……騷貨。」

「他不是第一個，」喬治說。「很多人都一樣。」

老頭移動到門邊，他的老狗抬頭張望，費力地爬起來跟上。「我得去幫大伙兒準備好臉盆了，穀糧隊等一下就會回來。你們待會要去搬大麥嗎？」

「對啊。」

「你不會把我剛剛說的話告訴科里吧？」

「當然不會。」

「你好好觀察他老婆吧，先生。看她是不是一個騷貨。」他踏出門外，走進燦爛的陽光裡。

喬治看著牌局，他深思熟慮後，謹慎移牌，完成三行接龍，然後把四張梅花接到A上面。陽光照射在地板上，蒼蠅如同火花般飛過。外頭傳來叮叮噹噹的馬具聲，以及沉重的車輪聲。遠處有人在大聲呼喊，聲音十分響亮。「馬房的——喲，馬——房的！」然後接著一句，「那個該死的黑鬼跑哪去了？」

喬治盯著他的接龍，接著一把將牌收起來，轉身面對雷尼。雷尼正躺在床鋪上看他。

「雷尼，你聽著！這裡不是什麼好地方。我有點擔心，怕你會和那個叫科里的起衝突。我見過

4經典單人紙牌遊戲。喬治在全篇故事裡，經常一個人在桌前玩牌。雷尼沒有能力陪他玩，其他的工人也無心思。這也隱含著一種「孤獨」。

他那種人，他應該是在試探你的底細，他覺得你已經開始怕他了，只要他逮到機會，就會攻擊你。」

雷尼的眼神充滿恐懼。「我不想惹麻煩，」他憂鬱地說。「喬治，不要讓他打我。」

喬治起身，走到雷尼的床鋪坐下。「我討厭這種王八蛋，」他說。「這種人我見過太多。不過就像那老頭說的，科里不會隨便冒險，他每次都要贏。」他想了一下。「雷尼，如果他找你打架，我們會被抓進監獄。你不要忘記，他是老闆的兒子。雷尼，你聽好。你盡量離他遠一點，懂嗎？絕對不要跟他說話。如果他進來這裡，你就跑到房間的另一邊。雷尼，你能做到嗎？」

「我不想惹麻煩。」雷尼哀嚎。「我又沒有對他做什麼。」

「嗯，可如果科里想找你打架，你也沒有辦法。反正不要和他來往。能記住嗎？」

「當然，喬治。我不會說話的。」

穀糧隊逐漸接近，聲音愈來愈大，馬蹄重重打在堅硬的地面上，伴隨著煞車的磨擦聲和轠鍊相互撞擊的叮噹聲，男人們在隊伍中來來回回地叫喊。喬治坐在雷尼身旁，仔細思考，眉頭緊鎖。雷尼怯生生地問：「喬治，你沒生氣吧？」

「我不是生你的氣，我是生那個混蛋科里的氣。我本來希望我們能一起賺點錢——差不多賺個一百元吧。」他的語氣變得堅決。「雷尼，你離科里遠一點。」

「我會的，喬治。我不會說話的。」

「不要讓他把你捲進麻煩裡——但是——如果那個狗娘養的欺負你——你就給他好看。」

「喬治，你說給他什麼？」

「沒什麼，沒什麼，到時候再跟你說吧。我討厭他那種人。聽著，雷尼，如果你惹上麻煩，記得我之前教你的嗎？」

雷尼用手肘撐起身體，整張臉因爲思考而扭成一團。然後他傷心地看著喬治的臉。「如果我惹麻煩，你就不讓我照顧兔子了。」

「我不是說這個。你記得我們昨天睡在哪裡嗎？河流邊？」

「有，我記得。噢，我當然記得！我要跑去灌木叢裡躲起來。」

「等我去找你。不要讓任何人看見你。躲在河流旁邊的灌木叢裡。你再說一遍。」

「躲在河流旁邊的灌木叢裡，那個河流旁邊的灌木叢裡。」

「如果你惹上麻煩了。」

「如果我惹上麻煩了。」

外頭一陣尖銳的煞車聲。有人喊道：「馬房——的。喂！馬——房的。」

喬治說：「雷尼，你對自己說一遍，才不會忘記。」

從門口透進來的長方形光束突然消失不見，兩人同時抬起頭。一名女子站在門口，向裡頭張望。她豐滿的雙唇塗上了口紅，兩隻眼睛隔著很大的距離，整張臉濃妝艷抹。她的手指甲也擦成紅色，頭髮燙得一捲一捲的，好像一串串香腸。她穿著棉質家居服，腳踩紅色拖鞋，鞋面上裝飾著一團團紅色的駝鳥羽毛。「我找科里。」她說。她的聲音尖銳，帶著鼻音。

喬治移開視線，又繞了回去。「他剛剛還在這裡，但是出去了。」

「噢！」她兩手伸到背後，身體倚在門框上，整個人向前傾。「你們就是那兩個新來的傢伙，對吧？」

「對。」

雷尼把她從頭到腳看了一遍，雖然女子好像沒有看著雷尼，但她有些驕傲地昂首。她盯著她的手指甲，解釋道：「科里有時候會在這裡。」

喬治毫不客氣地說：「但是他現在不在。」

「如果他不在的話，我應該去找找其他地方囉？」她嘻笑。

雷尼看著她，被她迷得神魂顛倒。喬治說：「如果我看到他，會跟他說你正在找他。」

她笑得淘氣，扭動了一下身體。「找人嘛，不會有人責怪的。」她說。她身後傳來腳步聲，有人從她身旁經過。她轉過頭道：「嗨，斯林。」

斯林的聲音從門邊傳進來。「嗨，美女。」

「斯林，我在找科里。」

「看來你沒有很認真找。我看見他進你屋裡了。」

她突然聽出他的意思。「再見，大伙們。」她朝宿舍裡喊了一聲，便匆匆忙忙跑走了。

喬治轉頭看著雷尼。「老天，眞是放蕩，」他說。「原來那就是科里挑的老婆。」

「她好漂亮。」雷尼想替她辯護。

「是啊，還到處賣弄，科里可眞有得忙了。我打賭只要給她二十塊錢，她就直接跟你跑了。」

雷尼還在癡癡凝望著她方才站的門口。「天啊，她好漂亮。」他醉心一笑。喬治立刻低頭瞪他，抓住他的耳朵，扯過來扯過去。

「聽我說，你這個混蛋瘋子！」他的語氣嚴厲無比。「你不准再看那婊子一眼，我不管她說什麼或做什麼，我見過她們這種狐狸精，但我沒看過比她更可怕的禍水。你給我離她遠點。」

雷尼試圖解救自己的耳朵。「喬治，我又沒有做什麼。」

「是啊，你是沒有。不過她在門口那邊露腿的時候，你倒也沒有在看其他地方嘛！」

「喬治，我沒有要做壞事。我眞的沒有。」

「很好，你給我離她遠一點，我從沒見過像她這種禍水。你就讓科里自找麻煩去吧，是他自己願意跳進去的，手套裡面還塗滿了凡士林。」喬治滿臉嫌惡。「我賭他一定有在吃生雞蛋，而且還寫信給藥房討秘方。」

雷尼突然大聲哭鬧——「喬治，我不喜歡這裡。這個地方一點都不好，我想要離開這裡！」

「我們一定要等賺到錢了才能走，雷尼，我們也沒其他辦法。只要拿到錢了，我們馬上就走。我也不喜歡這裡。」他回到桌子前，重新排一局接龍。「我眞的討厭這裡，」他說。「就算只拿到一點錢，我也要馬上掉頭走人。如果我們身上有個幾塊錢，我們就離開，去美國河[5]淘金。說不定在那裡一天就能賺上好幾塊錢，還有可能挖到金礦。」

雷尼一臉熱切地湊過去。「喬治，我們走吧。我們離開這裡，這裡的人都好壞。」

「我們必須待著，」喬治說得直接了當。「現在給我閉上嘴。他們要進來了。」

隔壁的廁所傳來水流動的聲音和臉盆的磕碰聲。喬治研究著牌，「我們應該也去沖個水，」他說。「但我們還沒開始工作，身體沒弄髒。」

一個高大的男人站到門口，腋下夾著一頂被壓扁的牛仔帽，抬手把他那又長又黑的濕髮梳直。他和所有人一樣，都穿著藍色牛仔褲和短袖牛仔夾克。他梳理完頭髮，走進屋子，渾身散發著皇家威嚴，還有工匠名師才有的氣勢。他是領頭的車夫，農場的大將，用一條韁繩就能駕馭十四、十六匹，甚至是二十匹馬騾。他揮一下牛皮鞭，就有辦法打死一隻黏在車夫屁股上的蒼蠅，碰都不會碰到馬騾一下。他整個人嚴肅沉穩，每次他一開口，大家就安靜下來。他說的話很有份量，不管是談論政治或是戀愛，大家都很聽從。他就是斯林，領頭的車夫。從他削瘦的臉上看不太出年紀，可能是三十五歲，也可能是五十歲。他非常善解人意，總能聽出別人的弦外之音，而且他說話很慢，總是飽含深意。他的手很大，又纖細，動作就跟神廟舞者一樣靈活。

他把扁掉的帽子整理好，從中間拉起一道皺摺，再把帽子戴上，親切地瞧向宿舍內的兩人。「外頭真是有夠亮的，」他說話十分溫和。「幾乎都看不清楚裡面了。你們就是新來的人嗎？」

「對，我們剛到。」喬治說。

「要負責搬大麥？」

「老闆是這麼說的沒錯。」

斯林在喬治對面的木箱坐下。從他的角度看過去，撲克牌正好上下顛倒，他端詳了一番牌局。「希望你們能來我的隊伍，」他說，聲音十分溫和。「我隊裡有兩個笨蛋，連大麥袋和下半身的卵蛋都分不清楚。你們有搬過大麥嗎？」

「當然有，」喬治說。「我自己是沒什麼好說嘴的，但是那個大塊頭的蠢蛋啊，一個人就可以扛兩個人的份。」

雷尼的視線一直左右來回轉動，想要跟上兩人的對話，喬治的這聲讚美，讓他得意地笑起來。斯林聽見喬治讚美別人，兩眼讚許地看著喬治。他彎腰向前，抓住一張散牌的牌角。「你們兩個一起來的嗎？」他的語氣很友善，自然而然就能引人信任。

「是啊，」喬治說。「我們算是互相照顧。」他用大拇指對雷尼指了指。「他不太聰明，可是還眞他媽的能工作。他人很好，只是不太聰明，我跟他認識很久了。」

5美國河（American River）位於美國加州的河流，沙加緬度河的支流之一。

斯林凝視著喬治，視線穿透他的靈魂。「很少有人會結伴同行，」他若有所思。「我也不知道爲什麼。可能這整個世界的人都互相害怕。」

「能和自己熟悉的人互相作伴，感覺好多了。」喬治說。

這時，一名孔武有力，肚子肥大的男人走進宿舍。因爲剛沖過水的關係，頭髮還在滴水。「嗨，斯林。」說完，他停下來盯著喬治和雷尼。

「他們是新來的。」斯林介紹著。

「你們好啊，」他說。「我叫卡爾森。」

「我是喬治．米爾頓。他是雷尼．斯莫。」

「你們好啊，」卡爾森又說一遍。「他塊頭可不小[6]。」這個笑話，惹得他自己竊笑起來。「一點都不小。」他重複。「對了，斯林——我要問你，你的母狗怎麼了？我今天沒看到牠跟在你的騾車下面。」

「牠昨天晚上生小狗了，」斯林說。「生了九隻。我馬上就把四隻淹死了。牠的奶水不夠餵那麼多隻。」

「那還剩五隻嘛？」

「對，五隻。我留了最大的幾隻。」

「你覺得牠們會是什麼狗？」

「我不知道，」斯林說。「我猜是某種牧羊犬吧。我看牠在發情的時候，附近都是這種狗。」

卡爾森繼續問：「有五隻小狗是吧。全都要留下來養嗎？」

「我不知道。先留著一陣子吧，這樣才能讓牠們喝露露的奶。」

卡爾森一臉若有所思，說：「斯林，你看，我是想說坎迪的狗已經老成這樣，根本不太能走路了，而且又臭得要死。每次牠進來宿舍，味道就會留個兩三天，散都散不掉。還是你就叫坎迪開槍打死他的老狗，然後把其中一隻小狗給他養，你覺得怎麼樣？隔個一公里，我都能聞到牠的味道。牠已經沒有牙齒，眼睛又快瞎了，飯都吃不了。坎迪都餵牠喝牛奶，牠咬不動食物。」

喬治一直專注地盯著斯林。忽然間，外頭傳來三角鐵震動的聲響，一開始很慢，接著愈變愈快，快得連拍子都沒了，變成一聲長音，然後聲音又猛然靜止，就像一開始那樣突然。

「開飯了。」卡爾森說。

外頭一窩蜂的男人經過，一陣吵雜。

斯林慢慢站起來，動作威風凜凜。「你們兩個最好趕快來，不然等下就會沒飯吃了。沒幾分鐘就會被搶光。」

6 雷尼的姓氏斯莫（Small）有小的意思，但是身材長得很高大。卡爾森以此開了個玩笑。

卡爾森退後一步讓斯林先走，兩人一起出去了。

雷尼非常興奮地看著喬治。喬治把牌弄亂，攪成一堆。「有啦！」喬治說：「我聽見了，雷尼。我會問問他。」

「我要一隻棕色的，一隻白色的。」雷尼興奮地大喊。

「走吧，我們去吃晚飯。但我不知道他有沒有棕色和白色的小狗。」

雷尼還待在床鋪上。「喬治，你現在就去問他嘛，這樣他才不會再把其他小狗殺死。」

「好。你快起來，快點走吧。」

雷尼翻身下床，站起來，兩人向門口走去。才走到門口，科里就闖了進來。

「你們有在這裡看到一個女生嗎？」他生氣地盤問。

喬治冷漠地說：「大概半小時前吧。」

「馬的，她來這裡幹什麼？」

喬治站著，一動也不動，看著眼前怒氣沖沖的矮子。他語帶羞辱，說：「她說——她在找你。」

科里的模樣，像是第一次注意到喬治。他把喬治打量了一遍，觀察他的身高，估算他的攻擊距離，然後看著他削瘦的肚子。「那她往哪個方向去了？」他最後又盤問一句。

「我不知道，」喬治說。「她走的時候，我沒去注意。」

科里瞪了他一眼，轉身匆忙離開。

喬治說：「雷尼，你知道嗎，我眞怕自己會跟那個混蛋吵起來。我恨他入骨。他媽的！走吧，再等一下就沒得吃了。」

他們走出去了。夕陽在窗底下灑落一道細細的光束。遠處傳來碗盤碰撞的聲音。

過了一會兒，那隻老狗一跛一跛地從敞開的門走進宿舍。牠用半瞎的雙眼張望四周，眼神溫和。牠用鼻子嗅了嗅，接著趴下來，把頭埋進腳掌裡。這時，科里又出現在門口，朝裡面張望。老狗抬起頭看他，科里又突然跑走，老狗灰白的頭再次沉到地板上。

3

傍晚的微光從窗戶透進宿舍，但是屋裡仍舊一片幽暗。敞開的門外傳來馬蹄鐵落地的砰砰聲，偶爾是匡噹聲。有人在玩投擲馬蹄鐵[7]的遊戲，時而聽見他們喝采，時而聽見他們嘲笑。

斯林和喬治一同踏進宿舍，屋裡愈來愈昏暗。斯林走到牌桌前，打開電燈，圓錐形的鐵皮燈罩讓光束直直向下投射，牌桌瞬間明亮起來，宿舍的四角仍處於黑暗之中。斯林在一個木箱坐下，喬

7 一種戶外遊戲，目標是要讓馬蹄鐵套進柱子。

治坐在他的對面。

「不是什麼大事。」斯林說。「我本來就要把多數的小狗都抓去淹死。不用謝我。」

喬治說：「對你來說可能不算什麼，但對雷尼來講可是很嚴重的。老天，眞不知道要怎樣才能讓他回到屋裡睡，他一定會想要去馬房和小狗睡，肯定很難阻止他跑到箱子裡面跟小狗擠一起。」

「不是什麼大事，」斯林重複。「對了，你說的眞對，他是不太聰明，但我從沒見過像他這麼有力氣的工人，只是搬大麥而已就差點把同伴累死，根本沒有人跟得上他的速度。老天爺啊，我從來沒看過這麼強壯的人。」

喬治驕傲地說：「只要是不用動腦的工作，你跟雷尼說什麼，他就會做什麼。他自己沒辦法找事情做，但是他能聽從指令。」

外頭的鐵樁上傳來馬蹄鐵套中的匡噹聲，伴隨著一陣歡呼。

斯林稍微向後移動，讓燈光照不到他的臉。「你們一直跟著對方還眞有趣。」斯林此舉是種沉著的邀請，希望能獲得喬治的信任，進而深談。

「哪裡有趣？」喬治防備地問。

「噢，我也不知道，幾乎沒有人會這樣結伴而來。我沒看過兩個男人一起同行。你也知道的，大家都一樣，他們來農場，拿到床位，工作一個月，然後就不幹了，一個人走掉，從來不管別人。像他這樣的瘋子和你這樣聰明的小子竟然會同進同出，還挺有趣的。」

「他不是瘋子，」喬治說。「他笨得要死，但他沒瘋。我也沒有多聰明，不然我沒必要在這裡收成大麥。要是我很聰明，有那麼一點點機靈的話，我就能有自己的一小塊土地，有我自己的收成，而不是替別人做所有的工作，種出來的卻都不是我的。」喬治陷入沉默，其實他很想繼續講。斯林沒有慫恿他繼續說，也沒有勸阻他。他只是靜靜坐著，等待著傾聽。

「他和我一起，其實沒什麼好特別的。」喬治終於開口。「我跟他都在奧本出生。我認識他的姨母卡瑞拉。她從雷尼很小的時候就開始扶養他了，一直到他長大。卡瑞拉阿姨死後，雷尼就跟著我到外面工作，時間久了，也算是已經習慣彼此了吧。」

「嗯。」斯林回應。

喬治瞄了眼斯林，看見他那沉著的眼神凝視著自己，彷彿神的眼睛。「眞好笑，」喬治說。「我以前和他在一起的時候很好玩，經常捉弄他，因爲他太笨、太不會照顧自己了，笨到連自己被捉弄都不知道。那時候我玩得很開心，在他旁邊，我覺得自己特別聰明。怎麼我叫他做什麼他就做什麼？如果我叫他跳下懸崖，他就會跳下去。過沒多久，就覺得沒那麼好玩了。而就算我捉弄他，他也從來沒有對我生過氣。我常常狠狠地揍他，可明明他用手就能輕鬆捏碎我的每一塊骨頭，但他連一根手指頭都沒有碰過我。」喬治的語調帶著懺悔。「告訴你我爲什麼不捉弄他了。有一次有群人站在沙加緬度河旁邊，我自作聰明，轉身跟雷尼說：『跳下去。』然後他就跳進去了，他完全不會游泳。我們救他起來的時候，他差點溺死。結果他很感激我拉他上來，對我可好了，完全忘記一開始是我叫他跳下去的。嗯，這之後我就再也不做那些事了。」

「他是個好人，」斯林說。「當一個好人不需要多聰明。在我看來，情況常常相反。眞正聰明的人反而都不是個好人。」

喬治把散亂的牌集中成一堆，排出接龍。馬蹄鐵落地的砰砰聲自外頭傳進來，傍晚的夕陽依然把方格窗戶照耀得明亮。

「我沒有家人，」喬治說。「我看著人們在不同農場裡來來去去，都是一個人，那樣不好。他們的生活沒有樂趣，時間久了內心變得很壞，整天想找人打架。」

「是啊，他們變得很壞，」他同意。「因爲變成這個樣子，所以不想跟別人說話。」

「雷尼在大部分時間裡，都是個超級大麻煩沒錯，」喬治說。「但你已經習慣和一個人一起走，甩都甩不掉。」

「他不壞，」斯林說。「我看得出來雷尼一點也不壞。」

「他當然不壞。但他總是惹上麻煩，因爲他實在太笨了。像在威德的時候——」他突然停下來，手上的牌翻到一半。他一臉擔憂，看向斯林。「你不會告訴別人吧？」

「他在威德做了什麼？」斯林平靜地問。

「你不會講出去吧？……不會，你當然不會。」

「他在威德做了什麼？」斯林又問一次。

「嗯，他看到一個穿紅色洋裝的女生。那個蠢蛋，只要有喜歡的東西，他都想摸一摸，只為了看看是什麼感覺。所以他就伸手去摸那件紅洋裝，那女生突然尖叫，嚇得雷尼不知所措，就一直緊緊抓住裙子，因為這是他唯一能想到的事。那女生不停尖叫，我就在不遠處而已，聽到尖叫聲就趕快跑過去，那時候雷尼太害怕，所以他能想到的就是繼續抓著裙子。我用一塊柵欄木板用力打他的頭，想要讓他放手。但他實在太害怕了，沒辦法放手。而且他力氣又他媽的大，你也知道。」

斯林的眼睛直直盯著喬治，眨都沒眨過一下，緩緩地點頭。「結果怎麼樣了？」

喬治仔細排列著接龍。「結果那女生掙脫了，跑去跟警察說她被強姦了。威德的人成群結隊去抓雷尼，打算弄死他。後來，我們整天躲在灌溉溝渠裡，泡在水底下，只有頭露出來，讓水溝邊的雜草擋住我們。一直到那天晚上，我們才逃出去。」

斯林坐著，沉默了一陣。「那女生沒受傷吧？」他終於問道。

「當然沒有。她只是被嚇到了。如果雷尼把我抓住，我也會嚇到。但雷尼絕對沒有傷害她，他只是想要摸一下那件紅洋裝，像他整天想要摸那些小狗一樣。」

「他不壞，」斯林說。「一個人壞不壞，我遠遠就能看出來。」

「他當然不壞，他什麼都會去做，只要我——」

雷尼從門口走了進來。他的藍色牛仔外套像斗篷一樣披在肩上，彎著腰走進來。

「嗨，雷尼，」喬治說。「你喜歡那隻小狗嗎？」

雷尼興奮得呼吸急促，他說：「牠是棕色和白色混在一起的狗，剛好就是我想要的。」他筆直走到床鋪躺下，把臉朝向牆壁，再把膝蓋彎起來。

喬治從容不迫地放下牌。「雷尼。」他的口氣嚴厲。

雷尼轉過頭向後看。「嗄？什麼事，喬治？」

「我跟你說過不能把小狗帶進來。」

「喬治，什麼小狗？我沒有小狗啊。」

喬治快步走過去，一把抓住他的肩膀把人翻過來。他伸出手，把雷尼藏在肚子上的幼犬抓起來。

雷尼急忙坐起來。「喬治，把牠給我。」

喬治說：「你馬上起來，把牠放回狗窩。牠一定要跟牠媽媽一起睡。你是想害死他嗎？牠昨晚才剛出生，你就把牠抓出狗窩。你把牠放回去，不然我就叫斯林不要把小狗給你。」

雷尼伸出手懇求。「喬治，把小狗給我。我會把牠放回去。喬治，我沒有想要傷害牠，真的沒有，我只是想要摸一下。」

喬治把小狗給他。「好吧，你快點把牠放回去，不可以再抱出來了。你要知道，你這樣會把牠害死的。」雷尼趕緊跑出宿舍。

斯林沒有動作，眼神平靜地看著雷尼跑出去。「老天，」他說，「他簡直像個孩子，是不是？」

「是啊，他就像孩子一樣。他們都很單純，不會害人，只差在他力氣實在太大了。我賭他今晚不會來這睡了，他一定會睡在馬房的狗箱子旁邊。算了，就讓他待在那吧，反正他在那裡也沒辦法闖禍。」

天色已經差不多黑了，清潔工老坎迪回到床鋪上，那隻老狗費力地跟在後頭。「哈囉，斯林。哈囉，喬治。你們不去丟個馬蹄鐵玩玩嗎？」

「我不想每個晚上都玩。」斯林說。

坎迪又問：「你們誰有沒有一小杯威士忌？我肚子痛。」

「我沒有，」斯林說。「如果我有我就自己喝了，而且我肚子也不痛。」

「肚子快痛死了，」坎迪說。「一定是那該死的大頭菜害的，吃之前我就猜到了。」

身材厚實的卡爾森從愈來愈漆黑的院子裡走進來。他走到宿舍另一邊，打開第二盞燈。「這裡比地獄還暗，」他說。「老天，那黑鬼還眞會扔馬蹄鐵。」

「他很厲害。」斯林說。

「眞他媽的厲害，」卡爾森說。「他根本不給其他人機會贏——」話說到一半，他對空氣聞了聞，不停地聞，然後他低頭看著老狗。「我的老天爺，這狗好臭。坎迪，把牠弄出去！從沒聞過比這隻老狗更臭的東西，你一定要把牠弄出去。」

坎迪滾到床邊，伸手拍拍那隻老狗，道歉說：「我一直都在牠旁邊，所以沒注意到牠那麼臭。」

「牠在這裡，我可受不了。」卡爾森說。「就算牠不在的時候，臭味還是散不掉。」他用壯碩的腳大步走過去，低頭看著老狗。「牙齒沒了，」他說，「牠有風濕病，全身都僵硬了。坎迪，牠這樣對你沒啥用處，牠自己也活得痛苦。坎迪，你怎麼不拿槍射死牠？」

老頭不安地扭動。「嗯——不行！我養牠很久了。牠還是小狗的時候，我就養牠了。以前牠還和我一起牧羊。」他驕傲地說：「你看牠現在的樣子一定很難想像，但牠是我見過最棒的牧羊犬。」

喬治說：「我之前在威德看過有人養的萬能㹴會牧羊，是跟其他狗學的。」

卡爾森不想被岔開話題。「坎迪，你聽著。這隻老狗整天都在受苦，如果你把牠帶出去，從牠後腦勺開一槍——」他傾身向前，指指老狗的腦袋。「——就是這裡，牠根本不會知道是什麼打到牠。」

坎迪難過地左右張望。「不行，」他輕聲說。「我不能這樣做，我養牠太久了。」

「牠一點都不快樂，」卡爾森堅持。「而且牠臭得要死。我告訴你，我替你開槍打死牠，這樣就不算是你殺的了。」

坎迪兩腳伸下床，緊張地搔著他的白鬍鬚。「我很習慣有牠在旁邊了，」他輕聲說。「從牠還小的時候就養牠了。」

「但是你讓牠活著，是在讓牠受苦，」卡爾森說。「聽著，斯林的母狗已經生了一窩小狗。我賭斯林一定願意給你養其中一隻，對吧，斯林？」

斯林一直用平靜的眼神觀察老狗。「對，」他說。「如果你想要小狗，可以送你一隻。」他似乎花了些力氣，才有辦法開口。「坎迪，卡爾森說得對。這樣對狗沒有好處。如果我老了，又跛腳，我會希望有人可以給我一槍。」

斯林的意見如同聖旨，坎迪無助地看著他。「牠可能會痛，」他提出反駁。「我不介意照顧牠。」卡爾森說：「我開槍，不會讓牠痛的。我會把槍對準這裡。」他用腳尖指了指。「腦袋正後方。牠連抖都不會抖一下。」

坎迪求助的眼神環視每一張臉。外頭天色已經很暗了，一名年輕的工人走了進來。他的肩膀下垂，彎腰駝背，重心放在後腳跟，走起路來十分沉重，彷彿扛著隱形的穀袋。他走到他的床鋪旁，把帽子放到架子上，接著從架子上抽出一本紙漿雜誌[8]，拿到桌子的燈光下。「斯林，我有給你看過這個嗎？」

「給我看什麼？」

年輕男子把雜誌翻到末頁，然後放到桌上，用手指著。「這裡，你唸這篇。」斯林彎腰向前看。「快唸，」年輕男子說。「大聲唸出來。」

8紙漿雜誌是從西元一八九六年至二十世紀中葉出版的廉價小說雜誌。紙漿來源於印刷雜誌的廉價木漿紙，因爲成本低廉，內容又不如高級的文學來得晦澀難懂，刊載的都是犯罪、恐怖、冒險等種類的小說，流行於低階層的工人間，作爲娛樂消遣。

「『親愛的編輯，』」斯林緩慢唸著。「『我讀您的雜誌六年了，我覺得這是市面上最棒的雜誌。我喜歡彼特・藍德寫的故事。我覺得他很了不起。多刊載幾篇像〈黑暗騎士〉這類的故事吧。我很少寫信，只是想要告訴您，我覺得買您的雜誌是我花過最值得的錢。』」

斯林抬頭，滿臉疑惑。「你要我唸這個幹嘛？」

韋特說：「繼續啊，唸下面的名字。」

斯林唸出來：「『祝成功，威廉・坦納。』」他再次抬頭看著韋特。「你要我唸這個幹嘛？」

韋特鄭重地把雜誌闔上。「你不記得比爾・坦納嗎？大約三個月前在這裡工作過？」

斯林仔細回想……「個子小小的？」他問。「開耕耘機？」

「就是他，」韋特大喊。「就是那傢伙！」

「你覺得他就是寫這封信的人？」

「我知道是他。我和比爾有一天在房裡，他拿到最新一本紙漿雜誌，邊翻邊說：『我寫了一封信。不知道他們會不會刊進書裡！』但是書裡沒有。比爾就說：『說不定他們要留給下一期。』結果他們真的刊了，就在這裡。」

「那應該沒錯，」斯林說。「就刊在這本裡。」

喬治伸手去拿雜誌。「來看一下？」

韋特又翻到那一頁，但是他沒有鬆開手。他用食指指了那封信，接著走回他的架子旁，小心翼翼把雜誌放進去。「不知道比爾有沒有看到，」他說。「比爾和我之前在那塊豌豆田一起工作，我們都是開耕耘機的，比爾可真是個好人。」

卡爾森拒絕被拉進這個話題。他仍低頭盯著老狗，坎迪忐忑不安地看著他。終於，卡爾森開口說：「如果你同意我來動手，我馬上就幫這個老傢伙脫離苦海，趕快了事。牠已經享受不到什麼樂趣了。吃不了、看不見，連走路都會痛。」

坎迪仍懷抱希望，說：「但你沒有槍。」

「見鬼的沒有，我有一把魯格手槍。牠不會感受到一丁點疼痛。」

坎迪說：「不然明天吧，等明天看看。」

「我覺得沒有必要，」卡爾森說。他走到他的床鋪前，拉出床底下的袋子，從裡頭拿出一把魯格手槍。「做個了結吧，」他說。「牠在這裡發臭，我們沒辦法睡覺。」他把手槍放進後面口袋。

坎迪望著斯林許久，希望情況能有所改變，但是斯林沒有反應。坎迪終於絕望了，他低聲說：「好吧——帶牠走吧。」他完全沒有低頭看狗，只是躺回床鋪上，雙手交叉放在腦後，眼神直盯著天花板。

卡爾森從口袋裡掏出一條小皮繩，彎腰向前栓在老狗的脖子上。除了坎迪之外，所有人都看著他。「小伙子，過來。小伙子，過來吧。」他柔聲說，帶著歉意告訴坎迪：「牠不會有一點感覺的。」坎迪沒有動作，也沒有回應他。卡爾森拉扯皮繩，「來吧，小伙子。」他輕拉皮繩，老狗緩慢且僵硬地站起來，跟著他走。

斯林喊了一聲：「卡爾森。」

「嗯？」

「你知道該做什麼。」

「斯林，什麼意思？」

「拿個鏟子。」斯林簡短地說。

「噢，當然！我知道。」他領著狗走進黑暗中。

喬治跟到門口把門關上，輕輕帶上門閂。坎迪渾身僵硬地躺在床上，兩眼直盯著天花板。

斯林大聲說：「我有一隻領頭馬騾的腳蹄受傷了，得幫牠找點焦油塗上。」他愈說愈小聲。外頭一片寧靜，已經聽不見卡爾森的腳步聲。寂靜蔓延到室內，許久沒有半點聲音。

喬治忽然輕笑：「我賭雷尼一定在馬房裡，和小狗待在一起。他現在有一隻小狗了，不會想要再回來這裡。」

斯林說：「坎迪，你想要哪一隻小狗都可以。」

坎迪沒有回應，沉默再次籠罩整個房間。這片寂靜來自夜晚，佔領了整個屋子。喬治說：「有人想玩尤克牌[9]嗎？」

「我和你玩幾把。」韋特說。

燈光下，兩人面對面而坐，但喬治沒有洗牌。他拿著整副牌，焦慮地翻動牌角，紙牌的拍打聲吸引了房內所有人的注意，喬治因此停下動作，房內再次陷入沉默。過了一分鐘，又另一分鐘。坎迪仍直直躺著，盯著天花板。斯林注視他一陣，再低頭看向雙手；他用一手壓住另一隻手，按住不動。地板下傳來細微的啃咬聲，眾人紛紛向下看，心裡感激無比。只有坎迪仍然盯著天花板。

「聽起來下面有一隻老鼠，」喬治說。「我們應該在下面放捕鼠器。」

韋特受不了了，他大喊：「他媽的他幹嘛去那麼久？你爲什麼不發牌？這樣我們要怎麼玩尤克牌？」

喬治把牌緊緊握在一起，研究著牌背。房內又再次安靜下來。

遠方傳來一聲槍響。眾人快速看向老頭。每個人都轉頭看他。

他繼續盯著天花板好一陣子，接著緩緩翻身側躺，面向牆壁，保持沉默。

喬治開始洗牌，發出吵雜的聲響，然後發牌。韋特拿了計分板給他，用木釘固定住。韋特說：

「我看你們兩個眞的是來這裡工作的。」

9尤克牌（Euchre），北美常見的多人牌戰遊戲，使用至多三十二張撲克紙牌，兩人一組共四人進行遊戲，也有衍生出二至九人的不同玩法。

「什麼意思？」喬治問。

韋特大笑。「這個嘛，你們是星期五來的，還有兩天要工作，一直到星期天才能休息。」

「我不懂你怎麼算的。」喬治說。

韋特又笑了。「要是你在這些大農場混久了，你就懂了。想先來看看農場的人，會挑星期六下午來。這樣他就能賺到星期六的晚飯和星期天的三餐，然後星期一早上吃完早飯他就辭職不幹了，完全不用工作。不管怎麼算，你們都要工作一天半。」

喬治直盯著他。「我們會在這裡待上一陣子，」他說。「我和雷尼要賺點錢。」

門悄悄開了，那個馬夫探頭進來。他是個黑鬼，臉頰削瘦，滿臉的皺紋暗示他受過許多苦，他的兩眼透露出堅韌。「斯林先生。」

斯林的視線從坎迪身上移開。「嗄？噢！哈囉，克魯克斯。有什麼事嗎？」

「你叫我把給馬蹄用的焦油加熱，我熱好了。」

「噢！好，克魯克斯。我馬上就過去上油。」

「斯林先生，如果你需要的話我可以去弄。」

「不用，我自己去就好。」他站起身。

克魯克斯說：「斯林先生。」

「嗯？」

「那個新來的大塊頭在馬房玩你的小狗。」

「嗯，沒什麼大礙。我送了一隻給他。」

「只是覺得需要跟你提一聲，」克魯克斯說。「他把小狗從窩裡抱出來摸，這樣對小狗不好。」

「他不會傷害牠們，」斯林說。「我現在就跟你過去看看。」

喬治抬頭。「斯林，要是那個混蛋瘋子太胡鬧，你就把他踢出去。」

斯林跟著馬夫走了出去。

喬治開始發牌，韋特拿起自己的牌研究一番。「見過那個新來的幼齒了嗎？」他問。

「什麼幼齒？」喬治問。

「哎呀，就是科里的新老婆啊。」

「有啊，我見過了。」

「怎麼樣，她是不是很騷？」

「我沒注意那麼多。」喬治說。

韋特用力把牌放下。「那你就好好待著，睜大眼睛看。你可有得瞧了，她很開放的。我沒看過像她那樣的人，眼睛一直黏在男人身上，我賭她一定也有對馬夫拋媚眼。我眞搞不懂她到底想要什麼。」

喬治若無其事地問：「她來這裡之後有惹事嗎？」

韋特顯然對玩牌不感興趣。他一放下牌，喬治就把牌都拿走，又開始排列接龍——一行七張、一行六張、一行五張。

韋特說：「我懂你的意思。沒有，還沒發生什麼事。只是科里下面不太行，但也只有這樣了。每次大家都在的時候，她就會出現。她不是說來找科里，就是說有東西掉在附近，要過來找。看來她離不開男人。科里就是坐立不安，但還沒出過什麼事。」

喬治說：「她早晚會惹事，之後一定鬧得雞飛狗跳。她就是一個禍水，在等人上鉤。那個科里就是自作自受。農場裡一堆男人，根本不適合女生，尤其是像她那種的。」

韋特說：「如果你腦子裡有在想那回事，明天晚上跟大伙一起進城去吧。」

「爲什麼？要幹嘛？」

「就是那回事嘛。我們去老蘇西家，那可眞是個好地方。老蘇西是一個笑——很愛說笑話。像是上星期六，我們才剛到門口的前廊，蘇西就打開門，轉頭大喊：『姑娘們，把衣服穿上，警長來了。』她也從來不講髒話，她那兒有五個小姐。」

「那要花多少錢？」喬治問。

「一次兩塊半，但是喝一杯酒只要兩毛。蘇西那裡有很舒服的椅子可以坐，如果不想要打砲，也可以坐在椅子上喝兩三杯，混過一整天，蘇西根本不會管。就算不打砲，她也不催你，也不會趕你出去。」

「是可以去看看。」喬治說。

「好啊，一起去。那裡眞他媽的爽——蘇西一直講笑話。像是有一次，她說：『我知道有些人啊，只要地上鋪個破地毯，留聲機上放一盞洋娃娃燈，就以爲自己在開妓院。』她指的是卡瑞拉那裡。蘇西還說：『我知道你們這些小伙子想要什麼，我的姑娘都很乾淨，而且我的威士忌裡沒摻水。』又說：『如果你們男人啊，想看洋娃娃燈，冒一冒火燒身的風險，你們知道該往哪去。』她更說過：『這附近有些男人啊，腿開開，就是因爲他們喜歡盯著洋娃娃燈。』」

喬治問：「卡瑞拉是開另一家妓院的，是嗎？」

「是啊，」韋特說。「我們從不去那裡，打一次砲卡瑞拉就收三塊，喝一杯就三毛半，而且她從來不講笑話。但是蘇西那裡不一樣，很乾淨，椅子又舒服，還不讓黑鬼進門。」

「我和雷尼要存點錢，」喬治說。「我可能去裡面坐著喝一杯，但我絕不花兩塊半。」

「嗯，男人有時候也是需要來點樂子嘛。」韋特說。

門開了，雷尼和卡爾森一起走進來。雷尼躡手躡腳地走到床鋪坐下，試圖不引起注意。卡爾森把手伸到床底下，拿出袋子。坎迪依然面對著牆壁，卡爾森沒有看他一眼。卡爾森從袋子裡找出一根清槍條和一罐油，他把清槍條和油放在床上，然後掏出手槍，拔出彈匣，從彈膛裡把彈殼敲出來，隨後拿起清槍條清理槍管。坎迪聽見槍的拋殼桿啪嗒一聲，轉身看了手槍一眼，又背過身面對牆壁。

卡爾森若無其事地問：「科里有來過嗎？」

「沒有，」韋特說。「科里怎麼了？」

卡爾森瞇眼看著槍管裡頭。「他在找他老婆。我看到他在外面繞來繞去。」

韋特諷刺地說：「他有一半的時間都在找老婆，剩下一半是老婆在找他。」

這時科里突然闖進宿舍，看起來十分激動。「你們有人看到我老婆嗎？」他盤問。

「她不在這裡。」韋特說。

科里凶狠地環顧整間房。「斯林死哪去了？」

「去馬房了，」喬治說。「有隻馬騾的腳蹄裂了，他去幫牠上點油。」

科里的肩膀稍微放鬆，又馬上挺起來。「他去多久了？」

「五或十分鐘吧。」

科里跳了出去，大力把門關上。

韋特站起來。「看來有好戲看了，」他說。「科里就是想打架想瘋了，不然他才不敢去找斯林的麻煩。科里的身手很好，眞他媽的好。他有打進金手套的決賽，而且還收著那場比賽的剪報。」他想了一下。「但就算是這樣，他也最好別去惹斯林，沒人知道斯林發起火來會做出什麼事。」

「他是覺得斯林和他老婆有一腿吧？」喬治說。

「看情況是這樣，」韋特說。「但斯林一定不會做這種事，至少我覺得他不會。可如果是眞的，我倒想看看熱鬧。走吧，我們一起去看看。」

喬治說：「我要待在這裡，我可不想捲進什麼麻煩。我和雷尼必須要存點錢。」

卡爾森清完槍後把它放進袋子裡，再把袋子放回床底下。「我也一起去好了，看看他老婆是怎麼回事。」他說。老坎迪仍躺著不動，雷尼則是坐在床上，小心翼翼地看著喬治。

韋特和卡爾森走出去，把門關上。喬治轉身看著雷尼，「你在想什麼？」

「喬治，我什麼都沒做。斯林說我這陣子最好不要一直摸小狗。斯林說那樣對牠們不好，所以我就回來了。喬治，我很乖的。」

「我早就跟你說過了。」喬治說。

「嗯，但我沒有傷害牠們。我只是把我那隻抱到腿上摸一摸而已。」

喬治問：「你在馬房的時候有看到斯林嗎？」

「當然有啊。他叫我最好不要再摸那隻小狗了。」

「你有看到那個女生嗎？」

「你是說科里的女人嗎？」

「對啊。她有去馬房嗎？」

「沒有，反正我是沒看到。」

「你都沒看到斯林跟她說話？」

「沒有，她沒有去馬房。」

「好，」喬治說。「看來他們幾個看不到斯林和科里打架了。雷尼，如果你看見有人打架，就離遠一點。」

「我不想要打架，」雷尼說。他從床鋪站起來，走到喬治對面坐下。喬治下意識地洗牌，排列出接龍。他謹慎地思考，動作十分緩慢。

雷尼拿起一張人頭牌，仔細觀察了一番，然後把牌上下顛倒地看了第二遍。「喬治，這爲什麼上下都長一樣？」

「我不知道，」喬治說。「他們就是這樣設計的。你在馬房看到斯林的時候，他在幹嘛？」

「斯林？」

「對啊。你剛在馬房看到他，他叫你不要一直摸小狗。」

「噢，對啊！他拿著一罐焦油和一把刷子，不知道要幹嘛的。」

「你確定那個女生沒有跑去馬房嗎？像她今天跑來這裡一樣。」

「對啊，她都沒有來。」

喬治嘆了口氣。「我倒寧可去一間好妓院，」他說。「男人可以進去喝個爛醉，把煩惱一次拋個精光，也不會惹上麻煩，至少他知道會花上多少錢。但是在這裡，一個勾引人的蕩婦，只會害你去坐牢。」

雷尼滿臉欽佩地聽他說話，默默跟著他唸。喬治繼續說道：「雷尼，你記得安迪・卡希曼嗎？

跟我們一起上中學的那個？」

「他的媽媽是不是會做煎薄餅給我們這些小孩吃？」雷尼問。

「對，就是他。只要有吃的你都記得住。」喬治仔細看著他的牌局。他先把A移到空白的那一行，再接上方塊二、方塊三和方塊四。「安迪因爲一個妓女，現在被關在聖昆丁州立監獄裡。」喬治說。

雷尼用手指敲了敲桌子。「喬治？」

「怎樣？」

「喬治，我們還要多久才能弄到那一小塊地，然後靠那塊地——和兔子——過生活？」

「我不知道，」喬治說。「我們得要一起賺很多錢。我知道有塊小土地可以便宜買到，但是他們不會白白送給你。」

老坎迪緩緩轉過身來，眼睛睜得很大。他仔細端詳喬治。

雷尼說：「喬治，跟我講講那個地方。」

「我昨天晚上才跟你講過。」

「講嘛——喬治，再講一次。」

「好吧，那塊地四甲大，」喬治說。「有台小風車，有個小木屋，還有一個雞舍。有廚房，有果園，果園裡有櫻桃、蘋果、桃子、杏仁、堅果，還有一些莓果。還有一個地方有種苜蓿，水很多，能拿來澆花。還有一個豬圈——」

「喬治，還有兔子。」

「現在還沒有兔子，但我可以簡單蓋幾個籠子，你可以拿苜蓿去餵兔子。」

「說的對，我可以，」雷尼說。「你說的真對，我可以。」

喬治不再繼續玩牌。他的語氣愈來愈熱切。「我們可以養幾隻豬。我能蓋一個燻製房，和之前爺爺家的一模一樣，我們殺完豬就可以燻培根和火腿，或做點香腸那類的食物。等鮭魚游上來的時候，我們可以抓個一百條，拿來鹽醃或是煙燻，當早餐吃，沒有比煙燻鮭魚更好吃的東西了。水果熟成的時候，我們就做成罐頭——還有番茄，做番茄罐頭比較容易。每到星期日我們就殺一隻雞或兔子。說不定我們還可以養一頭乳牛或一隻山羊，擠出來的奶油一定厚到不行，得用刀子切或用湯匙舀。」

雷尼眼睛睜得大大地看著他，老坎迪也看著他。雷尼輕聲說：「我們可以靠這塊地過活。」

「沒錯，」喬治說。「菜園裡什麼種類的蔬菜都有，要是我們想喝點威士忌，就賣一些雞蛋或什麼的，或是賣一些牛奶。我們就在那裡生活，那裡就是我們的家。我們不用再四處流浪，不用再吃日本廚子煮的菜。再也不用了，兄弟，我們會有一個屬於自己的地方，再也不睡宿舍了。」

「喬治，跟我說說那個房子。」雷尼懇求。

「當然好，我們會有一棟小房子和我們自己的房間。冬天的時候，我們就在那個小小胖胖的鐵爐生火取暖。地不大，我們不用工作得那麼累。一天大約做六、七個小時就好，不用再搬十一個小時的大麥。而且我們種的作物，也由我們自己收成，我們看得到長出來的農作物。」

「還有兔子，」雷尼一臉渴望。「我會照顧牠們。喬治，你說說我會怎麼照顧牠們。」

「好啊，你會帶著麻布袋去苜蓿田，裝滿整袋的苜蓿之後，拿去放在兔籠裡面。」

「兔子會小口地啃，小口地啃，」雷尼說：「牠們吃東西會這樣，我看過。」

「差不多每六個星期，」喬治繼續說：「牠們就會生下一窩小兔子，所以我們就有很多兔肉可以吃，或是拿去賣。我們再養幾隻鴿子，讓牠們繞著風車飛來飛去，像我小時候看到的一樣。」喬治說得十分投入，直盯著雷尼頭上的牆。「那是我們的家，沒有人能夠開除我們。要是討厭誰，就叫他：『滾出去。』而且他只能給我乖乖服從。如果有朋友過來，我們就多準備一張床，跟他說：『晚上就留下來過夜吧？』老天，他一定願意留下來。我們還會養一隻賽特種獵犬和幾隻虎斑貓，但你要看好牠們，別讓牠們把小兔子吃掉。」

雷尼興奮得呼吸急促：「要是牠們敢抓兔子，我就他媽的扭斷牠們的脖子。我就……我就用木棍把牠們打爛。」說完，他冷靜下來，對著自己咕噥，威脅著未來膽敢欺負兔子的貓。

喬治坐在那裡，陶醉於自己描繪出的夢想。

當坎迪一說話，兩人都嚇得跳起來，像是做壞事被抓到了一樣。坎迪說：「你知道哪裡有這樣的地嗎？」

喬治馬上開始防備。「就算我知道，」他說。「跟你有什麼關係嗎？」

「你不用告訴我地點。有可能是任何一個地方。」

「當然，」喬治說。「沒錯，你花一百年也找不到。」

坎迪興奮地說：「這種地方他們想要賣多少？」

喬治懷疑地看著他。「嗯——我可以用六百元買到。地主是一對老夫婦，那老太太又需要動手術。喂——你要幹嘛？你和我們一點關係也沒有。」

坎迪說：「我只剩下一隻手，沒什麼用處了。我就是在這個農場沒了那隻手，所以他們才讓我做打掃的工作。而且因爲我手斷了，他們給了我兩百五十塊錢。我現在銀行裡還另外存著五十元，總共是三百元，月底我又會拿到五十塊。我跟你說——」他熱切地向前湊近。「如果我加入你們，就等於把三百五十塊加進去。我已經不中用了，但是我會煮飯、養雞，我還可以到菜園裡鋤草。你們覺得怎樣？」

喬治半瞇著眼。「我要考慮一下。我們一直都只打算自己弄而已。」

坎迪打斷他：「我會立個遺囑，萬一我死了，就把我那份都留給你們。我沒有親戚，什麼都沒有。你們有錢嗎？說不定我們現在就能弄到那塊地？」

喬治煩躁地往地上吐口水。「我們有十塊錢。」他思考了一下後說：「聽著，如果我和雷尼工作一個月不花半毛錢，我們就會有一百塊。那總共就有四百四十塊。這樣肯定能買下那塊地。你和雷尼就先過去整理，我再找份工作，把剩下的錢補上，你們也可以賣個雞蛋或什麼的。」

他們突然不說話了，互看著對方，心中感到不可思議。他們從未眞正相信的夢想，竟然要實現了。喬治恭敬地說：「老天爺！我們一定可以辦到。」他的眼神充滿驚嘆。「我們一定可以辦到。」他輕聲地重複。

坎迪坐在床邊，緊張地抓了抓斷腕。「我是四年前受傷的，」他說。「他們很快就會開除我了。只要我再也做不了打掃的工作，他們就會把我丟給政府。或許把錢給你們，就算我不中用了，你們也會願意讓我到菜園裡鋤草。我也能洗碗盤和養雞之類的，反正我們會有自己的家，我能在自己的家裡工作。」他痛苦地說。「今天晚上他們怎樣對待我的狗，你們有看到吧？他們說狗活著對誰都沒好處。我想，要是他們開除我了，我眞希望有人能一槍把我打死。但是他們不會做這種事吧。我沒有地方可去，也沒辦法再找到工作。對了，等你們要辭職的時候，我還能再拿到三十塊。」

喬治站起來。「我們會辦到的，」他說。「我們整理好那個又小又舊的地方，去那裡生活。」他又坐下。三人都坐著不動，腦中浮現出未來的模樣，他們沉醉其中，爲了這個即將實現的美好。

喬治驚奇地說：「說不定城裡會辦嘉年華會，或是有哪個馬戲團來表演，或是有球賽開打，說不定還有其他好玩的。」老坎迪點頭，同意這個想法。「我們可以直接去看，」喬治說。「我們就直接去，不需要任何人同意。只要說聲：『我們走。』然後我們就去。擠完牛奶，撒些穀糧給雞吃，就去看熱鬧。」

「也給兔子一些草，」雷尼插嘴說。「我不會忘記要餵牠們。喬治，我們什麼時候開始？」

「再一個月，就一個月。你們知道我打算怎麼做嗎？我要寫信給那對老夫婦，告訴他們我們要買下那塊地。坎迪，你負責寄一百元給他們做訂金。」

「沒問題，」坎迪說。「那裡的火爐好嗎？」

「當然啊，有一個很棒的火爐，可以燒炭，也可以燒木柴。」

「我要帶著我的小狗，」雷尼說。「我敢打賭牠一定喜歡那裡，我保證。」

門外傳來的聲響愈來愈近。喬治連忙警告：「別把這件事告訴任何人。就我們三個，不要有別人。萬一他們知道了，可能會開除我們，這樣就賺不到錢了。我們就假裝一輩子都要扛大麥，直到突然有一天，我們一領到工資，就離開這裡。」

雷尼和坎迪點點頭，高興地露齒而笑。「別告訴任何人。」雷尼對著自己說。

坎迪喊：「喬治。」

「嗯？」

「喬治，我應該要自己殺死我的狗才對。我不應該讓陌生人開槍打死他。」

這時，斯林開門走了進來，後面跟著科里、卡爾森和韋特。斯林的雙手沾滿焦油，黑黑髒髒的，他的表情看起來十分憤怒。科里緊緊跟著他。

科里說：「斯林，我沒有別的意思。我只是問一下。」

斯林說：「是嗎，你問得也太頻繁了吧。我他媽的受夠了。你他媽的自己不把老婆看好，來找我是想怎樣？你離我遠一點。」

「我只是要告訴你，我沒有別的意思，」科里說。「我只是想說你可能有看到她。」

「你幹嘛不叫她在家裡好好待著？」卡爾森說。「你讓她跑來宿舍閒晃，我看你很快就麻煩大了，而且你什麼都做不了。」

科里猛然轉身看著卡爾森。「你最好別插手，除非你想出去較量一下。」

卡爾森笑了。「你他媽的蠢蛋，」他說。「你想嚇唬斯林不成，反倒是怕他怕得要死，根本就是個無膽鼠輩。我才不管你是不是國家最厲害的拳擊手，你要敢惹我，我就把你該死的腦袋踢下來。」

坎迪愉悅地參與攻擊。「竟然在手套裡面塗滿凡士林。」他滿臉厭惡地說。科里盯著他。隨後視線從他身上掃過，停在雷尼身上。雷尼仍然沈醉在剛才的美夢，臉上掛著笑容。

科里像隻靈敏的獵犬，朝雷尼撲了過去。「你他媽在笑什麼？」

雷尼茫然地看著他。「嗄？」

科里的怒火爆發了。「來吧，你這個愚蠢的大塊頭，給我站起來！還沒有哪個狗娘養的大塊頭混蛋可以嘲笑我，我就讓你看看誰才是無膽鼠輩！」

雷尼無助地看著喬治，他站起來試圖往後退。科里已經做好準備，擺好攻擊姿勢。他用左手揮了雷尼一拳，接著用右手往雷尼的鼻子打下去。雷尼驚恐地哭喊，鼻子上的鮮血直流。「喬治，」他大聲慘叫。「快讓他走開啊，喬治！」他拚命後退，一直退到牆邊，科里馬上追上去，又揍了他的臉。雷尼的手仍垂在兩旁，他實在太害怕了，忘了要自我防衛。

喬治站起來朝他大喊：「雷尼，快還手！別讓他打你！」

雷尼用大手蓋住自己的臉，嚇得哀嚎。他哭喊：「喬治，叫他停下來！」科里又朝他的肚子猛攻，讓他難以呼吸。

斯林跳起來。「無恥的鼠輩，」他大喊。「我來解決他。」

喬治伸手抓住斯林。「等一下，」他大聲阻止。喬治把雙手捂在嘴邊，大喊：「雷尼，快還手！」

雷尼把手張開，眼神尋找著喬治，科里又往他的眼睛揍了一拳。大大的臉龐滿是鮮血。喬治再次大喊：「我說，快還手！」

這時，科里的拳頭才揮到一半，就被雷尼的大掌抓住。下一秒，科里被舉起來，瘋狂掙扎，就像魚鉤上的一尾魚。他緊握的拳頭已經被埋進雷尼的大掌中，喬治趕緊跑過去。「雷尼，放開他。快放開。」

雷尼滿臉驚恐，看著手裡瘋狂掙扎的小矮子。鮮血從雷尼的臉上流下來，一隻眼睛被打破皮了，睜不開。喬治不停甩他巴掌，但雷尼仍緊抓著科里的拳頭不放。科里已經臉色慘白，整個人縮成一團，沒什麼力氣掙扎了。他站著大聲哀嚎，拳頭還埋在雷尼的手掌中。

喬治不停大喊。「放開他的手，雷尼！快放開啊！斯林，快過來幫我，不然他的手要斷了。」

突然間，雷尼放開手，整個人縮到牆邊。「喬治，是你叫我還手的。」他痛苦地說。

科里跌坐到地板上，困惑地看著自己被粉碎的手。斯林和卡爾森彎腰上前察看。然後斯林挺起身，一臉恐懼地看著雷尼。「我們得帶他去看醫生，」他說。「他整隻手的骨頭都碎了。」

「我沒有要，」雷尼大哭。「我沒有要傷害他。」

斯林說：「卡爾森，你去把馬車準備好。我們帶他去索萊達，治療他的手。」卡爾森快速奔出去。斯林轉頭看著不停啜泣的雷尼。「這不是你的錯，」他說。「這是這蠢蛋的報應。但是——老天！他的手應該是保不住了。」斯林衝出去，沒多久就端著一杯水回來。他把水杯送到科里的嘴邊。

喬治說：「斯林，我們會被開除嗎？我們需要錢。科里的父親會馬上把我們開除嗎？」

斯林苦笑，他跪到科里身旁。「你意識還清楚嗎？能聽我說話嗎？」他問。科里點頭。「那好，你聽著，」斯林繼續說。「我看你的手是被機器夾到的。如果你不告訴別人剛剛發生了什麼事，我們也不會說出去。但是你如果試圖告訴別人，害雷尼被解僱，我們就會把你打輸的事情宣揚出去，讓大家嘲笑你。」

「我不會說出去。」科里說，眼神避開雷尼。

馬車聲在外頭響起，斯林扶科里站起來。「快走吧。卡爾森會帶你去看醫生。」他扶著科里出去，馬車聲漸漸遠離。不久，斯林回到宿舍裡，雷尼仍害怕地縮在牆邊，斯林看著他。「讓我看看你的手。」他問。

雷尼伸出手。

「老天爺，我可不想惹毛你。」斯林說。

喬治打斷他，說：「雷尼只是太害怕了，」他解釋。「他不知道該怎麼辦。我跟你說過，不管是誰，都不要找他打架。不對，我好像是跟坎迪說的。」

坎迪點頭，表情嚴肅。「你的確是這麼說的，」他說。「就在今天早上，科里第一次找你朋友麻煩的時候，你就說：『他最好識相點，別欺負雷尼。』你是這麼跟我說的。」

喬治轉頭看著雷尼。「這不是你的錯，」他說。「你不用再害怕了。你只是照了我的話做。快去廁所洗把臉，你看起來糟透了。」

雷尼笑了，嘴上還帶著瘀青。「我不想要惹麻煩，」他說，往門口走去，但就在快到門口的時候，又回過頭來。「喬治？」

「怎麼了？」

「喬治，我還可以照顧兔子吧？」

「當然啊。你又沒有做錯事。」

「喬治，我沒有想要傷害人。」

「好了，快滾出去洗臉。」

4

馬房旁緊鄰著一棟小屋，用來當作馬具間。黑鬼馬夫——克魯克斯就住在裡面。這個小房間的一側有扇正正方方的四格窗，另一側有一個窄小的木門，可以直接通到馬房。克魯克斯的床鋪是一只長長的箱子，裡頭裝滿稻草，他的毯子就扔在上頭。窗邊的牆壁上有一排釘子，上面懸掛著待修補的馬具，還有幾條新皮革。窗戶正下方有個小小的工作臺，桌面上擺放著皮革工具，有彎刀、針、亞麻線球，以及手動的小型鉚釘槍。釘子上也掛著一些殘破的馬具，有一具裂開的馬軛，上頭有馬毛露了出來，還有一條斷裂的馬頸軛，和一條外皮破裂的轠鍊。克魯克斯的蘋果箱子就釘在床鋪上方，裡頭擺放著一堆藥罐，有給自己吃的藥，也有給馬吃的藥。箱裡也有幾罐洗馬鞍用的皮革清潔皀，還有一罐焦油，刷子就靠在罐子邊，而散亂一地的則是一些私人物品。反正一個人住，克魯克斯可以隨意把東西丟在地上。他是馬夫，又是殘廢，所以他的固定性比其他工人還要高，也因此堆積了更多的私人物品，多到他自己都揹不動。

克魯克斯擁有幾雙鞋、一雙長筒橡膠靴、一個大鬧鐘和一把單管霰彈槍，還有幾本書、一本破爛字典和一本殘缺不全的一九〇五年加州民法典。床鋪上方有個特別的架子，擺放著幾本被翻爛的雜誌和幾本黃色書刊，床頭牆上的釘子懸掛一副大大的金框眼鏡。

房間打掃得很乾淨，因爲克魯克斯的個性驕傲又冷漠。他喜歡與人保持距離，也要求別人不要靠近他。他因爲脊椎彎曲，整個身體向左傾斜，他的眼睛深邃，看起來炯炯有神。他削瘦的臉龐佈滿一道道又深又黑的皺紋，薄唇因爲忍痛而緊閉著，唇色比膚色淡了一些。

這是週六的夜晚。那扇通往馬房的門敞開著，傳來馬蹄聲、踏步聲、韁鍊的叮噹聲，還有馬兒用力咀嚼乾草的聲音。克魯克斯的房間裡，有一顆小電燈泡正發出微弱的黃光。

克魯克斯坐在床上，襯衫後面的下襬露在牛仔褲外。他一手拿著藥油，另一手揉著脊椎，時而倒幾滴藥油在他粉色的手掌上，再把手伸進襯衫裡搓揉。

他伸展背部的肌肉，身體隨著顫抖。

雷尼忽然無聲無息出現在門口，探頭往房裡瞧，他寬大的肩膀幾乎都把門框塡滿了。克魯克斯一開始沒看見他，然而一抬眼，他便全身僵直，沉下臉來。他的手從襯衫裡伸出來。

雷尼不知所措地傻笑，希望能和他交朋友。

克魯克斯憤怒地斥責：「你沒有權利進來我房間。這是我的房間，除了我之外沒有人可以進來。」

雷尼呑了呑口水，笑得更加討好。「我沒有要做什麼，」他說。「我只是來看看我的小狗，剛好看到你的燈光。」他解釋。

「那是因爲我有權利擁有燈光。你滾出我的房間。你們不讓我進宿舍，我也不要讓你進來。」

「爲什麼不讓你進去？」雷尼問。

「因爲我是黑人。他們在裡面玩牌，但不讓我玩，因爲我是黑人。他們嫌我很臭。我告訴你吧，你們對我來說更臭。」

雷尼無助地猛搓雙手。「大家都進城去了，」他說。「斯林和喬治，還有大家。喬治要我待在這裡，不要惹麻煩。我剛看到你燈亮著。」

「嗯，你想要幹嘛？」

「沒有啊——我只是看到你燈亮著，想說我可以進來待著。」

克魯克斯盯著雷尼，接著，他伸手到後面把眼鏡拿下來，戴在粉色的耳朵上，然後繼續盯著雷尼。「我還是不知道你來馬房幹嘛，」他抱怨。「你又不是車夫，搬穀的工人也沒必要進來馬房。你不是車夫，你和馬一點關係也沒有。」

「小狗，」雷尼重複。「我來看我的小狗。」

「好啊，那就去看你的小狗。別進來這裡，這裡不歡迎你。」

雷尼的笑容消失了。他往前踏了一步進到房間，隨後想起警告，又往後退了一步。「我剛剛看了一下小狗。斯林叫我不要一直摸牠們。」

克魯克斯說：「嗯，那是因爲你一直把牠們抱出來。我眞好奇那隻母狗怎麼不把牠們移去別的地方。」

「噢，牠不在意的。牠願意讓我摸小狗。」雷尼又踏進房間裡。

克魯克斯沉下臉，但雷尼天真的笑容讓他消除了敵意。「進來吧，待一會兒，」克魯克斯說。「既然你不走開，又一直要打擾我，那你就坐下來吧。」他的語氣變得友善。「他們全都進城去了是嗎？」

「只剩老坎迪沒有去。他就坐在宿舍裡削鉛筆，一邊削一邊算。」

克魯克斯推了推眼鏡。「算什麼？坎迪在算什麼？」

雷尼幾乎是大叫了：「兔子。」

「你瘋了，」克魯克斯說。「你是腦袋壞了吧。你在說什麼兔子？」

「我們以後要養的兔子，我可以照顧牠們，幫牠們割草，餵牠們喝水之類的。」

「瘋子，」克魯克斯說。「難怪跟你一起來的那個人不帶你出門。」

雷尼小聲地說：「這是眞的。我們要養兔子。我們要買一小塊地，靠那塊地過活。」

克魯克斯幫自己調整到比較舒服的姿勢。「坐下吧，」他招呼。「坐在木釘桶上。」

雷尼坐在小桶子上，背部弓起。「你覺得我說謊，」雷尼說。「但這是眞的，每個字都是眞的，你可以問喬治。」

克魯克斯黝黑的下巴靠在粉色的手掌上。「你跟喬治是一起的，對嗎？」

「對啊。我們去哪裡都一起。」

克魯克斯繼續問。「有時候他說話，但你完全聽不懂他在說什麼。對不對？」他彎腰向前靠近，用他深邃的眼直盯著雷尼。「對不對？」

「對……有時候。」

「他就不停說話，但你聽不懂到底在說什麼？」

「對……有時候。但是……不是每一次。」

克魯克斯湊到床邊。「我不是南方的黑鬼，」他說。「我就在加州這裡出生。我老爸有個養雞場，大約四甲。白人小孩會跑到我們這裡玩，有時候我也會跟他們一起玩，他們有些人很親切，可是我父親不喜歡這樣。我之前都不知道爲什麼，但現在我懂了。」他猶豫了一下，當他再次開口時，聲音變得柔和。「周圍幾公里內都沒有其他的黑人家庭，而現在這個農場裡也沒有別的黑人，甚至整個索萊達也只有一個黑人家庭。」他笑了。「如果我說了什麼話，沒人會當一回事，因爲我就只是一個黑鬼。」

雷尼問：「你覺得小狗還有多久才夠大，讓我可以好好摸牠們？」

克魯克斯又笑了。「跟你說話都不用怕你會到處亂講。再幾個星期那些小狗就夠大了。喬治明白得很，他講他的，反正你也聽不懂。」他興奮地傾身向前。「剛剛就只是一個黑鬼在說話，一個殘廢的黑鬼。沒有任何意義，懂嗎？反正你又記不住。這情況我見過太多了——一個人找另一個人說話，他有沒有聽、聽不聽得懂都無所謂。重要的是，他們有人可以說話，或者就坐著不說話也沒關係。反正這兩種沒什麼不同，沒什麼差別。」他愈講愈起勁，興奮得用手猛搥自己的膝蓋。「喬治可以把一些怪事告訴你，也不要緊。反正就只是說說話嘛，就只是和另一個人待在一起，就只是這樣而已。」說完，他停下來。

然後，他的聲音變得輕柔，誘導著人心。「假如喬治再也不回來了。假如他一走了之，再也不回來。你要怎麼辦？」

雷尼的注意力漸漸拉回來。「什麼？」他問。

「我說假如喬治今晚進城後，你再也沒有他的消息。」克魯克斯像是贏得某種勝利，繼續對雷尼施壓。「假如是那樣呢？」他重複。

「他不會這麼做，」雷尼大喊。「喬治不會這麼做的。我和喬治待在一起很久了，他今晚會回來的——」但是心中的不確定快將他淹沒。「你覺得他會回來嗎？」

克魯克斯因爲折磨別人而歡喜不已。「一個人會做什麼，你根本不知道，」他冷靜的觀察。「我們假設他想回來但是回不來好了。假設他被殺死了或受傷了，沒辦法回來呢？」

雷尼努力想要搞懂。「喬治不會這樣做的，」他重複。「喬治很小心的。他不會受傷的。他從來沒有受過傷，因爲他很小心的。」

「嗯，假設嘛，就假設他回不來，你要怎麼辦？」

雷尼的臉因爲恐懼而皺成一團。「我不知道。喂，你在幹嘛啊？」他大哭。「這不是眞的，喬治沒有受傷。」

克魯克斯不放過他。「你要我告訴你之後會怎麼樣嗎?他們會把你送進監獄,用項圈把你鍊起來,像狗一樣。」

突然間,雷尼的眼神變得集中,漸漸地安靜下來,整個人怒火中燒。他站起來,氣勢洶洶地走向克魯克斯。「是誰傷害喬治?」他盤問。

克魯克斯感覺到危險的氣息逼近。他往床鋪後面退,想要逃開。「我只是假設,」他說。「喬治沒有受傷。他很好,他會安全地回來。」

雷尼龐大的身軀站在他面前。「你假設幹什麼?沒有人可以假設喬治受傷了。」

克魯克斯摘下眼鏡,用手揉揉眼睛。「你坐下吧,」他說。「喬治沒有受傷。」

雷尼咆哮著回到木釘桶上。「沒有人可以說喬治受傷了。」他抱怨。

克魯克斯溫柔地說:「你現在可能懂了,你有喬治,你知道他會回來。假設你沒有同伴,假設你不能進去宿舍,不能和大家一起玩拉米牌,就因爲你是黑人,你會怎樣?假設你只能坐在這裡看書。當然,你可以去玩丟馬蹄鐵,但晚上的時候你還是只能看書。看書一點也不有趣。人是需要同伴的——需要有人陪伴。」他哀訴。「人沒有伴是會發瘋的。不管是誰都無所謂,只要他陪在你身邊就好。我告訴你,」他大喊。「我告訴你,一個人太寂寞是會生病的。」

「喬治會回來的,」雷尼安慰自己,語氣滿是驚恐。「說不定喬治已經回來了。我最好去看看。」

克魯克斯說：「我不是故意要嚇你，他會回來的，我只是在講我自己的事。夜晚一個人孤零零地坐在這裡，讀書或是想事情之類的。有時候想到什麼，卻沒有東西可以當作判斷的依據。說不定他想通了某件事，卻沒辦法分辨是對是錯。他沒有人可以問，不知道是否有人擁有相同想法。他沒辦法判斷，因爲他沒有可以衡量的方法。我在這裡看到很多事情，我也沒喝醉，但我不知道我是不是在做夢。要是有人陪著我，他就能告訴我，我到底有沒有睡著，那樣就沒事了。但我就是不知道。」克魯克斯看向房間另一頭的窗戶。

雷尼可憐兮兮地說：「喬治不會丟下我走掉。我知道喬治不會這樣做。」

黑人馬夫朦朧地繼續訴說：「我記得小時候在老爸的養雞場裡那段時光。我有兩個兄弟，他們總是陪在我身邊，一直都在。我們睡在同一間房，同一張床——三個人一起睡。我們有一塊草莓田和一塊苜蓿田，只要天氣晴朗，我們一早就會把雞放到苜蓿田裡，我的兄弟們就坐在柵欄上看著牠們——我們的雞是白色的。」

雷尼逐漸對話題感興趣。「喬治說我們會有苜蓿田，給兔子吃的。」

「什麼兔子？」

「我們要養兔子，還有種莓果。」

「你瘋了。」

「這是眞的。不信你問喬治。」

「你瘋了。」克魯克斯嗤之以鼻。「我見過幾百個人一路流浪到農場裡工作，扛著他們的鋪蓋捲，腦袋瓜裡都在幻想那塊地。幾百個人都是這樣。他們一直來來去去，每個傢伙的腦袋裡都有一小塊地，但從來沒有一個人他媽的眞正買到。那裡簡直就是天堂。每個人都幻想那一小塊地。我在這裡讀過很多本書，我知道從來沒有人去過天堂，沒有人眞的得到那塊地。他們整天都把地掛在嘴上，但都只是幻想而已。」他忽然停下來，看向門口，因爲馬兒不停躁動，韁鍊又發出碰撞聲，有匹馬嘶叫著。「好像有人在外面，」克魯克斯說。「可能是斯林，斯林有時一晚會來個兩、三次。斯林眞的是一個好車夫，他很照顧他的馬。」他費力地站起來，走到門口。「是你嗎，斯林？」他喊。

回答他的是坎迪。「斯林進城了。喂，你有看到雷尼嗎？」

「你說的是那個大塊頭嗎？」

「對啊。你有在哪裡看到他嗎？」

「他在這裡，」克魯克斯回答得很簡短。他走回床鋪躺下。

坎迪站在門口抓了抓他的斷腕，房間裡的亮光不禁讓他瞇起眼，他往裡頭看了看，沒有打算進去。「雷尼，我跟你說。我一直在算要養多少兔子啊。」

克魯克斯煩躁地說：「你想進來就進來。」

坎迪有些不好意思。「我不知道你願不願意。如果可以的話我就進去。」

「進來吧，反正都有人進來了，你也可以。」克魯克斯心裡很高興，卻努力做出生氣的樣子。

坎迪走了進來，但仍感到不好意思。「你這個小地方倒是滿舒服的，」他對克魯克斯說。「一個人一間房應該很不錯。」

「當然啊，」克魯克斯說。「窗戶底下就是糞堆。還眞是不錯啊。」

雷尼插話：「你兔子的事還沒說完。」

坎迪靠在牆上，一旁就是那具裂開的馬軛，他的手同時抓了抓斷腕。「我在這個農場待很久了，」他說。「克魯克斯也是，但這是我頭一次進來這個房間。」

克魯克斯陰鬱地說：「大伙不喜歡來黑人的房間。除了斯林之外，沒有人來過。只有斯林和老闆來過。」

坎迪趕緊轉移話題，「斯林是我見過最棒的車夫。」

雷尼往坎迪靠近。「兔子的事還沒說完。」他堅持。

坎迪微笑。「我算出來了。要是我們計劃得夠好，就可以靠兔子賺一些錢。」

「但是我要負責照顧牠們，」雷尼打斷他。「喬治說我可以照顧他們，他保證過的。」

克魯克斯毫不客氣地打斷兩人。「你們幾個就只是在做白日夢。你們一天到晚談論這件事，但是你們絕對得不到那塊地。坎迪，你會一直在這裡當清潔工，直到他們用棺材把你抬出去。老天爺啊，這種人我見過太多了。雷尼不出兩三個星期就會滾出去，到路上流浪。看來啊，你們每個人的腦袋瓜裡都在幻想那塊地。」

坎迪生氣地抹抹臉。「沒錯，但你他媽的我們一定會拿到那塊地。喬治說我們做得到。我們現在就有錢了。」

「是嗎？」克魯克斯說。「那喬治現在在哪？在城裡的妓院吧。你們的錢就是花在那裡了。老天，這種事我看過太多次了，太多人的腦袋裡都有那塊地，可是就是沒有人眞的得到過。」

坎迪大喊：「誰不想要？每個人都想要一小塊地，不多，就一小塊。就是想擁有屬於自己的東西，以此維生，沒有人可以搶走。我從來沒擁有屬於自己的東西。我他媽的幾乎替這個州的所有人種過地，但是種出來的都不是我的。我去收成，卻沒有半樣是我的。我們現在就是非做到不可，你也別搞錯了，喬治沒有帶錢出門，錢都在銀行裡。我和雷尼和喬治，我們會有屬於自己的房間。我們要養一隻狗，還有一群兔子跟雞。我們會有青綠色的玉米，說不定還要養一頭乳牛或一隻山羊。」說完，他停了下來，這些畫面讓他激動難言。

克魯克斯問：「你說你們有錢？」

「沒錯，已經差不多夠了。現在只差一點，但是一個月內就可以湊齊了。喬治也已經選好地了。」

克魯克斯的手伸到背後摸了摸脊椎。「我從沒見過有人眞的行動，」他說。「我見過有人想土地想到快瘋了，但是每次錢不是花在妓院，就是拿去賭二十一點。」克魯克斯猶豫了一下。「……如果你……你們缺人手——只要能供吃住，我可以去幫忙。我雖然殘廢，但我還是能工作的。」

「你們有人看到科里嗎？」

三人不約而同看向門口。探頭進來的是科里的老婆。她臉上畫著濃妝，嘴唇微張，整個人氣喘吁吁，像是一路用跑的過來。

「科里不在這裡。」坎迪諷刺地說。

她站在門口，對著他們微笑，用一手的拇指和食指摩擦另一手的指甲。她的視線在他們之間徘徊。「他們把老的弱的都留下來啦，」她終於開口。「你們以為我不知道他們都跑去哪了嗎？連科里都去了，我知道他們去哪。」

雷尼看著她，一臉癡迷，但坎迪和克魯克斯沉下臉，閃避她的眼神。坎迪說：「既然你知道，幹嘛還要問科里在哪？」

她興味十足地注視他們。「眞有趣，」她說。「如果我遇到你們單獨一個人，我們能處得很愉快。但是只要你們有兩個人一起，就不說話了，還會生氣。」她把手放下，搭在屁股上。「你們都害怕彼此，這就是原因。你們每個人都害怕被抓到把柄。」

一陣靜默後，克魯克斯說：「我看你最好回你自己的家。我們可不想惹麻煩。」

「我才沒有要找你們的麻煩呢。你們以為我不需要有人偶爾陪我說說話嗎？你們以為我喜歡整天關在家裡嗎？」

坎迪把斷腕靠在膝蓋上，用手輕輕磨擦。他譴責道：「你可是有老公的。不應該到處找男人鬼混，惹麻煩。」

科里的老婆突然發怒。「我是有老公沒錯，你們也都認識他啊。很自大，對吧？整天都在說要怎麼對付他討厭的人，而且他看誰都不順眼。你們以為我會乖乖待在那個小得要死的房子，聽科里說怎麼先揮左鉤拳，再揮右鉤拳打倒對方？喊什麼『一、二』、『用一、二的戰術，對方就倒了。』」她突然停下來，怒火從臉上消失了，取而代之的是興味漸濃的神情。「喂——科里的手怎麼了？」

氣氛陷入一片尷尬的沉默。坎迪偷偷看了雷尼一眼，咳了咳。「唔……科里……他的手被機器夾到了，夫人。手廢了。」

她盯著坎迪一會兒，然後笑了。「胡扯！想騙我啊？肯定是科里找人麻煩，結果反而被教訓了吧。被機器夾到——真是鬼扯！噢，自從他的手廢了，他就沒辦法對任何人使出他的一、二戰術了呢。是誰把他給廢了呀？」

坎迪一臉不高興，又重複了一次：「被機器夾到的。」

「好吧，」她一臉輕蔑地說。「好吧，你就替他隱瞞吧。我一點都不在乎。你們這些流浪漢自以為多了不起。當我是什麼，三歲小孩嗎？我告訴你，我本來可以加入劇團的，還不止一次機會呢。有人說要捧我當電影明星……」她氣得呼吸困難。「——星期六晚上。每個人都出去玩了。每個人都是！但我呢？只能站在這裡和一群流浪漢——一個黑鬼、一個笨蛋和一個糟老頭——我也只能接受了，因為這裡也沒有別人了。」

雷尼嘴巴半開地看著她。克魯克斯又開始封閉自己，維護他的黑人尊嚴。但老坎迪變了，他猛然起身，敲了敲他的木釘桶。「我受夠了，」他憤怒地大喊。「這裡不歡迎你。我們說了，不歡迎你。我也告訴你，你這個放蕩的女人憑什麼瞧不起我們。你愚蠢得連我們不是流浪漢都看不出來。就算你開除我們，就算你眞的這樣做，你以爲我們會去流浪，再找一個這種廉價的爛工作，對吧？你可不知道，我們有自己的農場，還有自己的房子。我們再也不待在這裡了。我們有房有雞有果樹，還有一個比這裡漂亮一百倍的地方。我們還有朋友，這就是我們擁有的。我們之前確實怕被一腳踢出去，但我們再也不怕了。我們有自己的土地，我們自己的，我們可以到那裡去。」

科里的老婆嘲笑他。「胡扯，」她說。「你們這種人我見多了。要是你們有兩毛半啊，早就跑去喝兩杯了，還舔得杯底都不剩。我還不知道你們嗎？」

坎迪的臉愈來愈紅，但她還沒說完，他就把自己按捺住了。他很擅長應對這種情況。「這我也知道，」他溫和地說。「你最好趕快離開，回家搖你的呼拉圈。我們跟你沒啥好說的。我們有什麼我們自己明白，你懂或不懂，我們一點都不在乎。你最好快點走開，科里應該不希望自己的老婆跑到馬房裡和一群流浪漢瞎混吧。」

她環視每一張臉，每個人都和她作對。她盯著雷尼最久，一直到他窘迫地低眼。突然間，她說：「你的臉怎麼瘀青的？」

雷尼充滿罪惡感地抬頭。「誰——我嗎？」

「對，就是你。」

雷尼看向坎迪，向他求助，然後再次低頭看著大腿。「他的手被機器夾到了。」他說。科里的老婆笑了。「好吧，機器。我等等和你談談。我對機器很感興趣。」

坎迪打斷她。「你離他遠一點。不准找他麻煩。你說的話，我都會告訴喬治，喬治不會讓你欺負雷尼的。」

「喬治是誰？」她問。「和你一起來那個小個子？」

雷尼開心地笑。「就是他，」他說。「就是那個人，他要讓我照顧兔子。」

「唔，如果你想要，我可以弄到幾隻兔子。」

克魯克斯從床鋪站起來面對她。「我受夠了，」他冷漠地說。「你沒有權利進來黑人的房間。你沒有權利進來這裡鬧。你馬上給我滾出去，快點滾出去。如果你不走，我就告訴老闆，請他再也不要讓你進來馬房。」

她轉頭看他，滿臉不屑。「黑鬼，聽好了，」她說。「你要是再張開嘴，知道我會怎麼對付你嗎？」

克魯克斯無助地望著她，隨後便回到床鋪上坐著，整個人縮成一團。

她靠近他。「知道我會怎麼對付你嗎？」

克魯克斯變得好渺小，他把自己縮在牆邊。「是的，夫人。」

「那你就給我識相點，黑鬼。我隨便就能找人把你吊死在樹上，太簡單了，連一點樂趣也沒有。」

克魯克斯快把自己隱藏得看不見了。他已沒有了人格，沒有了自尊——沒有什麼再能激起他的愛恨。他說：「是的，夫人。」他的語調毫無起伏。

她居高臨下地盯著他許久，似乎在等他動作，好能繼續攻擊他。但克魯克斯坐著，一動也不動，眼神避開她，將所有的傷痕都隱藏起來。最後，她轉身面對剩下的兩人。

老坎迪看著她，呆住了。「你要是那麼做，我們會去告狀，」他小聲地說。「我們會說你陷害克魯克斯。」

「去死吧，你們去說啊，」她大喊。「根本沒人會理你們，你也知道。沒人把你們當回事。」

坎迪退縮了。「是啊……」他同意。「沒有人會理我們。」

雷尼哀怨地說：「眞希望喬治在這裡，眞希望喬治在這裡。」

坎迪走向前。「你不要擔心，」他說。「我剛聽到他們回來的聲音了，喬治大概已經回到宿舍了，肯定是的。」他轉頭看向科里的老婆。「你最好回家去吧，」他輕聲說。「如果你馬上走，我們就不告訴科里你來過。」

她冷靜地打量他。「我可不知道你說的是不是眞的。」

「你最好不要冒險，」他說。「你要是沒把握，最好還是趕快回去。」

她看向雷尼。「我很高興你把科里教訓了一下，是他活該。有時候連我自己都想揍他。」她從門口溜出去，消失在黑暗的馬房裡。沒多久她便穿過馬房，轡鍊叮叮噹噹響，有些馬噴著鼻息，有些踏著馬蹄。

克魯克斯慢慢脫離他建立的保護罩。「你說他們回來了是眞的嗎？」他問。

「是啊，我聽到了。」

「是嗎，我什麼都沒聽見。」

「大門砰了一聲，」坎迪說，並繼續道：「老天爺，科里的老婆走路眞安靜。不過，我猜她應該是練習過很多次了。」

克魯克斯避開這個話題。「你們該走了，」他說。「我不想要你們繼續待在這了。一個黑人就算討厭權力，但也應該有些權力。」

坎迪說：「那個賤人不應該這樣說你。」

「這不算什麼，」克魯克斯無精打采地說。「你們兩個進來這裡坐，都讓我忘了其實她說的是對的。」

馬房裡的馬噴著鼻息，轡鍊發出撞擊聲，接著有人呼喚：「雷尼，喂，雷尼。你在馬房嗎？」

「是喬治，」雷尼大喊。然後他回應：「這裡，喬治。我在這裡。」

喬治很快就出現在門口，他看向裡頭，滿臉不贊成。「你們在克魯克斯的房裡幹嘛？你們不應該跑來這裡。」

克魯克斯點頭。「我跟他們說過了，但他們還是進來了。」

「那你怎麼不把他們踢出去？」

「我想說沒關係，」克魯克斯說。「雷尼是個好人。」

坎迪突然激動起來。「噢，喬治！我剛剛一直在算。我想到我們要怎麼靠兔子賺錢了。」

喬治皺眉。「我不是跟你說過，不要告訴別人嗎。」

坎迪感到羞愧。「除了克魯克斯之外，沒告訴其他人。」

喬治說：「你們兩個給我出來。老天，我根本連一分鐘都不能走開。」

坎迪和雷尼站起來走向門口。克魯克斯喊：「坎迪！」

「嗄？」

「記得我說的鋤田和幹雜活嗎？」

「有，」坎迪說。「我記得。」

「嗯，你把它忘了吧，」克魯克斯說。「我不是認眞的，我只是開玩笑。我不想去那種地方。」

「那好吧，你自己決定。晚安。」

三個男人走出房門。當他們穿過馬房，馬兒又開始噴鼻息，韁鍊叮叮噹噹響。

克魯克斯坐在床鋪上，盯著門口許久，然後他伸手拿起藥油，拉開襯衫下襬，倒了一些藥油在粉色的掌心上，再把手伸到後面，慢慢按摩他的背。

5

大馬房一側，新收割的乾草高高堆疊，上頭的滑輪懸掛一支四齒的草叉。乾草堆像山一般，沿著坡度向下延伸到馬房另一頭。那頭的地板仍然一片平坦，還未堆滿乾草。兩旁擺放著飼草架，從木架中間可以看見馬頭。

這是週日的下午。正在休息的馬兒小口吃著殘餘的乾草，一邊踏腳，一邊還啃咬馬槽的木頭，牠們身上的轠繩發出叮噹聲。午後的陽光穿過馬房的牆板縫隙，在乾草上形成一道道耀眼的光束。蒼蠅在空氣中盤旋，使得這個慵懶的午後嗡嗡作響。

外頭傳來馬蹄鐵打中鐵樁的匡噹聲，伴隨著男人們的吶喊，有人上場、有人歡呼、有人嘲弄。但馬房裡卻一片寧靜，除了蒼蠅的嗡嗡聲，氣氛一片慵懶，還帶著一陣溫暖。

馬房裡只有雷尼一人，他坐在馬槽底下的乾草堆裡，旁邊擺放一個箱子，那一處尚未被堆滿乾草。雷尼坐在乾草堆裡，看著眼前死去的小狗躺在地面上。雷尼盯著牠許久，然後伸出大掌撫摸牠，從頭撫摸到尾。

雷尼輕聲對小狗說：「你怎麼死了？你沒有跟老鼠一樣小啊。我沒有很用力拍你啊。」他抬起小狗的頭，看著牠的臉，對著牠說：「要是喬治發現你死掉了，他就不讓我照顧兔子了。」

雷尼在地上挖出一個小洞，把小狗放進去，再用乾草蓋住，不想讓人發現。但他仍繼續盯著他建造的小墓塚。他說：「這件事沒有那麼糟糕，我應該不用去灌木叢裡面躲起來吧。噢！沒有，一定沒有那麼糟糕。我就告訴喬治我發現牠死掉了。」

他把小狗挖出來檢查一番，輕輕從牠的耳朵撫摸到尾巴。他非常傷心，繼續說道：「但是他會發現的。喬治每次都知道。他會說：『一定是你做的壞事。不要想騙我。』他還會說：『你這樣，以後不能照顧兔子了！』」

突然間，他憤怒起來。「你眞該死，」他大喊。「你爲什麼會死掉？你沒有像老鼠一樣小啊。」他抓起小狗，用力丟了出去。他背過身，彎腰抱住雙膝，低聲說：「以後我不能照顧兔子了。喬治以後不會讓我照顧兔子了。」他悲傷地來回晃動身體。

外頭傳來馬蹄鐵套中鐵樁的匡噹聲，緊接著是一陣歡呼。雷尼站起身，把小狗抓回來，放回乾草上，然後坐下來，再次撫摸小狗。「你還不夠大，」他說。「他們一直跟我說你還不夠大。我不知道你會這麼容易就死掉。」他用手指撫摸小狗柔軟的耳朵。「說不定喬治不會在意，」他說。「你這個他媽的小賤種對喬治來說什麼都不是。」

這時，科里的老婆忽然出現在最後一格馬廄。她來得無聲，雷尼沒發現她。她身穿鮮豔的棉質洋裝，腳踩著拖鞋，上頭裝飾幾團紅色的駝鳥羽毛。她的臉上帶妝，頭髮捲得像一串串小香腸。等到雷尼抬頭看見她的時候，她已經靠得很近了。

一陣慌張之下，雷尼用手指扒了一堆乾草蓋住小狗，抬頭繃著臉看她。

她說：「小傢伙，那是什麼啊？」

雷尼盯著她。「喬治叫我離你遠一點——不能跟你說話，什麼都不行。」

她笑了。「喬治每件事都給你下指令？」

雷尼低頭看著乾草。「他說我跟你說話或什麼的，就不能照顧兔子了。」

她用輕柔的語氣說：「他是怕科里會生氣，但是現在科里的手已經用繃帶吊起來了。如果科里又兇你的話，你大可以斷了他另一隻手。別再騙我說他的手是被機器夾到的。」

但是雷尼不為所動。「不行，這位小姐，我不會跟你說話的，什麼都不會。」

她跪在他旁邊的乾草上。「聽著，」她說。「所有的人都在玩丟馬蹄鐵。現在才大概四點而已，沒有人會半途離開的。為什麼我不能和你說話？從來都沒有人陪我說話。我太寂寞了。」

雷尼說：「但我不能跟你說話，什麼都不行。」

「我真的好寂寞，」她說。「你有很多人可以說話，但我只能對科里說話，不然他就會生氣。要是沒人跟你說話你會怎樣？」

雷尼說：「反正我不能跟你說話，喬治怕我惹麻煩。」

她轉換話題。「你在那裡藏了什麼？」

雷尼的悲傷又全被勾了起來。「只是我的小狗，」他難過地說。「只是我的小小小狗。」他撥開牠身上的乾草。

「哎呀，牠死了。」她驚呼。

「牠好小，」雷尼說。「我只是在跟牠玩……牠作勢要咬我……我就假裝要打牠……然後我就打了。然後牠就死掉了。」

她安慰他。「你不要擔心，牠只是一隻小雜種，你隨便都可以再養一隻，到處都有雜種狗。」

「重點不是這個，」雷尼痛苦地解釋。「喬治不會讓我照顧兔子了。」

「為什麼？」

「因為他說我如果再做壞事，就不讓我照顧兔子了。」

她又朝他靠近一些，柔聲哄他：「你不要害怕跟我說話。你聽聽，他們在外面吼來吼去，每個人都賭了四塊錢，沒有結束他們是不會離開的。」

「喬治如果看到我跟你說話，他會罵我的，」雷尼十分謹慎地說。「他是這樣跟我說的。」

她的表情漸漸轉為憤怒。「我怎麼了嗎？」她大聲說。「我難道沒有和別人說話的權利嗎？他們到底把我當什麼？你是個好人。我不知道我為什麼不能跟你說話，我又沒有要害你！」

「可是喬治說你會把我們搞得一團亂。」

「噢，瘋子！」她說。「我害你什麼了？看來他們沒人在乎我要怎麼活。我告訴你，我以前的生活不是這樣的，我本來可以有點出息的。」她陰鬱地說，「說不定我還有機會。」似乎是怕她的聽衆消失不見，她趕忙接著說下去。「我以前就住在薩利納斯，」她說。「小時候就搬到那裡了。然後啊，有個劇團來表演，我遇見其中一個演員。他說我可以和他們的劇團一起走，但是我母親不肯。因爲她說我才十五歲，可是那個人說沒關係。要是那時我跟去了，我的生活肯定不是這樣，肯定的。」

雷尼用手來回撫摸小狗。「我們會有一小塊地——和兔子。」他解釋。

她趕緊繼續說故事，以免又被打斷。「後來我又遇到一個男人，他有在拍電影。我和他一起跑去『河畔舞廳』玩。他說要讓我去拍電影，說我很有天賦。他說他一回好萊塢，就會寫信跟我談拍電影的事。」她仔細盯著雷尼，看看自己是否有打動他。「我始終沒收到那封信，」她說。「我一直覺得是我媽把信偷走了。反正，我沒打算待在一個哪裡都去不了的地方，我在那裡是不可能會有出息的，況且他們還會偷信。我有問過她偷信的事，她說她沒偷。後來，我就嫁給科里了。我就是去『河畔舞廳』的那晚認識科里的。」說完，她盤問雷尼：「你有在聽嗎？」

「我嗎？當然有啊。」

「唔，有件事我從來沒告訴過任何人，也許我不該說。我不喜歡科里，他不是個好人。」因爲向他吐露了秘密，她更加靠近雷尼，靠在他旁邊。「我原本可以演電影的，還有漂亮的衣服穿——像明星穿的那種漂亮衣服。我本來也可以去住大飯店，還會有人幫我拍照。我可以去參加試映會，上電台做訪談，而且我不用花半毛錢，因爲我是電影明星。我能穿那些明星穿的漂亮衣服，因爲那個男人說我很有天賦。」她抬頭看著雷尼，用她的手臂搭配手掌做出一個華麗的小動作，展示她有能力演戲。她的手腕引領著手指扭動，小指誇張地翹起來。

雷尼深深地嘆口氣。外頭傳來馬蹄鐵撞擊金屬的匡噹聲，響起一陣歡呼。「有人投進了。」科里的老婆說。

隨著太陽落下，陽光照射的角度愈來愈高，光束攀上牆頭，落在飼草架和馬兒的頭上。

雷尼說：「說不定我把小狗拿出去丟掉，喬治就不會知道了。這樣我就可以照顧兔子了。」

科里的老婆生氣地說：「你腦子裡就只有兔子嗎？」

「我們會有一小塊地，」雷尼耐性十足地向她解釋。「我們會有一棟房子和一座菜園，還有苜蓿田，苜蓿是給兔子吃的，我負責拿麻布袋去裝滿苜蓿，然後拿給兔子。」

她問：「你爲什麼對兔子這麼狂熱？」

雷尼仔細地思考，才有了結論。他十分小心地朝她靠近，一直到貼著她。「我喜歡摸好摸的東西。有一次我在集市裡面，看到幾隻毛長長的兔子。牠們好好摸，眞的！有時候我還會摸老鼠，但那是因爲我找不到更好摸的東西。」

科里的老婆與他拉開距離。「我看你是瘋了吧。」她說。

「我沒有，」雷尼嚴肅地辯解。「喬治說我沒瘋。我喜歡摸好摸的東西，軟軟的東西。」

她有些放心了。「嗯，誰不喜歡啊？」她說。「每個人都喜歡啊。像我喜歡摸絲綢還有天鵝絨，你喜歡摸天鵝絨嗎？」

雷尼開心地咯咯笑。「當然啊，天啊，」他高興地大喊。「我也有一些天鵝絨哦。有位太太給我了我一些，那位太太就是——我的親姨母卡瑞拉。她直接就送給我了——大概這麼大塊。我眞希望現在就有那塊天鵝絨可以摸。」他的表情一陣不悅。「但是我弄丟了，」他說。「我好久沒看到了。」

科里的老婆嘲笑他。「你瘋了，」她說。「但你是個好人，像個大嬰兒。我大概懂你的意思，有時候我整理頭髮，就會坐著一直摸，因爲實在太柔軟了。」爲了示範她的做法，她把手指移到頭頂。「有些人的頭髮還滿粗糙的，」她自滿地說。「像科里的就是。他的頭髮跟鐵絲一樣，但我的就很軟很柔順，因爲我常常梳頭，常梳就會很柔順。你摸摸看啊——摸這裡。」她抓起雷尼的手放到自己頭上。「你摸這個地方，看看有多柔軟。」

雷尼大大的手指開始撫摸她的頭髮。

「你可別弄亂了。」她說。

雷尼說：「噢！好好摸啊，」他摸得更用力了。「噢！好好摸啊。」

「小心一點，喂，你會弄亂的。」然後她生氣地大喊，「你快停下來，你會把頭髮弄亂的。」

她把頭移開，雷尼的手追了上去，緊抓著她的頭髮不放。「放開，」她大叫。「你放開！」

雷尼驚慌失措，表情逐漸扭曲。她開始尖叫，雷尼立刻伸出另一隻手摀住她的鼻子和嘴巴。「拜託不要叫，」他哀求。「噢！拜託不要這樣叫，喬治會生氣的。」

她在他手下劇烈掙扎，雙腳在乾草上猛踢，扭動著想要掙脫。雷尼的手掌心流出一絲被悶住的尖叫聲。雷尼開始驚恐地哭喊。「噢！拜託不要再叫了，」他哀求。「喬治會說我又做壞事了，就不讓我照顧兔子了。」他稍微移開手，她嘶啞的尖叫聲立刻溢了出來。雷尼開始發怒。「夠了，」他說。「我不想聽到你叫。你會害我惹上麻煩，就跟喬治說的一樣。你不可以再叫了！」她繼續掙扎，雙眼恐懼得狂亂。他搖晃她的身體，對她感到生氣。「你不准叫！」他說，然後抓住她再次猛搖，她的身體像隻魚一樣翻騰。然後，她突然不動了，她的脖子被雷尼扭斷了。

雷尼低頭看她，小心翼翼地把手從她的嘴上移開，她還是躺著，一動也不動。「我不想傷害你，」他說。「但是你叫的話喬治會生氣的。」她沒有回答也沒有動作。雷尼彎腰靠近她，舉起她的手然後放開，任手無力地落下。一時之間他感到十分困惑。接著他驚嚇地低語：「我做壞事了。我又做壞事了。」

他抓起乾草，一直到蓋住部分的她。

馬房外傳來男人們的吼叫聲以及馬蹄鐵兩次擊中金屬的聲音。這是頭一次，雷尼對外面有了意識。他蜷伏在乾草中聆聽。「我做了很壞的事，」他說。「我不應該做壞事的。喬治會生氣的。嗯……他說……躲在灌木叢裡等到他來。喬治會生氣的。躲在灌木叢裡等到他來。喬治是這樣說的。」雷尼走回去看著那個死去的女人，小狗躺在她身邊，雷尼把小狗抓了起來。「我要把牠丟掉，」他說。「情況已經夠糟了。」他把小狗藏到外套下，一路爬到牆邊，從裂縫中偷看外面的馬蹄鐵比賽。接著，他爬到最後一個馬槽，消失不見。

光束已經爬到牆的高處，馬房裡的光線逐漸柔和。科里的老婆平躺在地上，身上半蓋著乾草。

馬房裡頭十分安靜，午後的農場也是一片寂靜。就連馬蹄鐵的敲擊聲，還有男人們的遊戲聲，似乎都變得更沉靜了。對比外頭的白日，馬房裡一片昏暗。一隻鴿子從敞開的倉門飛進來，繞了一圈後又飛出去。這時，最後一格馬廄走來了一隻母牧羊犬，身形又瘦又長，沉重的乳房向下垂。母狗往小狗的箱子走去，才走到一半，就聞到科里的老婆散發出的死亡氣息，背上的毛髮猛然豎起。她低吠，畏畏縮縮地走到箱子邊，跳進去和小狗窩在一起。

科里的老婆躺著，身上半蓋著黃色乾草。她的臉上已全然不見過往的刻薄、算計、不滿足，還有渴望受關注的神情。她非常美麗又單純，她的臉是那麼甜美又年輕。此刻，她帶妝的雙頰紅潤，紅唇鮮豔，讓她看起來富滿生氣，只像是淺淺地睡著了。她如小香腸般的捲髮在腦後的乾草上散開，雙唇微張。

有時會發生這樣的情景：時間靜止了，停留著、徘徊著，持續了好一陣子。聲音也停止了，動作也停止了，又持續了更長一段時間。

然後，又一次的，時間漸漸甦醒，緩緩前進。馬兒在飼草架後頭踏著腳，轡鍊不停碰撞。外頭，男人的叫喊聲愈來愈大，愈來愈清楚。

最後一格馬廄，傳來老坎迪的聲音。「雷尼，」他喊。「喂，雷尼！你在這嗎？我又算好更多東西了。雷尼，我告訴你我們之後可以怎麼做。」老坎迪出現在最後一格馬廄。「喂，雷尼！」他再次呼喊，卻忽然停下來，全身僵直。他用平滑的手腕磨磨他的白鬍鬚。「我不知道你在這裡。」他對著科里的老婆說。

她沒有回答，他便往前靠近。「你不能在這裡睡覺，」他滿臉不贊同地說，走到她旁邊，接著——「噢！我的天啊！」他茫然地左右張望，摸了摸鬍子。最後他跳起來，快步離開馬房。

此刻馬房活了起來。馬兒踏著腳步、噴著鼻息，咀嚼著鋪了滿地的麥稈，叮叮噹噹地碰撞著轡鍊。沒多久坎迪又回來了，帶著喬治一起。

喬治問：「你要我看什麼？」

坎迪手指著科里的老婆。喬治盯著她，「她怎麼了？」他問，走得近一些，然後他和坎迪說了一樣的話。「噢，我的天啊！」他在她身旁跪下，用手去感覺她的心跳。然後，他終於站起來，動作緩慢又僵硬，他的臉像木頭一樣繃緊，眼神十分冷酷。

坎迪說：「是怎麼死的？」

喬治看著他，眼神冷漠。「你完全不曉得嗎？」他問。坎迪沉默了。「我早該知道，」喬治絕望地說。「我想我早就預料到了。」

坎迪問：「喬治，我們現在該怎麼辦？我們現在該怎麼辦？」

喬治花了很長的時間，才有辦法回答他。「我想……我們得告訴……大家。我想我們要把他抓住，把他關起來。我們不能讓他逃走，不然那個可憐的蠢蛋會餓死的。」他試圖讓自己安心。「說不定他們會把他關起來，會善待他。」

可是坎迪激動地說：「我們應該要讓他逃走。你不了解科里，科里會用私刑殺死他，科里會殺死他的！」

喬治看著坎迪的嘴。「對，」他終於開口說話，「沒錯，科里會殺死他。其他人也會殺死他。」他回頭看著科里的老婆。

這時，坎迪說出心中最大的恐懼。「你和我能拿到那一小塊地吧，喬治？你和我可以去到那裡好好生活，對吧，喬治？對吧？」

喬治還沒回答，坎迪便低下頭看著乾草。他心中明白。

喬治輕聲說：「——我想我從一開始就知道了。我知道我們永遠得不到那塊地。雷尼一直都那麼喜歡聽我說，讓我也開始相信或許我們能夠做到。」

「所以——什麼都沒了？」坎迪悲憤地問。

喬治沒有回答他，只說道：「以後做完一個月，領完我的五十塊錢，我就整晚混在那些糟糕的妓院。或是去撞球間，一直待到所有人都回家去了。然後我就回來，再工作一個月，再領五十塊錢。」

坎迪說：「他人這麼好。我不相信他會做這種事。」

喬治仍注視著科里的老婆。「雷尼做這些從來不帶惡意，」他說。「他整天做壞事，但從來沒有一次是故意的。」他挺直身體，轉回頭看著坎迪。「你現在聽我說，我們必須把這件事告訴大家。我猜他們會去把雷尼抓回來，也沒其他可能了。說不定他們不會傷害雷尼。」說完，他的口氣變得嚴厲。「我不會讓他們傷害雷尼。你現在聽好了，他們應該會覺得我和雷尼是一伙的，我會回去宿舍，一分鐘後你就出來，告訴大家她死了，然後我會從宿舍跟出來，假裝我沒見過她。你願意這樣做嗎？這樣大家才不會覺得我是共犯？」

坎迪說：「當然，喬治。我當然願意。」

「好，你先給我幾分鐘，等一下你就跑出來，把這件事告訴大家，假裝自己現在才發現她。我先離開。」喬治轉身，快速跑出馬房。

老坎迪目送喬治離開。他絕望地回頭，看向科里的老婆，他的悲傷和憤怒逐漸拼湊成語言。「你他媽的蕩婦，」他惡毒地說。「是你做的，對不對？我猜你應該很高興吧。每個人都知道你把事情搞得一團亂了。你不是個好東西，你死了也不是個好東西，你這個骯髒的妓女。」他嗚咽而泣，聲音顫抖。「我本來可以幫他們鋤菜園，洗洗碗。」他突然停下來，而後開始喃喃自語，重複著曾經說過的話：「要是有馬戲團或棒球比賽……我們就去看……就說聲他媽的誰管工作啊，然後就跑去看熱鬧。不需要任何人同意。我們會養一隻豬和幾隻雞……冬天的時候……小小胖胖的火爐……下雨的時候……我們就坐在旁邊。」他的視線因淚水而模糊，他轉身，無力地走出馬房，一邊用斷腕摸了摸粗糙的鬍子。

外頭的遊戲聲停了，眾人的疑問聲響起，隨後是一陣跑步的咚咚聲，男人們衝進馬房裡。斯林和卡爾森，還有年輕的韋特和科里，克魯克斯則躲在後頭，不想引起關注。坎迪跟在他們後面，最後則是喬治。喬治已經套上藍色牛仔外套並扣上釦子，他把黑色帽子往下拉，半遮住眼睛。男人們爭先恐後地擠在最後一格馬廄前。他們的視線在昏暗中尋到科里的老婆，他們停下騷動，站在原地，一動也不動地注視著。

然後，斯林安靜地走向她，感受她的脈搏。他伸出一隻纖瘦的手指頭觸碰她的臉頰，接著，他的手伸到她微微扭曲的脖子下，用手指探測她脖子的脈動。他一站起身，眾人便蜂擁上前，氣氛又開始躁動起來。

科里忽然間回過神來。「我知道是誰幹的，」他大喊。「是那個狗娘養的大塊頭！一定是他！哼——大家可都在外面丟馬蹄鐵。」他愈說愈生氣。「我要逮到他。我要去拿我的獵槍，我要親自把那個狗娘養的大塊頭殺了。我要射穿他的內臟！走吧，大伙們！」他火冒三丈地衝出馬房。卡爾森說：「我去拿我的魯格手槍。」然後也衝了出去。

斯林安靜地轉身望向喬治。「我猜應該是雷尼幹的沒錯，」他說。「她的脖子斷了。只有雷尼做得到。」

喬治沒有回答，但他緩緩地點了個頭。他的帽簷壓得好低，蓋住了他的眼睛。

斯林繼續說道：「這應該就像你們在威德的那次吧。」

喬治再次點頭。

斯林嘆了口氣。「唉，我想我們得抓住他。你覺得他會去哪裡？」

喬治猶豫了許久，才開口說話。「他——大概是往南了，」他說。「我們是從北方來的，所以他可能往南了。」

「我們恐怕得抓住他。」斯林重複。

喬治走向前。「我們有可能把他帶回來關起來嗎？他是瘋子啊，斯林。他不是故意這樣做的。」

斯林點頭。「有可能，」他說。「如果我們瞞著科里，就有可能，但是科里想要開槍打死他。科里的手沒了，他還在氣頭上。假設他們把雷尼關起來，然後綁起來，關進籠子裡。他也不會好過的，喬治。」

「我知道，」喬治說。「我知道。」

卡爾森跑了進來。「那個混蛋偷了我的魯格手槍，」他大吼。「槍不在我的袋子裡。」科里跟著他進來，完好的那隻手拿著一把獵槍。此刻的科里十分冷酷。

「好，大伙們，」他說。「黑鬼有一把獵槍。卡爾森，你拿那一把。要是你看到他，不要給他任何機會。直接射穿他的內臟，讓他倒地。」

韋特興奮地說：「我沒有槍。」

科里說：「你去索萊達找個警察來。找艾爾·懷特斯過來，他是副警長。我們走吧。」他忽然轉頭看著喬治，一臉疑心。「小子，你跟我們一起去。」

「好，」喬治說。「我會一起去。但科里，你聽我說。那個可憐的混蛋是個瘋子，不要殺死他，他根本不知道他在幹什麼。」

「不要殺死他？」科里大吼。「他拿走卡爾森的魯格手槍了，我們當然要殺死他！」

喬治無力地說：「可能是卡爾森弄丟了。」

「我今天早上還有看到，」卡爾森說。「肯定是被拿走了。」

斯林站著，視線向下注視科里的老婆。他說：「科里——你最好還是待在你老婆身邊吧。」

科里的臉脹紅。「我要去，」他說。「就算我只剩一隻手，我也要親自開槍打死那個大混蛋。我要逮到他。」

斯林轉身看向坎迪。「坎迪，那你跟她待在這裡。我們幾個也該出發了。」

他們離開了。喬治在坎迪旁邊停留了一陣，兩人低頭看著那個死去的女人，一直到科里大喊：「喬治！你跟好我們，不然我們就把你當成共犯。」

喬治緩慢地移動，跟上他們，沉重地拖著腳步。

他們離開後，坎迪蹲在乾草堆裡，看著科里老婆的臉。「可憐的混蛋。」他輕聲說。

男人們的聲音逐漸變小。馬房愈來愈昏暗，馬兒在馬廄裡踏著腳步，韁鍊碰撞著。老坎迪在乾草堆裡躺下，用手臂蓋住雙眼。

6

傍晚時分，薩利納斯河匯集而成的潭水深深，綠色的潭面上一片風平浪靜。太陽早已離開山谷，爬上加比蘭嶺，山峰因夕陽而緋紅。水潭邊，陰影跌落在斑駁的梧桐樹間，氣溫十分舒爽。

一條水蛇滑溜地游上潭面，左右擺動如潛望鏡般的小頭。牠從潭的一邊游到另一邊，最後來到一隻蒼鷺腳邊。蒼鷺站在淺水處一動也不動，忽然間，蒼鷺向下一啄，咬住水蛇的頭，將牠叼出水面。蒼鷺將牠吞進嘴裡，只見小蛇的尾巴仍然瘋狂扭動著。

遠處風聲響起，一陣狂風如浪潮般掃過樹頂。梧桐樹葉翻了起來，露出片片銀白，地上乾枯的褐葉隨風向前飄動。綠色的潭面掀起一波波漣漪。

風停了，如同來時般突然。空地又回到一片寧靜。蒼鷺站立在淺水處，一動也不動地等待著。另一條小水蛇游上潭面，左右搖擺如潛望鏡般的小頭。

忽然間，雷尼從灌木叢裡冒出來，他悄悄靠近，像一隻爬行的熊。蒼鷺驚嚇得瘋狂拍動翅膀，凌空飛起，離開水面，沿著河流下游飛去。小蛇則溜進潭邊的蘆葦中。

雷尼悄悄來到潭邊。他跪下來喝水，但只稍微讓水碰到嘴唇而已。一隻小鳥從雷尼身後的枯葉飛掠而過，他猛然抬頭，豎起耳朵，看向聲音的源頭。他看見那隻小鳥，隨後低下頭繼續喝水。

喝完水，他便在岸邊坐下，側身靠著潭邊，如此他才能看見小徑的入口。他環抱膝蓋，把下巴靠在膝蓋上。

陽光一路向上攀爬，逐漸離開山谷，聚集在山峰上，讓山峰變得更加火紅。

雷尼小聲說：「我當然沒有忘記啊，可惡。躲在灌木叢裡等喬治來。」他將帽簷往下拉到眼睛。「喬治肯定會罵我的，」他說。「喬治會希望自己一個人生活，不要我再煩他了。」他轉頭看著明亮的山頂。「我可以去那裡，找一個山洞，」他說。接著他繼續傷心地說：「——永遠都沒有番茄醬可以吃了——但是我不在乎。如果喬治不要我了……我會走開。我會走開的。」

雷尼的腦中突然跑出一個矮胖的老女人。她戴著厚厚的近視眼鏡，身上繫著一件大大的條紋棉質圍裙，上頭還有口袋，整個人看起來乾淨又整齊。她站在雷尼面前，雙手叉腰，對著雷尼皺眉，一臉不滿意。

她說話時卻是雷尼的聲音。「我跟你說過很多次了，」她說。「我跟你說過了，要『照顧』喬治，因爲他人眞的很好，對你又好。但你從來沒放在心上，你一直做壞事。」

雷尼回答她：「我努力了，卡瑞拉姨母，我一直一直努力了，但我就是沒辦法。」

「你從來不替喬治著想，」她繼續用雷尼的聲音說話。「他一直對你這麼好。每次他有一小塊的派，都會分你一半，甚至更多。要是有蕃茄醬，他就會全部都留給你吃。」

「我知道，」雷尼悲傷地說。「我努力了，卡瑞拉姨母。我一直一直在努力了。」

她打斷他。「如果不是因爲你，這些日子他會多好過。他可以拿工資去妓院裡快活，他可以去撞球間裡敲幾桿。可他卻得照顧你。」

雷尼悲痛地呻吟。「我知道，卡瑞拉姨母。我會去山裡，找一個山洞，我會住在山洞裡面，這樣就不會給喬治找麻煩了。」

「你只是說說而已，」她犀利地說。「你每次都這樣說，你很清楚你根本不會眞的做到。你就只會一直到處惹是生非，讓喬治替你善後。」

雷尼說：「我還是走開吧。喬治現在不會讓我照顧兔子了。」

卡瑞拉姨母消失了，雷尼的腦中又跑出一隻巨大的兔子。牠坐在雷尼面前，擺動耳朵，朝他皺鼻子。牠也用雷尼的聲音說話。

「照顧兔子，」牠的口氣輕蔑。「你這個混蛋瘋子。你連舔兔子的腳都不配。你會忘記照顧牠們，害牠們餓肚子。你肯定會這樣。到時候喬治會怎麼想？」

「我才不會忘記！」雷尼大聲抗議。

「不會才有鬼，」兔子說。「連把你送進地獄都是浪費時間。天知道喬治爲了替你善後，做了多少事，卻一點回報也沒有。如果你以為喬治會讓你照顧兔子，那你簡直比瘋子還瘋。他不會讓你照顧兔子的。他會拿棍子痛打你一頓，那才是他要做的事。」

雷尼開始辯駁。「他才不會做這些事，喬治不會做這種事的。我從——我忘記什麼時候了——我認識喬治很久了，他從沒有拿棍子打過我。他對我很好，他不會那麼壞。」

「是嗎，但他已經受夠你了，」兔子說。「他會痛扁你一頓，然後走掉，離開你。」

「他不會的，」雷尼發狂大喊。「他不會做這種事。我了解喬治，我和他一直都在一起。」

但是兔子一遍又一遍重複，語氣十分輕柔：「他會離開你，你這個混蛋瘋子。他會把你一個人丟下。他會離開你，你這個混蛋瘋子。」

雷尼用手摀住耳朵。「他不會，我說他不會。」然後他大喊：「喂！喬治——喬治——喬治！」

喬治從灌木叢裡悄悄出現，那隻兔子迅速躲回雷尼腦中。

喬治小聲說：「你在鬼叫什麼？」

雷尼跪坐起來。「你不會離開我吧，對嗎，喬治？我知道你不會的。」

喬治靠近他，動作十分僵硬，他坐到雷尼身旁。「我不會。」

「我就知道，」雷尼大喊。「你不是那種人。」

喬治沒有說話。

雷尼說：「喬治。」

「嗯？」

「我又做壞事了。」

「不重要了。」喬治說完，再次陷入沉默。

此刻，只剩山尖還浸泡在陽光裡，山谷中的陰影是柔和的藍色。遠處傳來男人們互相叫喊的聲音，喬治轉頭仔細聆聽。

雷尼說：「喬治。」

「嗯？」

「你不罵我嗎？」

「罵你？」

「對啊，以前你每次都會罵我。像是『如果沒有你，我就可以拿我的五十塊錢——』」

「我的老天爺，雷尼！發生什麼事情你都記不住，就只記得我說過的每個字。」

「嗯，你不打算說嗎？」

喬治搖搖頭。他木然地說：「要是只有我一個人，我可以過得多輕鬆啊。」他的語調平平，沒有絲毫起伏。「我可以找一份工作，不會出什麼亂子。」然後他停下來。

「繼續說啊，」雷尼說。「一到月底——」

「一到月底，我就拿著五十塊錢，去一間……妓院——」他又停下來。

雷尼急切地看著他。「繼續說啊，喬治。你不繼續罵我嗎？」

「不了。」喬治說。

「唔，我可以走開的，」雷尼說。「如果你不要我了，我可以馬上到山裡找個山洞。」

喬治再次搖搖頭。「不行，」他說。「我要你和我一起待在這裡。」

雷尼狡猾地說：「你再把之前說的跟我講一次。」

「說什麼？」

「關於其他人還有我們的事。」

喬治說：「像我們這種人，沒有家人。他們賺了點錢，就揮霍掉。這個世界上沒有人會在乎他們——」

「但我們不一樣，」雷尼開心地喊。「快說說我們。」

喬治安靜了一陣。「但我們不一樣。」他說。

「因爲——」

「因爲我有你，而且——」

「我也有你。我們有彼此，就是這樣，我們在乎彼此。」雷尼得意洋洋地大喊。

傍晚的微風吹拂過空地，樹葉沙沙作響，綠潭也掀起漣漪。男人們的吼叫聲再次響起，這一次接近了許多。

喬治摘下帽子。他顫抖著說：「雷尼，把帽子拿下來。空氣還不錯。」

雷尼順從地脫下帽子，放到他前面的地板上。山谷的陰影更藍了，夜色來得很快。人群走在灌木叢裡的聲響順著風朝他們襲來。

雷尼說：「告訴我以後會怎麼樣。」

喬治一直在聆聽遠方的聲響。有好一會兒，他的表情看起來無比認眞。「雷尼，你看著河對面，我一邊告訴你，這樣你就好像能看見那個畫面了。」

雷尼轉頭，看向潭的另一端，還有上方愈來愈暗的加比蘭嶺。「我們會買一小塊地，」喬治開始說著。他的手伸進口袋，拿出卡爾森的魯格手槍。他扳開保險桿，把手和槍垂到雷尼背後的地板上。他盯著雷尼的後腦勺，那是脊椎和頭骨連接的地方。

一個男人的叫喊聲從河流上游傳來，另一個男人回應著。

「繼續說啊。」雷尼說。

喬治舉起槍，但是手不停顫抖，於是他又把手放下來。

「繼續說啊，」雷尼說。「以後會怎麼樣？我們會買一小塊地。」

「我們會養一頭牛，」喬治說。「說不定還會養一隻豬和幾隻雞……我們也會在空地的一頭……種一小塊苜蓿田——」

「給兔子吃。」雷尼喊道。

「給兔子吃。」喬治重複雷尼的話。

「我負責照顧兔子。」

「你負責照顧兔子。」

雷尼開心地傻笑。「我們靠那塊地過活。」

「沒錯。」

雷尼轉過頭。

「別，雷尼。往河的對面看，像是可以看到那塊地一樣。」

雷尼聽從他的話。喬治低頭看著手槍。

灌木叢裡已經有踩踏聲傳來，喬治轉頭看向他們。

「繼續說啊，喬治。我們什麼時候要開始行動？」

「很快就要了。」

「我和你。」

「你……和我。每個人都會對你很好。不會再有麻煩了。再也沒有人可以傷害誰，也沒有人會偷東西了。」

雷尼說：「喬治，我剛還以爲你在生我的氣呢。」

「沒有，」喬治說。「雷尼，我沒生氣。我從來沒有生過你的氣，現在也沒有。我想讓你明白這一點。」

聲響已經很接近了。喬治舉起槍，仔細聆聽。

雷尼渴求他：「我們現在就開始嘛。我們現在就買下那塊地。」

「當然好，就現在。我非做不可。我們非做不可。」

喬治舉起槍，穩住手，他讓槍口靠近雷尼的後腦勺。他的手劇烈顫抖，但他的表情堅定，手也漸漸穩住。他扣下扳機。槍響直衝山頂，又迴盪過來。雷尼震了一下，慢慢往前倒在沙地上，他趴著，一動也不動。

喬治渾身發抖，看著手槍，然後立刻把槍扔了出去，落在河邊的那堆灰燼旁。

灌木叢裡充滿吼叫聲以及匆忙的腳步聲。斯林大喊：「喬治！你在哪裡，喬治？」

但喬治僵硬地坐在河岸上，盯著他丟掉槍枝的右手。一群人衝進空地，科里跑在最前頭。他看見雷尼倒在沙地上。「天啊，抓住他。」他跑過去，低頭看著雷尼，又回過頭看著喬治。「正中後腦勺。」他輕聲說。

斯林筆直走到喬治身旁坐下，坐得非常靠近。「你別放在心上，」斯林說。「有的時候你就是別無選擇。」

但是卡爾森走到喬治面前。「你是怎麼把他殺了？」他問。

「我就是殺了。」喬治疲倦地說。

「他有拿我的槍嗎？」

「對，他拿了你的槍。」

「然後你從他手上搶過來，開槍把他打死了？」

「對，就是這樣。」喬治的聲音近乎低語。他眼神堅定地看著先前握槍的右手。

斯林扯了扯喬治的手肘。「喬治，走吧。你和我一起去喝一杯。」

喬治讓斯林扶自己起來。「嗯，喝一杯。」

斯林說：「喬治，你是別無選擇。你絕對是不得已的。跟我來吧。」他領著喬治來到小徑入口，走上公路。

科里和卡爾森看著他們離去。卡爾森說：「你說他們兩個到底是在煩惱什麼？」

國家圖書館出版品預行編目資料

史坦貝克短篇小說選集：長谷 × 人鼠之間 / 約翰．史坦貝克 (John Steinbeck) 著 ; 林捷逸、賴怡毓譯 . -- 初版 . -- 臺中市 : 好讀 , 2020.05
面 ; 公分 . -- (典藏經典 ; 126)

ISBN 978-986-178-519-6(平裝)

874.57 109004947

好讀出版

典藏經典 126

史坦貝克短篇小說選集：長谷 × 人鼠之間

作　　者／約翰．史坦貝克 John Steinbeck
譯　　者／林捷逸、賴怡毓
總 編 輯／鄧茵茵
文字編輯／林泳誼
行銷企畫／劉恩綺
發 行 所 ／好讀出版有限公司
407 台中市西屯區工業 30 路 1 號
407 台中市西屯區大有街 13 號（編輯部）
TEL: 04-23157795 FAX: 04-23144188 http://howdo.morningstar.com.tw
（如對本書編輯或內容有意見，請來電或上網告訴我們）
法律顧問／陳思成律師

總 經 銷 ／知己圖書股份有限公司
106 台北市大安區辛亥路一段 30 號 9 樓
TEL: 02-23672044 / 23672047 FAX: 02-23635741
407 台中市西屯區工業 30 路 1 號
TEL: 04-23595819 FAX: 04-23595493
E-mail: service@morningstar.com.tw
網路書店：http://www.morningstar.com.tw
讀者專線：04-23595819#230
郵政劃撥：15060393（戶名：知己圖書股份有限公司）

印　　刷／上好印刷股份有限公司
初　　版／西元 2020 年 5 月 15 日
定　　價／ 320 元
如有破損或裝訂錯誤，請寄回臺中市 407 工業區 30 路 1 號更換（好讀倉儲部收）

Published by How Do Publishing Co., Ltd.
2020 Printed in Taiwan

ISBN 978-986-178-519-6

填寫線上讀者回函
獲得更多好讀資訊